最世文化
Shanghai ZUI co.,Ltd

© ZUI 2014 上海最世文化发展有限公司 & 长江文艺出版社有限公司北京图书中心

[新版]

告别天堂

笛安 著

献给我故乡的朋友们

目录

Chapter 01
回到最初的地方　　　　　　　　　　007

Chapter 02
爱情万岁　　　　　　　　　　　　　035

Chapter 03
你我相逢在黑夜的海上　　　　　　　069

Chapter 04
公元前我们太小　　　　　　　　　　105

Chapter 05
渡口旁找不到一朵相送的花　　　　　133

Chapter 06
火柴天堂   165

Chapter 07
记住我们以为不能承受的孤独   207

Chapter 08
罗密欧就是梁山伯 祝英台就是朱丽叶   251

Chapter 09
霸王别姬   293

尾声
夏夜的微笑   319

ASHES
TO
ASHES
CHAPTER 01
回到最初的地方

CHAPTER 01／回到最初的地方

◆ 天杨

我叫宋天杨，出生在 1979 年 5 月的一个傍晚。那是槐花盛开的季节，一屋子的甜香。奶奶听着我元气十足的哭声，愉快地想：女孩子属羊，怕是不大好吧。

生产过程是顺利的。那疼痛足够让我妈妈这个苍白而敏感的女人记住生育的艰辛，又没留下恐惧的印象。夕阳偏偏就在这个时候很安详地进来，我想那个场景没准儿就和《乱世佳人》里媚兰生产的镜头差不多。妇产科主任——我的奶奶，在夕阳下眯着眼睛看我像条红色小昆虫一样蠕动，直到她听见那个刚毕业没多久的小护士的惊呼，还有手术器械慌乱地掉在盘里的声音。血从我妈妈那个苍白而敏感的女人的身体里喷涌而出，像日出一样生机勃勃。这场景于是由《乱世佳人》变成了《急诊室的故事》。于是，我妈妈死了。

后来父亲就离开家，参加了援非医疗队。经年累月地游荡在那块遥远而又苦难的大陆上。什么病都看，甚至给女人接生，还给一个中非还是西非的很著名的游击队首领取出了肚子里的弹片。这些都是爷爷跟我说的。我从小跟爷爷奶奶一起住，爷爷每年会从新华书店抱回新版的非洲地图，告诉我爸爸现在在哪个国家。都是些很有意思的地名：马里、索马里（我总是把它俩搞混）、刚果、布基纳法索、坦桑尼亚……当然还有刚果河、东非大裂谷、撒哈拉沙漠。奶奶有时候会在爷爷抱着我看地图的时候叹一口气，"他这是怨我呢，怨我把我儿媳妇的命给弄丢了。"还好奶奶不是一个像祥林嫂一样没完没了的女人，奶奶永远端庄而安静，白发梳得整整齐齐，每到换季的时候都会买回来一块新衣料。

我是在儿童医院里长大的。我家的楼离住院部只有一墙之隔。我喜欢看人家晒中药，药草铺在石板地上，散发着一种香味。我也喜欢病房里消毒水的气味，很清澈很凛冽。于是我就站在住院部的大门口，面朝着晒中药的空地，这样我就可以闻到喜欢的两种味儿了。直到爷爷从里面走出来，带我回家。我们家的人都是医生，爷爷、奶奶、爸爸——妈妈死的时候是医学院的研究生，一个单调的家庭。所以我小时候最讨厌人家问我："天杨长大以后想干什么呀？也当医生吧。"我恶狠狠地说："我才不。"我倒是没说错，我没当医生，我当了护士。而且就在这间儿童医院，成了爷爷的同事。现实令人沮丧，不过我们都该知足。

没错，知足。这是我每天走在那条熟悉到烂熟的路上去上班时告诉自己的话。下三层楼梯，推开单元门，右转，再走四百米就到了。小时候我曾经无数次地在这条四百米的路上想方设法地拖延时间,以便在进家前吃完手里的雪糕——那是被奶奶禁止的"脏东西"。初二时我在这条路上的一个相对僻静的拐角里第一次接吻,现在我睡眼惺忪地走在这条路上,往事扑面而来。实在不是我滥情,而是我二十五年的生命里,有二十一年天天都要经过它。要不是因为我在另一个地方念过大学,恐怕这条路就会像我的一只胳膊或一条腿一样理所当然,这绝不是什么有趣的事——因为我很容易就会失去对另一种生活的想象力,甚至忘记了还有其他的生活。

我大学是在上海念的。那时我像所有十八岁的、虚荣且天真的女孩一样爱上了那里的繁华。是医学院,护理系。实习时第一次穿上护士服就引来一片惊呼,那是互联网开始蓬勃的时候,因此我拥有了一个网名:"魔鬼身材的白衣天使"。要毕业了,天使也得蓬头垢面地准备绝无胜算的考研,一脸谄笑地准备注定碰壁的求职,目光凄楚地准备理所当然的失恋。我很幸运地把这三种滋味——一一品尝。身心疲惫的时候,奶奶打来电话说:"回家吧。"于是我知道,除了家,没有多少地方能心甘情愿地接纳我——不管我自认为自己有多了不起。

要知足。我告诉自己。白衣天使不是谁都能做的。在这个糟糕的城市里——空气永远污浊,天空永远沉闷,冬季永远荒凉,春季永远漫天黄沙,一个生病的人在这样一个地方遇上你,魔鬼身材的白衣天使,笑容灿烂(我是说如果我心情好的话),你极有可能成为他或她记忆中的奇迹——如果他或她心里还残存一点梦想。所以,我对自己说,你过得不错。想想人才交流中心的人山人海,想想因为自己和爱人都下岗了才来我们家做钟点工的刘阿姨,尤其是,想想你每天面对的那些孩子。

终于说到我的工作了。我照料一些患白血病的孩子。一些浪漫或自以为浪漫的人会说:"见证那么多的生离死别——这工作有些类似神父、牧师什么的——不过好像不适合神经纤细的人吧。"我告诉你,这揣测善意得有点伪善。我也曾经这样揣测过,第一天上班的时候,我对着镜子左照右照,自认为比《珍珠港》的女主角还要正点。"从现在起。"我对自己说,"你就是命运送给那些受尽苦难的孩子的唯一的善意。"但我很快就明白了自己的矫情。当你一天已经工作了十五个小时,你听见危重病房里爆发出一阵呼天抢地的号啕,凭你神经再纤细也会重重地皱一下眉,心里想:"靠。"——因为这意味着你的下班时间又有可能推迟。没错,又一个还没绽放就凋落的小家伙。可是你累了,你的身体和大脑都在卑微地要求一个热水澡和一场睡眠。我们,这群被称为"白衣天使"的人们,对生命的敏感和尊重——因为见得太多所以麻木——比一般人起码要低上五个百分点。

病房里的空气二十年来都是一样的味道和质感。刚才在二楼的时候我碰上早已退休的老院长。很多年前他是爷爷奶奶的大学同学。他惊喜地说:"哎呀,你已经长成大姑娘了,你就在这儿上班?好好好。"我怀疑他是否真的知道我是谁——他三年前就患上了老年痴呆症。果然他说:"你妈的身体现在还好吧?告诉她要锻炼。"我笑容可掬地说我一定转告,然后看见杨佩站在楼梯口冲我挤眉弄眼。

"你大小姐还真有爱心。"她最喜欢做的事就是取笑我,"跟那么个老糊涂聊得津津有味,够闲的。我可快累死了。你知道吗?昨天晚上那个皮皮发病危通知了,折腾了一夜。我骨头架子都散了。""病危?"我说,"昨天我看着还好好的。怎么样?""没死。"她把化妆盒放进坤包里,"救过来了,人都醒了,不过我看他妈是快疯了。"她拍拍我的肩膀,"宝贝儿我走了,回头小郑来了你让她把堡狮龙的优惠卡还我。"

她走了以后的这间休息室还真是安静。我从柜子里拿出我的白衣。它曾经是雪白的,现在已经变成了象牙白。不知不觉间,我穿了三年。我照例把该给的药送到每一床。那些父母往往像孩子一样冲我脆弱地一笑,倒是躺在床上的那些孩子,才七八岁甚至更小,眼神就已漠然到一种境界。我走到皮皮跟前,他在输液,闭着眼睛。他妈妈,那个说是三十岁看上去足有五十岁的农村女人拘谨地跟我打招呼,"皮皮。"她说,"叫阿姨呀。""别。"我打断了她,"让孩子睡吧。""他不睡。"她有些紧张地笑笑,"刚才他还说他不瞌睡呢。"这时候皮皮睁开了眼睛,他是个眉清目秀的小男孩。"阿姨好。"他说。"皮皮。"我俯下身子,"今天天气特别好,阿姨帮你拉开窗帘吧。"——我跟孩子们说话的语气一向被杨佩批判为"矫揉造作"。他轻轻地笑了笑,"不用,太阳晃眼呢。"然后又闭上了眼睛。

我走出去,现在我要到楼梯对面的另一间病房。皮皮他们那间是给十岁以下的孩子的,我现在要去的这间住着十岁到十四岁的孩子们。我比较喜欢来这一间，因为这儿住了两个活宝：龙威和袁亮亮，都是十三岁，一对相见恨晚的难兄难弟。常常交流黄色笑话，也常常互相嘲讽对方做骨髓穿刺的时候表现得像个娘儿们。

"美女你好。"他们每天都这样跟我打招呼。

"美女。"龙威指指袁亮亮，"他刚才居然说你长得像舒淇，我十分气愤，怎么能拿你跟拍三级片的相提并论呢。打他！"

"小点儿声。"我笑着，"省得陈大夫听见了又骂你们。"

"已经骂过了。"龙威说，"你来之前就骂了。也不知道今天怎么了，大清早的。"

"准是昨天晚上跟他老婆不和谐。"袁亮亮坏笑。陈大夫就在这时无声无息地出现在病房门口，非常戏剧性。"小宋。"他说，"叶主任叫你。"

我出来的时候他跟我说："我真不明白这两个孩子，哪点儿像得癌症的？"

"这有什么奇怪的。"我在心里说，日子再艰难，人也找得到快乐。这跟勇敢和乐观什么的不搭界，这是本能。我倒是真希望他俩能在这儿住得久一点，这样工作就没那么辛苦——每一天都是千篇一律的，一样的步骤、一样的程序、一样地从早忙到晚，说不定再过两年，连说话用的词都懒得换了。日子倒是好打发，很快，已是晚上 10 点。

这个星期是杨佩的夜班，不过她大小姐迟到是家常便饭。我先去看了看皮皮，他睡得很好，不止他，整整一病房的孩子都已经睡着了，他们睡着的脸庞没有白天那么早熟。我再转到隔壁的加护病房，去给那个叫方圆的小姑娘量体温。她是个敏感的孩子。当然，这里的孩子都很敏感，但她更甚。漆黑的眼睛，懂事地看着你，才八岁就有了种妩媚的表情。陈医生断定她最多还剩三个月，我信。她眼睛闭着，睫毛却一扇一扇的。她妈妈，那个清秀瘦弱的小学老师站起来。"您坐下。"我说，"不累吧？""不累。"她笑笑。"要是累您就在这张床上躺会儿。"我指指另外那张暂时没病人的空床。"我知道。"她又笑笑。我离开带上门的时候她摊开膝盖上的童话书，几乎是小心翼翼地问她的女儿："还听吗？"

现在我终于要去龙威和袁亮亮他们那儿了，这令人轻松愉快。果然，偌大一间病房，一些陪床的父母都在打盹儿了，就剩他俩还醒着。龙威居然把他的语文练习册摆在膝头，一本正经地用功。"从良了？"我压低了声音逗他。他没理我，倒是袁亮亮一如既往地接茬儿，"这叫故作'与病魔斗争'状。""《滕王阁序》。"龙威自言自语，"谁写的？""王勃。"我说。"哪个'勃'？"他问。"勃起的勃。"袁亮亮说。

"睡吧。"我说，"别太累了。""就是。"袁亮亮接口，"人都快死了还管什么《滕王阁序》。"

"操，你他妈的给老子闭嘴。"龙威瞪着眼睛。"小点儿声。"我说，"赶紧睡。等会儿杨佩来了可就没我这么客气了。""真是的。"龙威嬉皮笑脸，"要是每天都是你值夜班该多好。""每天。"我把他的书放到床头柜上，"那还不得折腾死了。""说。"

袁亮亮换了一个严肃的表情，"谁'折腾'你了？是不是陈大夫？我早就看出来他对你图谋不轨。""你——"我本来想说"你去死吧"——那是我的口头禅，不过咽了回去。

杨佩的高跟鞋终于清脆而空旷地敲击着走廊。我走出去，看见她神采飞扬地把外套扔到休息室的桌上，"你信吗？"她说，"我从早上一直睡到刚才，真过瘾。不过这样一来就没时间跟我们小杜疯狂一把了。"她做了个鬼脸，这时候有人按铃。"真烦。"她这样说。

我呆呆地坐在桌前，觉得大脑已经满得没有一丝缝隙。桌上那堆凌乱的邮件里有封航空信，不用说肯定是父亲写给我的，不过我现在懒得拆开。其实我对父亲的印象实在说不上深刻。他一年只回来一两次，皮肤晒得黑黑的，明亮的眼睛里全是异乡人的神情。小时候他总是把我高高地举起来，说："让爸爸看看天杨又变漂亮了没有。"吊灯就悬在我的头顶上，我在他漆黑的瞳仁里看见了有点胆怯的自己。父亲在非洲一待就是十年。我十二岁那年，他因为多年来在非洲的出色工作得到了联合国教科文组织的一个什么奖学金赴法国深造，几年后就留在那里，不过每年仍然会把至少三分之一的时间耗在非洲。这之间他结过婚，又离了，我有一个从未谋面，今年才五岁的小弟弟，不大会讲中文的混血宝宝——就是这场婚姻的纪念。我把那封信放到包里，站起来。把白衣扔进柜子。腿脚酸疼，真恨不得把鞋脱下来丢进垃圾筒。走廊上的日光灯永远给我一种超现实的感觉。我喜欢这寂静。慢慢地走，踩着自己的脚步声。从童年起，夜晚医院里安静的走廊就让我心生敬畏。不止走廊，医院里的很多场所都让人觉得不像是人间。比方说爷爷的办公室，那是我小时候最喜欢去的地方之一。爷爷是放射科的主任，给人的身体内部拍照片。他站在一个硕大无比的镜头后面，对病人说"不要动"或者"深呼吸"之类的话，只是从不说"笑一笑"。他把X光片抖一抖，夹到灯板上。X光片抖动的声音很好听，脆脆的，很凛冽，可是不狰狞。"这是心脏。"他指指一团白得发蓝的东西，戳戳我的小胸口。"是蓝的？"我问。"是红的。"爷爷说。

我经常在下班的路上胡思乱想，这是一天中最惬意的时刻。其妙处相当于学生时代星期五的傍晚。感觉好日子刚刚开始，有大把的清闲可以挥霍。

我看见了周雷，那一瞬间就像梦一样，但的确是他。尽管我还不清楚他怎么会突然出现在这儿。他站在走廊的尽头，有点儿羞涩地冲我一笑。还是和上次见面时一样：笨笨的登山鞋，硕大的双肩包。

"嗨——"我将信将疑，"怎么是你？"

"我刚下火车。"他答非所问，"就到你家去，可是没人，所以我来这儿等你。"

"我爷爷奶奶到厦门旅游去了。可是你——怎么说回来就回来了？也不打个电话。"

"太突然。"他笑笑，"我被老板炒了。也巧，身上的钱刚好够买一张火车票。"

"那你爸妈——"

"就是不想见我爸妈才直接来找你的。要是老头子知道我又丢了工作,不揍我才怪。怎么样?收留你虎落平阳的老同学两天行吗?你知道刚才我敲不开你家门的时候有多绝望呀……"

我终于有了真实感。"饿了吧?"我问他,"火车上的东西又贵,你肯定吃不饱。"

"真了解我。"他做感动状。

我不仅知道他没吃饱,我还知道他不打电话的原因:躲不过是手机因为欠费被停了。认识他二十年,这点默契总是有的。

走廊里空荡荡的梦幻感因着他的出现而荡然无存。我回到了现实中,腿依然酸疼,但很高兴,三年没见这个家伙了。生活总算有一点点新意,暂时不用想明天还要上班这回事。

那时我还不知道,他的这次从天而降,给我的生活带来的变化,用"翻天覆地"来形容,不算过分。

◆ 周雷

我站在这个空无一人的地方,一眼就看见了你,天杨。

你慢吞吞地走着,看上去无精打采。你的头发是烫过离子烫的,我看得出来。可是因为时间长了,新长出来的那一截儿不太听话,打着弯儿散在你的肩头。你绿色连衣裙的下摆有一点皱,你的黑色呢大衣上第二个扣子不见了。可是这些都没有关系,天杨,你还是那么漂亮。

我得从头想，我究竟是怎么站到这里来的。三天前的这个时候，我还和同事坐在酒吧里很装蛋地点德国黑啤，听他们小声地用四川话划拳。我每个月的薪水就是这么花光的。成都是个享乐的城市，本来很适合我。那我为什么把好好的差事弄丢了？就是因为卫经理说我是饭桶吗？那个老女人对谁都这样，若是平时我还能说上两句俏皮话把她逗笑，我相信她在骂我的同时也在等着我这么做。可是我没有表情地把那个傻×"千媚"护肤露的文案摔到她桌子上。她吓了一跳，我也是。"老子不干了。"我一字一顿地告诉她。

一分钟后我就问自己：逞什么英雄呀，这个月房租都还没交呢。我平时不是个冲动的人。那么——是因为那张请柬吗？大红的喜帖，我当时都蒙了。打开才看见冯湘兰的名字，她要结婚。操，她也嫁得出去，这世道。

她在请柬里夹了一张纸条："周雷，我希望你能来。"也真难为她，毕业以后我去过北京、广州、大连、长沙、昆明，最后才来成都，她一定费了很大的劲儿才找到我的地址。那天晚上我彻夜无眠。所有的神经末梢都因为跟"清醒"摩擦了一夜而升温。导致我第二天心烦意乱口干舌燥。我想这才是促使我丢了工作的直接原因。

天杨，我们高中毕业以后，我和很多女人睡过觉，大江南北的都有，冯湘兰是其中之一。不，我想她应该算是我的女朋友，不过她从来不肯承认这个。

然后我开始回忆，在那个无眠之夜。这得从我的大学说起。

我是兰州大学毕业的。我故乡的孩子们都在为外面的世界努力着。就拿我和天杨的母校来说，在那所全省最牛×的重点中学，没有几个人认为自己生下来是为了在这个鬼城市过一辈子——这城市潦倒也罢了，闭塞也罢了，最不可原谅的是连荒凉都荒凉得不彻底——满大街粗制滥造的繁华让人反胃。高考的时候大家一窝蜂地在志愿表上把中国略有姿色的城市全体意淫了一遍。那些在第一志愿栏里填上故乡的大学的，肯定成绩不好。至于我，为什么是兰州呢，因为岑参、高适们的边塞诗让我深深地心动，因为我老早就想看看敦煌壁画，我还喜欢武侠小说——总之一句话，一个人也许只有在十八岁的时候才会用这种方式决定自己的人生。不仅如此，我还将装蛋进行到底地在第一栏填上了"中文系"。我爸妈倒没说什么，因为他们根本就不相信我能考上第一批录取的学校。我走了狗屎运。可我一直都觉得，上天给我这个机会是为了让我清醒清醒——什么叫白日梦和现实的距离。

简单点说，岑参、高适欺骗了我，那些诸如"张掖""酒泉""凉州"等古意盎然的地方都堕落得只剩下一个好听的名字。我还发现，其实莫高窟假期的时候来参观也就够了，犯不着这么激动地以身相许。最让我伤心的是这里的姑娘，跟我们那儿的姑娘一样因为气候的关系皮肤缺少水分，跟全中国的姑娘一样只认得钱，那种柔情刻骨慧眼识英雄的——我没见着。除了以旷课和泡妞度日之外，我没有其他办法来表示我的愤怒。我上铺的哥们儿用一句话总结了四年的大学生活："从对大一的清纯少女心存顾忌，到非大一的清纯少女不上，这是个从量变到质变的过程。"

但我不行。我不喜欢清纯少女。那些捧着铜版纸时尚杂志，听着王菲、刘若英的专辑，使用或渴望使用CD香水，自诩小资或者追随小资的"少女"，是层次稍高些的傻×。她们居然相信那些让她们感动得乱七八糟的诸如网站CEO和广告公司行政总监之间的婚外恋故事。如果她们是一所名校的学生，那更糟，她们会坚信那就是她们日后的人生。她们怀着一种可怕的共鸣为男女主人公在宝马车里吻别的场景陶醉，用"宿命""疼痛""淡然"这类原本美丽的汉语词汇包装精致些的男盗女娼。多么好，香车宝马，锦衣玉食，有的是时间追悼一场"无能为力的爱情"。最基本的事实就这样被忽略：一个人是怎么爬到CEO或者什么总监的位置的？他需不需要努力奋斗，需不需要察言观色，需不需要在必要时不择手段？如果需要，那么经历过这一切之后，究竟有多少人心里还剩得下决绝的激情？也许有，但不多。我不能想象自己跟一个连这个道理都不懂的女孩上床。这样的女人没有质感，她做出来的爱当然也一样。

我就是在那个时候遇上冯湘兰的。她比我晚一年进学校的话剧社。但我早就听说过她，她是个出了名的婊子，跟谁睡都行。和那些名正言顺做三陪小姐的女大学生不同，她只跟学校里的男生睡，而且不收钱。单说我们宿舍吧，六个人，就有两个是因为她第一次买"杰士邦"。据说她偏爱学文科的。

我大三那年，正逢全人类欢天喜地地迎接2000年，我们话剧社的那几个肉麻女生提议：全体社员于1999年12月31日奔赴敦煌，与可怜巴巴的石像石窟共庆千禧年。我说了句"一千年对敦煌来说算什么"，就即刻遭到呵斥。于是，我就认识了冯湘兰。怎么说呢？我早就认识她，可真正和她"相识"，应该从那天算起。

我们一群人浩浩荡荡地杀到敦煌某间差强人意的宾馆。服务台小姐听见我们这么多人要开一间房，可怜的孩子眼睛都直了——准是以为碰上了传说中的"群居"。那间装修恶俗布置粗糙的房间被我们这群人搞得一片狼藉。12点，烟花升上了天空，半醉的女社长宣布："听好了，都许个愿。咱们不许那些跟自己有关系的愿望，境界太低。咱们许——希望一千年后的人类会怎么样……""那关我什么事？"社长自己的男友首先抗议。"别他妈废话。"这女人杏眼圆睁。她男友也不是个省油的灯，眼看一场恶战在所难免，我于是打圆场，"行了行了，我先许一个。我希望一千年以后，世界和平。""不行。"马上有人反对，"说了跟没说一样，不可能的事儿。得许个现实点儿的，能实现的。"于是，大家都进入角色了，有说希望一千年以后美国完蛋的，有说希望一千年以后电脑的价钱比鸡蛋还便宜的。还有说希望自己被写进一千年以后的历史课本的。大家抗议："要说'人类'，不是说你。""对呀。"这个哥们儿振振有词，"一千年以后的人类都知道我，怎么不是好事。"然后社长男友发言，说希望一千年以后全体人类恢复一夫多妻的婚姻制度。社长微笑一下，说她希望一千年以后的人类也接受一妻多夫。到最后，轮到冯湘兰，她有些害羞地笑了，烟花在她背后的落地窗里飞翔，她说："我希望，一千年以后，男人和女人，能真正平等。"

片刻的寂静。其实换了在座的任何一个女孩说这话，局面也不会这样。社长笑道："真没看出来。"借着酒劲连鄙夷都懒得掩饰了。她男友一直对冯湘兰蠢蠢欲动，只是苦于家有悍妇。冯湘兰把易拉罐里的啤酒一饮而尽，又笑笑，"我是乱说的。"那笑容牵得我心里一疼。于是三天后的晚上，当大家回到兰州后，我们俩就顺理成章地去旅馆开房。

凌晨的时候，我问她："你是哪儿的人？"想想她的名字，又问："湖南？"她说："湖南是祖籍，我在泉州长大的。"我又问："泉州是哪儿？南方？"她笑了，"你怎么考上大学的？高中历史课本里说过：元代最重要的港口就是泉州。""那不是元代吗？"我也笑。她说："我拿到通知书的时候我奶奶问我：阿兰，那个兰州和咱们泉州不都是'州'吗？怎么隔那么远呀。""你奶奶真酷。"

她把头枕到我胸口，"你学什么的？""中文。""中文？"她重复，"很有意思吧？""可能。"我答。我是真的不确定，我很少去上课。"你呢，你学什么？"我问她。"会计。"我同情地看着她，"无聊吗？""嗯，不过……"她停顿了片刻，"学这个，你能明白一点儿咱们生活的这个世界的流程，像学中文就未必……不对，我是说，会计这东西，能让你感觉到自己在维持这个'社会'运转。反正……你是中文系的，一定比我会形容。"我看着她，"我懂。"

我还以为接下来我们又要开始疯狂，但是没有。我们俩就这么聊了一夜。我长这么大从没说过这么多的话。天亮时她心满意足地叹着气，"我要是个男人，现在就跟你义结金兰。"

后来我就天天去找她，和上床无关。这世上有比做爱更重要的东西。可惜你不能指望所有的人都明白这个。我相信，现在要是有人跟我的一些大学同学提起"周雷"这个人，他们保证会说："就是那个对一个婊子认真的可怜虫。"

　　2000年9月的一个夜晚，天上下着烦人的小雨。我们这儿不是江南，这天气并不常见。我依旧窝在宿舍里看碟。上铺的两个哥们儿聊天的声音有一句没一句地钻进我的耳朵。"靠，这女人打起来，也真够瞧的。""可惜咱见不着。""不过，小惠形容得也够生动的了。冯湘兰的头发被拽下来一大把……"我"腾"地坐起来，头当然撞到了床架上。"你们说什么呢？！"我大声问。

　　我只穿着拖鞋，三步并作两步地往楼下冲。身后传来那个北京人幸灾乐祸的声音："瞧丫的操性。"

　　其实事情很简单，无非是女生宿舍谁的东西放错地方了。关键是，那些女生早就看冯湘兰不顺眼，冯湘兰只是跟其中一个动了手。其他几个原本是拉架的，最后却变成了几只母狗群殴冯湘兰，而且还把她的东西扔到门外叫她滚。真他妈——我看见她了。

　　她就在我们楼下。她坐在一块雨水淋不到的地方，静静地看着我。她头上凝着一层雨雾，脖子上和脸上都是让指甲抓伤的痕迹，灰色的丝袜从大腿破到脚踝。她站起来，眼睛定定地望住我，她说："周雷，除了你，我想不出来该找谁。"

　　我抱住了她。

　　那情景一定很滑稽，一个穿着拖鞋汗衫头发蓬乱的男人和一个伤痕累累狼狈不堪的女人在大庭广众之下忘形地抱着。他们不是俊男美女，他们的姿势很笨拙——过路的人都在看这个笑话。可是，这些闲人，关心过什么呢？全是看客，现在的小事如此，大事，亦然。

"听我说。"我告诉她，"咱们不住那个鸟蛋宿舍了。咱们去外边租房子，咱们俩，只有我和你。别跟那些女人一般见识，她们是一群母狗。因为没男人要所以没地方发情……"我知道我又在说蠢话。

可是她抬起头，带着一脸的泪笑了，"你说得对。"

天杨，那个时候我想起了你。为什么呢？大概是我还以为，我要和她过一辈子了。于是你的脸就闪现了出来。于是我心里又是一紧。可是，那个时候，我除了抱紧她，又能怎么办呢？

我和冯湘兰同居以后，她再没和别的男人睡过觉。不过这幸福生活没有维持多久，因为我们毕业了。什么都不用多说，我们都不是不懂事的人。有一天我一觉醒来，发现她的东西都不见了。这正好，我们都不喜欢惨兮兮的告别方式。她付清了我俩拖欠了几个月的房租，她知道我没钱。她还留下了她泉州家乡的地址和电话。她的便条上说只要我有困难，打这个电话就联系得到她。

然后我开始了我的漫游。几年来，我在北京租过地下室，在广州的一个四星级酒店里一边端盘子一边留意报上的招聘广告，在长沙我第一个月的薪水被人偷走，好不容易，我有了成都的这份工作。虽说是个袖珍广告公司，可我大小是个"创意总监"。因为冯湘兰的喜帖，一切又得从头开始。我反复研究着这张红色请柬，真诡异，她人居然在重庆，嫁得够远的。

天杨，我于是又坐上了火车，目的地是我们的故乡。真奇怪，我考上大学的时候发誓不再回去的，我实在厌倦了那座城市污浊的空气，像所有工业城市一样没有想象力的布局，难听的方言，满大街不会穿衣服的女人，当然还有永不缺席的沙尘暴。可是我发现，当我赚到了几年来最多的钱，我却早已失去了落魄时对这个世界的希望和梦想。

上一次见到你是在广州吧？纯粹是一场巧合。是大学刚毕业那年的夏天，我在一间小冰店看见你。你说你是来你姑姑家玩，你9月就要上班，这是最后一个假期。那时我真惊讶你选择了回去，我还以为你和我一样，打死要在外面漂着呢。在火车上我梦见了你。你停顿在一片夕阳的余晖之中，是我们学校的篮球馆，木地板散发着清香。你一个人坐在看台上一排又一排橙色的椅子之间。两条麻花辫垂在胸前，藏蓝色的夏季校服裙拂着你壮壮的小腿。篮球一下一下地砸着地板，空旷的声音，你漫不经心地扫了一眼孤独的篮球架。天杨，你不知道你自己很美。

然后，我醒了。火车寂静地前进着。我总算明白了一件事。我以为我自己不该属于我们的故乡，我以为我就应该背井离乡去过更好的日子，却不知道是咱们红色花岗岩的母校把这种骄傲植入我的体内。而我，我曾经恨这个学校，把它当成故乡的一部分来恨的。

天杨，那个时候我真想你。想看看你，看看你还是不是那个扎着两条麻花辫，小腿壮壮的傻丫头。于是我来到了这里，长长的、寂静的走廊。你出现在另一端，无精打采，步履蹒跚，就像几年前不知道自己很漂亮一样，不知道自己已经风情万种。你说："饿了吧？火车上的东西又贵，你肯定吃不饱。"你这句话险些催出我的眼泪，天杨。

◆ 天杨

我把他带进了家里，打开客厅里的灯。他说："一点儿没变。"

爷爷奶奶出去玩以后，我也给刘阿姨放了假。我每天的晚饭都是打电话叫楼下一间新开的小馆子的外卖。今天我多要了几个菜，当然还有啤酒。他假惺惺地说不用这么破费，还是把七八个一次性饭盒一扫而光。

"我可以抽烟吧？"我问他。

他愣了一下："你什么时候开始抽烟的？"

我点上一支，问他："你要不要？"他摇头，又作痛惜状地叹气，"白衣天使也这么颓废——真后现代。"

"我又从来没当着病人面抽。"我说。

"你和你男朋友，怎么样了？"他喝了一大口啤酒，使用着一种满足的腔调。

"你指哪个？"我问。

"最近的那个。"

"上个月刚散。不然还能让你见见。"

"饶了我吧，你的品味。"他笑。

"你还记得林薇吧?就是初中时候咱们班的。"我说。

"记得。怎么,结婚了?"他嚼了一嘴的宫保鸡丁,口齿不清。

"你怎么知道的?"

"这不难。"他看着我,"听你的语气我就知道你要说什么。"

"跟你说话真没劲。"

"说吧,林薇结婚了,然后呢?"

"没什么。我那天在现代购物中心碰上她和她老公,正买DVD机呢。那个男人,丑得我都不忍心多看。"

"你呢,不管怎么说人家是嫁出去了,你不急?二十五了。"

"二十四。三个月以后才二十五。年轻得很呢。"

"等你急了的时候就考虑考虑我吧。"他说,"反正你早晚都要嫁人,不如嫁个熟人。你说呢?"

"吃你的。"我拿筷子敲敲他的头。他继续狼吞虎咽,一时间满屋子的寂静。

我拆开了父亲的信。

"你爸他老人家还好?"

"好。"我简短地说。

父亲的信上说,两个月后他又要去非洲,这一次不能把小弟弟放到他妈妈家,因为她那个时候要结婚。所以,两个月后,我就会见到这个小家伙。他有个奇怪的名字,洛易克宋,小名叫不不。

"怎么了?"他问我。

"没有。"我说,"你吃好了吗?"

"好得都感动了。"

"那早点睡吧,你就住我爸爸的那间房,想洗澡的话,用那条墨绿色的浴巾,明儿我还得上班。"我把烟按灭了,重重地叹口气。

"我不困,想去肖强那儿租点碟。"

"你不知道?他把那间店关了。我也不知道他现在在什么地方。"

他没动,看着我。

"怎么了?"

"天杨。"他慢慢地说,"这几年,你过得好吗?"

"怎么突然这么煽情?"我笑笑,"我爷爷奶奶两个星期以后才回来呢,你放心住在这儿。我可以先借你点钱,正好我刚刚发薪水,不过你一找到工作就得马上还我。"他说:"成交。"

就这样过了两个星期,我去上班,他留在家里上网,还顺便帮我打扫打扫家,做做早餐什么的。表现不错——第一天早上就把我积压了一池子的碗碟都洗了。他并不急着找工作,也不急着跟他父母联系。很奇怪的,刚刚三天我就习惯了他的存在,好像他本来就是这个家庭的成员一样。有天黄昏我们一起去超市采购,又碰到了老年痴呆的前任院长。他热情地冲我们走过来,跟周雷握手,"哎呀,好久没见你了。你都结婚了?回去帮我问你妈好,告诉她要多锻炼……"周雷居然和我一样笑容可掬地说他一定转告。

方圆的情况这个礼拜出人意料地稳定。而且,白血球的数量还有所上升。她妈妈的脸上终于有了点血色和笑容。龙威和袁亮亮还是一如既往地"不像癌症患者",皮皮还是一如既往地酷,病房里又住进来一个四岁的小姑娘。准确地说,下个月才四岁。一对鼓鼓的小金鱼眼。她兴奋地用她父亲的手机跟她奶奶讲话:"奶奶,我是白血病,我不用去幼儿园了!"也许是春天的关系,病房里传递着一种难得的轻松和愉快。晚饭后,那些陪床的父母也开始在阳台上打打扑克什么的。总之,日子呈现出一种充满希望的表情。或许是假象,但终究令人心旷神怡。只有一次意外:某天中午周雷突然冲进病房,惹得杨佩一干人侧目,他满脸惊慌,"怎么办天杨?你爷爷奶奶回来了。"

"'天杨'。"杨佩窃窃私语,"叫得还真亲切。"

结果到了下午,我去给袁亮亮输液的时候,在走廊上就听见这对活宝拖长了声音喊:"天——杨——,天——杨——"

该死的杨佩。

◆ 周雷

天杨,你瘦了。你原来是个肥肥的小丫头。十三岁那年,还没发育,像个小水萝卜,戳在教室的第一排。可是自从你遇到江东,你就瘦了。等大家注意到你的消瘦时,你已经十六岁,爱情让你一夜间亭亭玉立。现在你二十五岁了,这消瘦就跟江东一样,印在你的皮肤里,变成组合你生命的 DNA 密码,无声无息。

咱们不说江东那个狗杂种,我知道你已经忘了他了。没有人在二十五岁的时候还忘不了十五岁那年的情人——除非他十年来没进化过。可是恐怕你自己都不知道，你的很多表情，很多小动作，都是跟江东在一起的时候形成的。比如你歪着头，有点妩媚地笑笑；比如你垂下眼睑，凝视自己的指尖的样子；还有你的口头禅"你去死吧"，诸如此类的细节是江东刻在你灵魂中的签名。这让我无比恼火，可又无法回避。

你去上班的时候，我想要整理你的房间。书架上的书几乎都换过了，只有《加缪全集》和《海子的诗》还在。我把那本《海子的诗》抽出来，那里面有你十二年来画下的深浅不同、粗细不同的红线。

"5月的麦地上天鹅的村庄，沉默孤独的村庄，一个在前一个在后，这就是普希金和我诞生的地方""看见了吗？那两只白鸽子，它们是屈原遗落在沙滩上的白鞋子，让我们，我们和河水一起，穿上它们吧。"

"珍惜黄昏的村庄，珍惜雨水的村庄，万里无云如同我永恒的悲伤。"

操。这孽障，写得真好。

我还记得那个下午，天杨，你就坐在这间小屋里给我读这本书。我找了半天才找到你当年最喜欢的句子。

"目击众神死亡的草原上野花一片，远在远方的风比远方更远，我的琴声呜咽，泪水全无，我把这远方的远归还草原。"

然后你突然靠近我，你说："周雷，要是海子还活着，我长大以后要嫁给他。"

我本来想说"不会吧,他长这么丑",可是天杨的拳头不输于后来闻名亚洲的野蛮女友,于是我说:"就算他还活着,可要是他有老婆呢?"

"我不管。"

"要是他不想娶你呢?"

"我不管。"

天杨,那时我们才十四岁,你很快就会遇上江东。

好吧,既然江东是绕不过去的,那么我晚些再提到他总可以了吧。

日子安宁地流逝着。我在家——是天杨家,每天上网聊天,喝罐装啤酒,也看碟。晚上和天杨一起吃外卖。吃完了,自然是我洗碗。生活过到了另一种境界:不再看手表,也不再看日历。

某个午夜,我听见她房里传出来一阵梦魇的呓语。我走进去,打开灯,推醒了她,"天杨,天杨你做梦了吧,天杨——"她睁开眼睛,愣了一秒钟,笑了,"我做了个梦,怪吓人的。"她的脸颊贴着我的手背,脸红了,"周雷你能陪我待会儿吗?我睡着了你再走。"

"当然。"我坐在她的床沿边上。她穿了件乖女孩的睡衣,印着樱桃小丸子的头像,头发上的香波味钻进了我的鼻子里,痒痒的。我嘲笑自己,"装他妈什么纯情啊,一把年纪了又不是个雏儿。"

"周雷。"她的身体往里错了错,"你要是困你就躺上来。"

"不好吧。"我装正直。

"咱们小时候不就是这样睡觉吗？幼儿园里，你忘了，你的床紧挨着我的。"

"记得。我经常做鬼脸逗你笑，看见老师过来了就闭上眼睛，结果每次挨骂的都是你。"我于是也躺了上去，我的脸紧紧贴着她的后脑勺儿。

我忘了声明，这是张单人床，所以我紧紧地贴着她并不是为了占她的便宜。她转过了身子，我还从来没在这么近的距离下注视她。她说："周雷，再过两个月，我爸爸要把不不送来。我心里有点儿乱。"

"睡吧。"我关上了灯。

我轻轻地拥着你，天杨。你的呼吸很快变得平缓而没有知觉，那是睡着了的人的气息。睡是死的兄弟，你明天早上才会活过来，小笨蛋，你就不怕我偷袭你。现在你就在我跟前，你的脸贴在我的胸口，你身上有股牛奶的气味。我想你做梦了，因为你突然间紧紧抓住我的手。我不知道你睡觉居然有磨牙的习惯，丢人。

看着你熟睡的样子，我 TMD 没有一丝欲望。

又是一夜没睡。这滋味并不好受。想想看，八个小时，躺着什么都不做是件伤神的事儿。除了"回忆"你还能做什么？你总得找点事情干干。于是我就开始回忆。直到天一点一点地亮起来，直到外边的街道上传来人群的声音，直到你睁开眼睛，怔怔地问我："几点了？"

我是在你出门之后才迷迷糊糊地打了个盹儿，临近中午时走出房间，看见客厅里有一对面目慈祥的老爷爷老奶奶疑惑地看着我……当然，这是后话。

还是回到上一个夜晚吧，我用了八个小时来"回忆"——这在现代社会简直是犯罪行为。我用了差不多两个小时回忆十三四岁的我们，两个小时来回忆我的大学时代，剩下的四个小时——是黑夜里最微妙的时段，看着黎明像个苍白的怨妇一样来临，这四个小时留给江东——我是说那场以江东为起因，把我们每个人都卷进去的磨难。比如天杨，比如我，比如肖强，比如方可寒。

ASHES
TO
ASHES
CHAPTER 02
爱情万岁

CHAPTER 02/ 爱情万岁

◆ 江东

她看着我，是那种我见惯了的吃惊、愤怒、撒娇的眼神。我知道再过两秒钟她的眼泪就会夺眶而出，然后她就会转身朝楼下跑，我将在二楼三楼的交界处，也就是从楼道的窗子里看得见那棵柳树的地方追上她，她照例会跟我挣扎一番，然后乖乖地抱紧我，声音从我的胸口处发出："你坏。"整个过程大致需要两分三十秒，比定时炸弹还准。

我追到了二楼三楼的交界处，还差一秒钟我就抓得住她的胳膊了。这时候我停了下来，因为我想：要是我不追呢？我承认我烦了，我不是烦她，我是烦……不，坦率点的好，我是烦她，我厌倦了。我还记得她坐在篮球馆里的样子。两条麻花辫，藏蓝色的背带裙，那么安静的小姑娘。怎么现在就变得这么神经质了呢？

她站在楼梯下面，吃惊的表情。然后她掉头跑了。我转身上楼,那是种奇怪的轻松。没错,我想要的就是轻松。那时候我太小,才十七岁,我是真的以为这世上存在一种让人轻松的爱情,存在一种喜欢上你之后还能让你轻松的女孩。

我回到教室,呆呆地坐着。回过神时才知道我原来一直看着她的课桌发愣。偏偏这时候那个阴魂不散的周雷又笑嘻嘻地冲我走过来——白痴,我恶狠狠地想,要不是因为他,今天我们也不会吵这场架。他问我:"江东,天杨去哪儿了?"这问题问得我心里一阵惊慌。我说:"我不知道。"他说:"你不知道谁会知道呢?"我他妈想跳起来揍他,但是我没有正当理由。我不知道我已经开始为天杨担心了,我对自己说她马上就要回来了。我无数次地看着门口,教室里人越来越多了,可进来的全是闲杂人等。预备铃响了,老天保佑老唐别进来查人数,那天杨可就惨了。天杨,好吧,要是你现在出现我会道歉的,放学后请你去吃牛肉面,我是说"请",这次不用AA制,你想再加个冰激凌也行。铃声又响了一遍,这节是英语。还好,天杨可是英语老师的宝贝,就算她晚一会儿再进来也没什么。可是整整一节课,四十五分钟,两千七百秒,天杨你再不出现我会以为你被汽车撞死了。下课了,整层楼又喧闹了起来。我往教室外走的时候经过讲台,英语老师像想起来什么似的一边收教案一边问我:"江东,宋天杨今天怎么没来?"周围一阵哄笑,我硬着头皮说:"可能病了吧?"怎么谁都来问我宋天杨去哪儿了,我也想知道,我他妈问谁去?

"至于吗——"有人拍了拍我的肩膀。是张宇良,我闻都闻得出来这个家伙的气息。和全体道貌岸然的家伙的气息一样。我转过脸，撞上他的眼睛，那豺狗一样的眼神隐藏在文质彬彬的眼睛后面，我奇怪那些为了他神魂颠倒的小女生竟看不出来。"哥们儿，至于吗？"他望着我笑了，"我一节课都盯着你呢。不就是一个宋天杨吗？我看她傻乎乎的，我给你介绍个更漂亮的，怎么样？初三有个小丫头这两天正追着我呢，挺正点的。你要是喜欢就塞给你了。"我说："去你妈的，老子不像你一样来者不拒。"然后丢下大笑的他跑下了楼梯。一边跑一边在心里诅咒他。

操场上空无一人，扬着沙。远方的天在呼啸。沙尘暴来了。国旗被撕扯着，一抹猩红。除了篮球馆，她还能在哪儿呢？

两条麻花辫，藏蓝色的背带裙。她坐在看台上一排又一排橙色的椅子中央，乖乖地看着篮球寂寞地砸在地上……那一瞬间我发现，她原来还是那个安静的小姑娘——如果你只是远远地看她。我朝她走过去，她故意把头一偏，脸冲着篮球架。

"回去吧。"我说。

我的这句话自然是说给了空气。

"天杨。"我叫她，"对不起。"

她终于转过脸，"你讨厌。"我说："是，我讨厌。"然后又加了一句，"放学后，咱们去吃牛肉面。"她转了转眼珠，笑了，"这可是你说的。"我握住她的手，带着她从看台上下来，她的手很小，软软的像块水果软糖。一个篮球砸在我们面前，我习惯性地把它传给冲我们跑来的体育老师。"谢了！"他元气十足地喊着。突然停下来，因为看见了天杨。

"江东。"他笑着，"你小子最好还是收敛点，要是一出门就碰上唐主任我看你怎么说……"

"我下课时间进篮球馆也犯法?"我喊回去。

"江东,不是……"天杨的脸红了。我这才明白原来我一直拉着她的手。多亏了体育老师提醒我,他是我哥们儿。估计全校上下只有我和他两个人讨厌张宇良。

风在我们上方的上方的上方,声嘶力竭地呼唤。目力所及,五米之外的景物全被黄沙遮着,那是一种在我们的理解范围之外的力量。天杨缩了缩她的小脑袋。"要不咱们等风小一点再走?"我问她。"不用。"她说,"待会儿上楼去洗脸就行了。"然后我们拉着手,向着我们已经看不见的教学楼的方向,跑进了风里。"快跑!"她的声音简直是快乐的。沙粒打在脸上,呼吸间全是尘土的味道。我们跑,拉着手——这是我们此时感知彼此存在的唯一方式。但我们是安全的,不担心会碰上老唐,不担心那些人工制造的危险。像水手上岸一样,我们终于跑进了楼里。也像水手上岸一样,一种巨大而粗糙的艰难暂时结束,另一种细致而龌龊的艰难是必须面对的。

我们回到教室里面,头发上都滴着刚才在盥洗室里狂冲一气的水珠。迎面碰上张宇良,他很"阳光"地一笑,"江东,一会儿下了第二节课是我们学生会的例会,训练的时候别忘了帮我请假。"我没理他,他又以一贯的 gentleman 微笑跟天杨打招呼,"天杨,你上次要的张国荣的专辑我带来了,就放在你桌上。"

"谢谢。"天杨开心地笑着,然后转向我,"张宇良人真好,是吧?"

"离他远点。"我说，"他不是什么好东西。"

"你这个人总是这样。"她认真的样子很可爱，"你就是太自信了，江东。"

我没答话。她爱怎么说就怎么说吧，我可懒得再惹她。她回到自己的座位上，对她的同桌说："莉莉，一会儿历史课的时候，你可不可以——"那女生一抬头看见了我，"可以可以，有什么不可以的。"说着她就把她的书本抱起来，往我的课桌边走来。在这里我得解释一句，上高中的时候我们班有条"不成文法"，在非班主任老师的课上，座位是可以换的。尤其是像历史、地理、音乐等好脾气任课老师的课上，你可以看得到壮观的"大迁徙"。如果你够无聊，在这"迁徙"中便可洞察无数奥妙。比方说哪个男生最近正在追哪个女生，他就极有可能在一节生物课上坐到她旁边去，另一方面，这种非正式的座位变更往往是某对新情侣将恋爱的事实昭告全班的方式。我和天杨就是这样。去年，某节历史课上我坐到了她旁边，整整四十五分钟我们接收到各种各样的眼神，主要是因为我们之前的保密工作做得不是一般地好。"下课！""起立，老师再见。"以后教室一片哗然。再比如，你很容易地看到某节政治课上两个平时的好朋友坐在一起。女生居多，那多半是因为其中的一个遇到了感情挫折，等不及放学就来倾诉。当然这倾诉与安慰多半用纸和笔进行——我们是 No. 1 的重点中学，课堂秩序还是要维持的。

历史老师走上讲台，"不用'起立'了。你们专心一点，上课的时候少换点座位就比什么都强。"大家哄笑。这时候，天杨的左手在桌子下面握住了我的右手，她的手指和我的手指缠绕在一起，我有点不安。我已经听见后排有人窃笑了，可是她像没事一样，用剩下的一只手托着腮作认真思考状，眼光紧随着历史老师的板书。她专心的时候眼睛发亮——我估计历史老师已经感动死了，尤其是在一节课过半，教室里越来越乱的时候。风刮了过来，玻璃上滚过一种沉闷的声音。

"各位。"历史老师放下了粉笔，"看看窗户外面。"

窗户外面一片黄沙。那些柳树在尘埃中被撕扯着，我们只看到些狂放的轮廓。历史老师说："看看，好好看看，你们想不想离开这个鬼地方？想不想到外面去上大学？想不想知道没有沙尘暴的春天是什么样的？要是想，就认真一点儿听课。你们，你们是最好的学校的学生，对你们来说离开这儿不是空想，我看这个城市里也只有你们有这个运气。你们不要不珍惜，9月份就要升高三了……"大家又是笑。我听见周雷那个白痴笑得最响。

然后，我醒了。温哥华时间上午7点。

我梦见了我的高中。某个异常清晰的片段。我相信高中三年的某一天中这个片段一定分毫不差地上演过。手指上还残存着天杨手掌的温度和触觉。窗外天很蓝，是清晨独有的脆弱的阳光。

天杨。我最近总是梦见她。因为从高中毕业后就没再见面的关系，在我的梦里她永远是一副高中生的模样。我不知道她现在在什么地方，在做什么，我甚至在从某个有她的梦里清醒时会突然想：要是有一天，我和她突然在街上相遇，我能不能马上认出她？

我很艰难地爬起来,没吵醒安妮。淋浴、早餐,然后轻轻走出去搭电梯,下到地下停车场。我的二手 TOYOTA 像情人一样在暧昧的灯光里看着我。我总觉得在地下停车场里,汽车聚集在一起,你会发现其实这些车都是有生命的,每一辆都有不同的表情。就像我们高中时的自行车棚一样。不过那时候,自行车棚还有另外的用途,我和天杨曾经在自行车棚的最深处第一次接吻。那回我们一不小心弄倒了整整一排自行车,它们像多米诺骨牌一样和谐有序地倾倒,金属撞击的声音美妙绝伦——引起守门老爷爷的一声怒吼。

我发动了我的车,它和我一样没睡够。我把广播打开,调到华文电台,居然是纪念张国荣逝世一周年的特辑。都是些跟我岁数差不多的歌。

爱情它是个难题,让人目眩神迷,忘了痛或许可以,忘了你却太不容易。你不曾真的离去,你始终在我心里……

老实说,我还根本没习惯张国荣死了这个事实,但是已经一年过去了。我并不十分喜欢张国荣,但是天杨喜欢,或者说迷恋。高二时候我们四个人:我、天杨、肖强、方可寒,我们天天窝在肖强开的那家小音像店里看片。因为天杨的关系,《霸王别姬》我们少说也看过十遍。第一次看《霸王别姬》,程蝶衣自刎时掉眼泪的居然是肖强这个爷们儿,我都不好意思嘲笑他。天杨满足地叹了口气,"这就对了。"我问她什么叫"这就对了",她答非所问地说:"《活着》里面的葛优和巩俐就是都该活着,但程蝶衣不行。"至今我也没能明白这句话的意思。

遇上红灯了，我换挡，减速。真不想去上班。我的上司，那个百分之百的香蕉人总令我联想起张宇良。他俯下身子看我的电脑屏幕的时候，我就想起张宇良把他的脖子歪成一个卑微的角度看着我，惊讶地说："你不是开玩笑吧江东，你和宋天杨从来没上过床？别他妈的装纯情了……"

张宇良让我恶心，我的上司也一样。

不过总的说来，生活算是令人满意的。温哥华是座秀丽的城市，干净、亲切。如果一个人在这里出生并成长那真是有福了——一辈子，乡愁都是一首轻快的巴洛克音乐，或者是蓝调。不像我，想起故乡，脑子里只有狂风起劲地呼啸。一想到我和安妮未来的孩子会拥有一个精致一些的乡愁，我的心情就愉快起来。要知道你出生并成长的地方直接影响你灵魂的质感和成分。

快到公司了。来，深呼吸一下，八个小时，其实过得很快。只有张国荣的声音还是一如既往地悠长，他是用不着再和"时间"这东西较劲了。

不要问我是否再相逢，不要管我是否言不由衷——

天杨曾经说过，这两句，就这两句，是张国荣的绝唱。她真的说对了。

◆ 肖强

最近，几乎所有的音乐电台都推出纪念张国荣逝世一周年的特辑。当然，跟去年他刚死的时候比，声势是小多了。我不知道再过些年，是否会有电台推出纪念张国荣辞世十周年的节目——十年，大概是不会了吧。那时流行歌曲的主要消费者都不会再知道张国荣是谁。

"师傅，去国贸商城。"

我不得不暂停我的张国荣，按下另一个按钮：

"乘客您好，欢迎您乘坐某某某公司出租汽车，叫车电话：×××××××××。"

我是个出租车司机。这个城市就是我的办公室，我熟悉它的每一条街巷就像一个医生熟悉人体的每一根血管。我不是那种爱和乘客聊天的出租车司机，我更喜欢听他们说话。从他们的谈话片段里判断他们正在聊的这件事情的来龙去脉是我的专长。当然我也有判断失误的时候，比方说有一次，我拉了一个女大学生。眉清目秀的干净女孩，穿着普通的牛仔裤，梳马尾辫。她的目的地是红玫瑰歌城，我想一定是她有同学过生日什么的。她在车上给她听上去是在外地实习的男朋友打电话，甜蜜了半天，又说刚刚从做家教的那家人家出来，又埋怨那个小孩的脑子硬得像花岗岩。我还微笑了一下，碰上一个未经世事生活幸福的小姑娘总是件高兴的事。到了门口，一个满脸焦急的三陪小姐朝我的车走过来，我还以为我又可以拉一笔活，没想到她拉开车门朝里面嚷："你怎么回事？王经理都发脾气了。""我有什么办法？"这女学生的声音还是嫩嫩的，"辅导员今天硬摁着我们几个写入党申请书，谁请假都不行……"

她付钱下车的时候我看见她肩上巨大的牛仔包，我想那里面应该装着她的"行头"和化妆品吧？我不是没有见过做小姐的女大学生，但是这个——我只能说人格已经分裂到一定境界。一般情况下，如果那些乘客在电话里说谎的话，他或许骗得了电话那头的人，但骗不过我。这次，我碰上了高手。

希区柯克说过：世界上的人只有两种，一种是偷窥者，一种是被偷窥者。这女孩嘲弄了我作为一个偷窥者隐蔽的自尊心。不过我倒是希望能多碰上几个这样的乘客，这有助于提高我的判断力。正如身体是革命的本钱一样，判断力是我们偷窥者的本钱。

天杨曾经说过："肖强，我觉得你像王家卫电影里的人物。"这话说得我心里一惊：这小丫头。那是 1995 年，天杨和江东上高二，我当时还是他们中学门口的音像店的小掌柜。天杨第一次走进我店里来的时候，两条麻花辫垂在胸前，藏蓝色的背带裙和白色的短袖衬衫。那是她们的校服，可是很少能有女孩子穿出那种干净的味道。她抬起头冲我一笑，"老板，有《阿飞正传》吗？"她毫无遮拦地看着我的眼睛。"有。"我拿出来给她，"好几年前的片子了，你没看过？""看过。"她笑笑，"看过好几次了。我喜欢张国荣。"

她舒展地微笑着。仔细看，她谈不上漂亮，但她的洁净是从里到外散发出来的。

那时候她十六岁，十六岁的她肯定不会想到，她二十五岁那年，张国荣就已经不在了。

那时候我十九岁半，那时的我也没想到，二十八岁的我会变成一个 Taxi Driver。可是远没有西科塞斯的 Taxi Driver 那么有血性。最多只能像王家卫、关锦鹏电影里的人物一样，躲在暗处以洞察力为乐。说真的，有时这令我自己感到羞耻。不过我很会自我安慰，现如今这世上还剩得下几个有血性的人了？就连西科塞斯自己，也在荣华富贵歌舞升平里堕落到了《纽约黑帮》的地步。

你看出来了吧？我是一个影迷。我初二就学古惑仔砍人，为此进过工读学校。后来老妈把全部积蓄拿出来，又东挪西借才帮我盘下那个小店。因为从此有了看不完的电影，我也不再出去混。再后来我把店卖掉，用这几年的钱买下我的绿色捷达。十几年，几句话也就说完了。

有时我的乘客中会有一两个昔日的顾客。那所红色花岗岩学校的学生。他们已不再认得出我。有时我的车会经过那所红色花岗岩学校，校门口的学生依旧熙熙攘攘，打架的、嬉笑的、谈恋爱的，跟那些年一模一样。他们依然会三三两两走到我的音像店里——不，现在那儿已经变成一家蛋糕店了。这时候我就会想起天杨，想起江东，想起我们一起喝着啤酒看《霸王别姬》，想起那些他俩从晚自习的教室里溜出来找我的夏夜——路灯把银杏树的叶子映得碧绿，绿成了一种液体。我这么说的时候江东笑着打断我，"那叫'青翠欲滴'，还'一种液体'，说得那么暧昧。我看是你教育受得太少了。"天杨和方可寒于是大笑，女孩子的笑声回荡在空空的街道上，好听得很。

江东喜欢损我。不过我不介意，他是我哥们儿。第一次，他跟着天杨走进我店里，天杨对我说："老板，这是我男朋友。"当时我想，这就对了。江东不是个英俊的男孩子。我跟他们学校的学生很熟，认识他们的四大俊男和四大美女。我说过了天杨也谈不上多漂亮。可是他俩站在一起就像是一个电影镜头。没错，他俩身上都有一种不太属于这个人间的东西。把他们放在行人如织的街道上，你不会觉得他们是"行人"中的一分子，而会觉得所有的行人，所有的噪声，包括天空都是他俩的背景。

很自然地，我和他们的友谊只能维持到他们毕业。他们上大学后，他们的学弟学妹里又有几个会成为我的哥们儿，无论如何，我只能做他们高中时代的朋友。

上一次见到江东是前年。他打开车门坐进后座，"去北明中学。"北明就是那座红色花岗岩学校。我于是回头看了这乘客一眼。他愣了，"肖强。"我说："江东。"

他是个大人了，西装革履，一副上班族的模样。脸上有了风尘气，不过不是那种猥琐的风尘气。我相信他走到街上的样子依然和众人不尽相同。他笑笑，"肖强，有空吗？咱们喝酒去。"我说下次吧我还得开车。他说："对对对，我糊涂了。"然后我按下了计价器。

我问："你是回来看你爸妈？"他的家就在北明中学里面，他老爸是那所跩得要命的学校的校长。

他说："对。我就要移民去加拿大了。回来再陪他们过一个年。"

我笑，"别说得这么不吉利。"

他也笑。他付钱下车的时候我对他说:"你保重。"他说:"你也一样。"

然后我就顺着路开到了五百米外的河堤上。这城市有一条河。这些年我最高兴的事情便是人们终于治理了这条河。曾经,说它是河简直太给它面子了——臭水沟还差不多。早已断流不说,还被两岸的工厂污染得一塌糊涂。还是天杨形容得到位,那年她在一篇作文里写过这河:"它是黄河的支流,已经苟延残喘了几千年——我就不用'女'字边的'她'了,没有女人愿意像它一样。"我还是那句话:这小丫头。

我已有很多年没再见这小丫头。她去上海读的大学,我不知道她是不是留在了那里,或者像江东一样已经出国。北明中学里的小孩们的人生大都如此:奋斗,是为了远离。从小被夸奖被赞美被忌妒被羡慕被鼓励,是因为他们比起别人,更有远离的可能。我倒是很希望天杨看看这条河现在的样子——配得上"女"字边了。他们花了大价钱把这河的血液换了一遍,引的是水库的水,所以这河现在可以丰沛自如地流淌,岸边的工厂和居民区已经全部拆除,河岸上的沙都是专门从远方运来的。不过搞笑的是,这条河治好之后的两个月间,来这儿自杀的人数也比以往多出去几倍——这就是浪漫这东西操蛋的地方。

每次来到河堤上,我就会想起方可寒。

方可寒很美,美得让人心慌。她不是小家碧玉、小鸟依人的模样,那样的女孩再漂亮也不能用"美"形容。方可寒是个公主,永远昂着头,不需要任何王子来镀金的公主。只不过,这公主价钱倒不贵，五十块钱就可以跟她睡一次。北明中学里有不少男生都是她的客人。交易通常在学校的地下室进行，有时是顶楼那间形同虚设的"天文观测室"或者篮球馆的更衣间——总之，那些神不知鬼不觉的地方。

这当然是个秘密。在这个秘密被揭穿之后方可寒自然是被开除。用江东的话说："你没见我爸那张脸——"因为他们怎么也没想到这个年年考前十名的女孩会是这么个贱货。所以说，能考进北明中学的人都不是等闲之辈。

那一年，我才十九岁半。从那些天天来我店里找Ａ片的男生嘴里，我听说了方可寒。他们尊称她"可寒姐"，有时叫她妖精。

我从小店的窗户里，经常看见她。夕阳西下时，她总是在人差不多走光之后才会出来。她也和这所学校的其他女生一样，穿白色短袖衫和藏蓝色背带裙。可是她从不梳辫子，她让她的头发松散地垂下来搭在肩头。他们学校不许女生穿高跟鞋，于是她就穿松糕鞋，校规永远跟不上时尚的变化。她的藏蓝色背带裙的腰间别着一个玫瑰红的小呼机。她就这样招摇地走出来，往往是走到我的店门口就会停下，从书包里拿出她的烟盒和打火机，点上之后转过身，冲着那红色花岗岩的校门深深地喷一口。她转身的时候，终于看清她的脸——有一秒钟，我无法呼吸。

终于有一天，我鼓足了勇气，在她点烟的时候走出去。站在她身旁，努力装出一副老油条的语气，"多少钱？"

她看看我，吐出一口烟，"一百五。"

我傻瓜似的问："不是五十吗？"

她眯起眼睛笑了，"五十是学生价，你又不是学生。"

后来，那天傍晚，在我店里那间阴暗的小隔间——通常那是用来放A片和打口磁带的地方，我告别了我的处男时代。

一开始的时候她就问我："是第一次吧？"

在电影里我们常常看得到这样的画面：一个放荡女人妖冶到了肆无忌惮的程度，把身边的纯情少男窘得鼻尖冒汗。但方可寒不是这样，她的动作很温暖，像个大姐姐，甚至母亲。那些色情电影从来都没告诉过我，原来做爱是一件宽容的事情。

后来我问她："你都考进北明了，为什么还干这个？"

她笑，"服务业需要高素质人才，对不对？"

我又说："你真漂亮。"

她说："我知道。"

走的时候她留下了她的呼机号，"从下次开始，一百块就行。优待你了。"

我有个习惯，喜欢晚上待在不开灯的房间里。但我从来不好意思跟别人提起这个怪癖，只说过一次，就是跟方可寒。

我告诉她我的秘密。忘了那是在什么背景之下。我只记得那个时候她把烟从我的嘴上拿下来，深深地吸一口，然后重新把它夹到我的手指间。她专注地凝视那半支烟的表情让我觉得她根本没在听我说话。她最妩媚的时候就是她看上去什么都不在乎的时候。

我出生的时候是个盲童。六岁那年才跟着妈妈到北京做了角膜移植。也就是说，我从六岁才开始慢慢学习很多别人婴儿时代就明白的东西。在那之前,我的世界就是现在这样,是个关了灯的房间,一片黑暗。当然黑暗这个词是后来学的,当时我不知道那叫黑暗,我以为那是一种根本用不着命名,用不着考虑,用不着怀疑的自然而然的东西。当我克服了最初对光的眩晕后,终于看清这个世界。我恐惧地望着面前那个喜极而泣的女人,从她哽咽的声音里判断出她就是妈妈。我一开始无论如何也理解不了为什么都是"妈妈",我的妈妈和邻床小朋友的妈妈长得一点也不一样。诸如此类的事情数不胜数,童年可以由两个字总结:惊讶。

其实那副眼角膜一直没能成功地移植到我的灵魂里去。所以我像怀念故乡一样怀念被人们称作是黑暗的东西。刚刚能看见的时候,这世上只有一样东西引起过我的好感。但我却也并不想知道它的名字。——我们盲人不在乎"名字"这玩意儿。那样东西让我想起有一次我妈妈用刚刚洗过衣服的手抱起我,她的手很冰,是种让我心头一凛的温暖。那样东西还让我想起电影院里的声音——妈妈带我去过电影院,她伴着对白小声地给我讲那些画面。电影院里的声音,就是一片充满了这"黑暗"的浪涛。那些声音很有力量,却不是蛮横无理。我啰唆了这么一大堆,后来才知道,那样让刚刚获得视觉的我喜欢的东西说穿了就是两个字:红色。如果我一直看不见的话,我无论如何也不能跟它相遇。

第一次看见方可寒的时候,我就想起了我第一次看见的,还不知道它叫什么的"红色"。她乖戾地用手指扫着我的脸,但是她的身体,温暖得像是一个黑暗的子宫。高潮来临的时刻我听见自己的血液在身体这个荒芜的海滩上喧响的声音,我想:红色。

◆ 天杨

4月，沙尘暴的季节。

周雷终于回他父母家了，他编出来一个绝妙的理由，他说他辞职是为了准备考研。于是，他天真的爸妈用好饭好菜把他软禁在家里念书。一天他打来电话，"我正潜心研读《金瓶梅》呢。"

"不如你就弄假成真吧。"我说，"认认真真准备准备，万一真能考上呢。反正你大学也是混下来的，再学点东西没什么不好。"

"就是。"他接口，"还能名正言顺地让家里再多养我两年。"

"我是说读研能提高你的修养，你怎么老是这么庸俗？"

"太崇高的目的不会真正产生动力的呀小姐！"他怪叫，"要不这样吧，你答应我，要是我真能考上的话你就嫁给我，这不庸俗吧？"

我对着手机一字一字地说："你去死吧。"

午饭时间结束。我和杨佩懒洋洋地从医院的花园里往病房走。今天有记者来采访。我已经听见那个女主持人捏着嗓子作温柔悲悯状了。"你听听。"我对杨佩说，"你还老说我'矫揉造作'，这算什么？"她不以为然地啐了一口，"真不知道这些人是怎么想的。就不能让孩子们清净几天。"

走进病房就看见袁亮亮那个宝贝满面凝重地手持麦克风，对着镜头一脸真挚，"我想感谢所有关心我的人们，我会一直充满信心地等待康复的那一天。生活是美好的，我们都该满怀希望……"那个涂着淡蓝色眼影的女主持人惊讶地瞪大眼睛,"你说得太好了!"而龙威在一边笑得直翻白眼。

摄像机镜头像机关枪一样扫过病房中每一张脸,皮皮的妈妈,那个看上去总是很紧张的女人局促地站了起来。"您坐着吧!"杨佩说,"他们就是拍一下,不碍事的。"倒是皮皮认认真真地盯着镜头,女主持人弯下腰,"小朋友,阿姨问你个问题好吗?""行。"皮皮面无表情地回答。"你想不想回到学校?想不想你的老师和同学呀?"皮皮把眼光移向窗外,不屑于回答这种弱智问题。倒是临床的那个金鱼眼小姑娘乖巧地回答:"想。"女主持人眼睛一亮,把麦克风移到她嘴边,"小朋友,你几岁了?"她妈妈在一旁笑,"她四岁,根本还没上学呢。

皮皮的眼睛一直盯着窗外。沙尘暴来了。一阵风,模糊混淆了所有的风景。一片黄沙之中,只看见窗前的柳树被撕扯成一个又一个的舞蹈动作。沙尘暴中的柳树就像街头流莺,又妩媚、又下贱、又坚韧。

一个星期以后,皮皮死了。

后来我在电视上看到这个节目,他们居然给了皮皮一个特写,避开了沙尘暴的画面,专拍他凝视的表情,画外音响起:"让我们记住这个孩子渴望的眼神吧。""渴望?"我没看出来,要知道他正看着的可是沙尘暴。荧屏上的皮皮让我想起我小时候,那时我也常常在沙尘暴来临时把鼻尖紧紧贴在窗玻璃上,尖厉的呼啸声从我的五脏六腑长驱直入——那是我,一个生长在城市里的孩子对大自然唯一的敬畏。

然后我想起上高中的时候，很多春天的下午，我都在课堂上偷看小说。《老人与海》就是在一节窗外刮着沙尘暴的历史课上看完的。老人微微一笑，自言自语："水母，你这婊子。"这一句话扼住了我的呼吸。远方的天被风划开了一道长长的伤口。呼啸声很深，来自渗血的大气层。后来我想，《老人与海》之所以能感动我，也许因为里面描绘的是我所熟悉的大自然的怒容，以及深爱这怒容的人。相反，像《傲慢与偏见》或《少年维特之烦恼》这些小说我从来无动于衷，恐怕是因为我不熟悉那些欧洲田园——大自然和颜悦色的样子。但当时我来不及想这么多，在巨大的感动面前手足无措，下意识地抓住身边江东的手指。

"天杨。"他在我耳边小声说，"放开。我不能记笔记了。"

江东。想想看我们已经七年没见面了。我只是在去年同学聚会的时候听说他去了加拿大。

这些年，我很少想起江东。那个时候我像所有因初恋而变得矫情的女孩一样以为江东会是我一辈子也忘不了的人。事实证明了我的爱情是多么经不起考验，尽管这令人泄气，但周雷有句名言："一个人不可能在二十五岁还忘不了十五岁那年的情人，除非他十年来没进化过。"这么说我算是进化得不坏。

十五岁那年，新年的时候，我送给江东一张贺卡，里面写着：江东，我喜欢你。然后大方地落款：宋天杨。他也一样大方地在那天放学后走到我课桌前，说：我在顶楼等你。所谓顶楼，就是指那间形同虚设的天文观测室。那可是当时恋人们约会的圣地。然后第二天的历史课，他就理所当然地坐在我旁边。

就像大多数从小到大都考第一名的小孩成熟得比较晚一样，一段恋情开始得太过顺利的话，日后就必须接受更多措手不及的折磨。一个星期后我们就开始吵架，为了躲过教导主任以及老师们的眼睛，争吵往往在学校里一些莫名其妙的角落里进行，有一次正赶上放学，他在自行车棚里冲我大喊，叫我滚，引得所有车棚里喧闹的同学侧目。我也大声地对他吼："江东你会后悔的！"真可惜他的名字不是三个字的，如果是三个字的话这句话吼出来会更抑扬顿挫一些。然后我掉头跑了出去。我知道他会来追我。

迎面，撞上了方可寒美丽而嘲讽的眼睛。我知道她在想什么，她觉得我和江东就像是小孩玩过家家。那当然，我哪儿有她老练呢？万人睡的婊子。

那时候跟他吵架多半是因为周雷。他觉得我既然已经跟他在一起就不该总是和周雷走得那么近，我告诉他我跟周雷几乎是一起长大的，我不能因为有了男朋友就不要自己的好朋友了；他说我总是跟周雷打打闹闹地让他在篮球队的哥们儿面前很没面子，我说你就知道你的哥们儿你的面子一点儿不考虑我的感受，他于是说我自私任性，我就说他独裁专制不尊重我人权。最后的结局总是我扭头就跑他再赶紧追，然后擦擦眼泪手拉手去吃牛肉面。——不是过家家又是什么？

这么想着我就笑了。只是那时候做梦也没想到有一天自己会把这些当成个笑话。奶奶在外面敲我的门，"天杨，没睡呢吧？"

"还没。"我说。

"我是忘了。"奶奶进来坐在我床沿上，"你这个星期天值不值班？"

"不。"我回答，"这星期周六周日都没事。"

"那是再好也没有了。"奶奶笑笑，"我是想，这个周末你跟我出去逛逛街，咱们得给你小弟弟买小被子小枕头，还有衣服什么的。也不知道这个孩子穿多大的衣服？我多少年没买过童装了。"

"问问我爸不就行了？"

"你爸才不会留心这些。再说他们法国的尺码跟咱们也不一样。"

"从现在起可有你和爷爷忙的了。"我笑道。

"谁说不是。"奶奶笑着摇摇头，"不过也好，来个小家伙，热闹。"

"干脆就把他留下吧，别送他回去了，给你们解闷。不过中国小孩作业太多了，苦了他。"

"可别留下他，要是将来再加上你的孩子，我跟你爷爷可弄不过来。"

"我。"我夸张地说，"还早呢。"

"不早了，天杨，我看周雷那个孩子这么多年对你真的不错，而且这孩子长得也是大大方方的，人善，家境……他爸不是什么研究所的？好，这种人家斯文——要是这次真考上研究生就更好了……"奶奶一如既往地陷入幻想中。我大学毕业以来她就把跟我说过话的每个男人都如此这般盘点一遍，似乎综合测评指数是周雷的最高。

"奶奶——"我拉长了声音，"不早了，您也早点歇着吧。"

奶奶出去了之后我就关上灯。顺便打开广播：音乐节目，4月1日，DJ祝大家愚人节快乐，然后是纪念张国荣逝世一周年的特辑———怎么已经一年了，都不觉得。

我是听着情歌长大的孩子。我们都是。在我们认识爱情之前，早就有铺天盖地的情歌给我们描摹了一遍爱情百态。于是我们那代孩子中，大多数人的初恋都是照着他喜欢的情歌来谈，高兴的时候，难过的时候，忌妒的时候，分手的时候——太多各式各样的歌词可以捡来概括自己的感情，太多MTV里的镜头表情可供参考：开心的时候就在流星雨下面跟他接吻吧，没有流星雨精品店里买来的一瓶幸运星也行，我是说如果你的零花钱够用；单相思的时候就叠千纸鹤吧，虽然你没有MTV里的女孩清纯漂亮；伤心的时候就更方便了，多少情歌里的主角是伤心的呀，你是愿意在瓢泼大雨里狂奔还是愿意酗酒买醉都好，可惜这个时候你不能像MTV里一样在街角刚好看到一个卖玫瑰花的小妹妹然后顺理成章地触景伤情放声大哭。然后在每个人的记忆中，初恋就永远以情歌的方式存在：动人的、缠绵的，而且还是押韵的。搞不好还贴着一个标签：张学友、林忆莲，或是张信哲，或是谁谁谁——我不大知道现在的孩子都听谁的歌。

那么，我自己呢？

如果我和江东的初恋真的也只有这般照猫画虎地模仿的话，那就算遍体鳞伤也只能是个闹剧。还好不是。我隐约觉得我跟他之间有种什么东西。没有任何一首情歌可以帮我概括它、解释它，所以我不能正确地把它表达出来，只好听之任之，于是"它"也就静静地潜伏在我身体的黑夜，血管的丛林里，像只惧怕火光的小狼，姑且称它为"小狼"吧，还挺亲切的。

那时候我十五岁，一点经验都没有。

小的时候去平遥古城玩。小姑姑让我坐在城墙上照相，我不敢，她说你只要别往下看就好了。那城墙是个环形，足有五层楼高，像口巨大的井。灰黑的石壁缝里全是青苔，阳光幽幽地照到了深处。"井"底下居然还有人家。我对着镜头，努力不去想我只要轻轻朝后面一仰就可以粉身碎骨。

没错。就是这种感觉——那只"小狼"。其实我那时怕的并不全是会掉下去，我怕的是自己一瞬间的念头：我想掉下去。我一点也不想死，但我想掉下去。这念头闪得太快，我都来不及把它翻译成语言。你总是会害怕没法变成语言的东西，因为它们比你强大，比你有生命力。

那小狼偶尔会推我一下，那时候我就莫名其妙地抓紧江东的胳膊。他皱皱眉头，把耳机取下来，"还挺有劲儿的。""弄疼你了？"我对自己的神经质觉得抱歉。"没有。"他笑着拍拍我的头，"冷吗？要不咱们走吧。"我们是在公园的湖边上，放学以后我们经常来这儿。有时候 kiss，有时候聊天，有时候连话也不讲，只是坐着。

我的头靠着他的肩膀，傍晚湖边的人总是不太多，尤其是天冷的时候。我们不说一句话，一个小时，一个半小时……时间就以最原始的方法流逝着。那种绝对的寂静就像春天的阳光那样唤醒了我的小狼，我甚至感觉得到它稚嫩的杀气。那时候我就很疼。

并不是生理上的疼痛，这疼来自另外的地方，就像一场大雪一点一点覆盖了我的五脏六腑，我不得不深呼吸一下，再一下，但它并没有缓解，我反倒是更为真切地听到了它的足音。我只好转过头去朝着江东，没头没脑地说："江东，咱们长大了以后，就结婚吧。"他只是笑，他说你又说什么疯话。我也觉得这话挺丢人的。然后我就轻轻地凑上去，亲亲他的脸。他叹了口气，"你呀。"

"再咬你一下可以吗？"我在他耳朵边小声问他。

"不行！"他很干脆，"上次我洗脸的时候我妈就问怎么胳膊上有个牙印，我只好说是我自己咬的。我妈还以为我疯了呢。"

"那我这次轻点，保证不留牙印，可以了吧？"没等他回答，我就使尽了全身力气咬下去。

"靠！"他大叫，"你去死吧你，你自己刚说了要轻点的！"

对不起，江东，你不知道，那疼痛让我束手无策。那时候我甚至没意识到这疼痛因你而起，因为现实中并没有发生任何不愉快的事情。

◆ 周雷

我和天杨从幼儿园小班一直到高三，做了十五年的同班同学。她小时候是个怪胎，很少跟人讲话，只是爱看书。她的书我们别说看懂，就连里面的字都认不全。我还记得那是小学五年级，正是班里开始有人"搞对象"的时候。

我坐在她后面，上课的时候她一如既往地偷看她的书，突然她慢慢地仰起脸，我还以为她终于良心发现准备好好听讲了。可是老师放下了教鞭，"宋天杨你哪儿不舒服？"

"我……"她怯怯地说，"我肚子疼。"

"那就先去老师的办公室倒点热水喝吧，来，拿上你的水壶。"

她转过身的时候我才看清，原来她一脸的泪。那些泪在她安静的脸上畅快地滑行。鬼才相信她是肚子疼呢——当然还有那个天真的老师。我伸长了脖子朝她的课桌里看，那本书——那本罪魁祸首叫《局外人》，作者是个外国人，叫加什么，后面那个字笔画太多了，不认识。

后来我才知道，他叫加缪，是天杨最喜欢的男人之一。

于是一个已经死了很多年的法国佬倒霉地成了一个中国小学五年级学生的情敌。

是的，我喜欢天杨。要不是江东那个婊子养的半路杀出来，天杨一定是我的。要知道我已经快成功了，就差一点点。我已经变成她最好的朋友了，她和我无话不说；我甚至已经拿到她的初吻——那是初二的时候，在送她回家的路上她突然问我："周雷，接吻到底是什么滋味你知道吗？"我说要不咱们试试，她说行那就试试，于是我们就试了。

她的嘴唇是甜的，有股新鲜水果的味道。

可是高一那年的某一天，她对我说："周雷，跟你说件事，别跟别人说。"

我做梦也没想到这件事居然是：

"我喜欢咱们班那个叫江东的……"她的脸红了。

就像是日本漫画一样,我听见我的心像张纸似的被撕开的声音。

第一次吻她的那天,我满脸通红,放开她掉头就跑。身后传来她清脆的喊声:"胆小鬼,又没人看见,跑什么呀。"我不回头,跑到僻静处,大口大口地喘着粗气,嘴唇上麻酥酥的,像过了一串细小的电流。我不知道这是唯一的一次。就像我小学三年级的时候,考了第一名,拿奖品,被老爸夸,被那时还活着的奶奶叫"小状元",美得忘了自己姓什么。可是那时我不知道,我这辈子只能考这一回第一名。

后来她就跟江东出双入对了。有时甜蜜有时拌嘴还他妈挺像那么回事,老师三番五次在班会上强调早恋问题她只当是说别人。她变了。虽然还是两条搭在胸前的麻花瓣,还是一件白色短袖衫加藏蓝色背带裙,可是她的气质,她的表情都不再是我的天杨——那个傻乎乎吵着要嫁给个死了的诗人的天杨不见了。她现在是江东的天杨。她脸上经常洋溢一种让我恨得牙痒的宁静,在这宁静中她像个小妇人那样微笑。天杀的江东。

体育馆的木地板散发着清香,篮球一下一下寂寞地敲击着它。天杨坐在一排排橙黄色的椅子中间,漫不经心地瞟了一眼孤独的篮球架。我很装蛋地摆着 pose,投进去一个三分球,体育老师都说我好样的,可那时她却只冲着江东微笑。因为我投进去的三分球很廉价地砸了下来,被他抢了去。那时我真想掐死这个小婊子——没错,你就是小婊子,可你这个小婊子依然是我的梦想。

我的手机就在这时候响了,是天杨。

"你的《金瓶梅》告一段落了吧?明儿星期天,能出来吗?"她问我。

"干吗?"

"不干吗。别紧张,我知道你没钱请我吃饭,咱们出来喝杯咖啡,各付各的账,行吗?"

"怎么今天这么善良,想我了?"

"对。"她笑着,"想你了,满意了吧?这个周末我好容易有两天不用上班,我可不想在家里闷着,全浪费了。"

我坐到她对面的时候,她说:"怎么我们像是在谈恋爱一样?"

正说着,窗外又是一阵长长的呼啸,这间咖啡馆变成了一个船舱,窗外混沌一片。

"好久没听见沙尘暴的声音了,你别说,还真有点想。"我说。

"我也是,我那个时候在上海上大学,春天就老是觉得少了点儿什么。"

"我一直想问你。"我看着她的眼睛,"你毕业以后为什么回来了?"

"也没什么为什么,没可能留在上海还不就回来了?"

"你知道咱们班当初的同学现在大部分都在外边工作,有的读研,还有出国的。我真没听说多少回来的。"

"咱们学校的人。"她笑笑,"眼睛都长在天灵盖上。"

"你怎么不去法国找你爸?"

"找他去做什么?给他当保姆照顾那个小家伙?又没薪水

拿。"她皱皱眉头,"怎么这间店的摩卡味道一点儿不正。"

"也真怪了。你就不嫌烦?这么多年就在这么个地方圈着。"

"搞不好还要圈一辈子呢。"她打断我,"照你这么说,这个城市两百万人全跳河去算了。"

"两百万人怎么样我不管,反正要是有人跟我说我一辈子就只能在这儿待着的话,我保证去跳河——或者向张国荣同学学习,跳楼也行。"

她大笑:"少东施效颦了,还是跳河吧!"

损我永远是这小蹄子的乐趣,这点上她和江东一样缺德。

"问你个问题行吗?"我正色。

"问。"

"你和江东这么多年,就真的一直没联络过?"

"就知道你狗嘴里吐不出象牙。"她笑着,"都多久以前的事儿了,联络不联络又有什么区别。"

"那到底是联络了没有呢?"

"没有。他不是已经结婚了?我也是听说。"

"是。"我冷笑,"'嫁'到加拿大了。"

"别这么说。"

"不然怎么说,明摆着的,大家都说他和那个女孩才认识几天就结婚,不是为了移民又是什么?"

"也许人家是真的一见钟情呢。"

"把他天真的。"我往我的冰咖啡里加了块方糖,"你信一见钟情这回事儿?"

"不信,可我相信有例外。"

"那也'例外'不到他头上。"我恶狠狠地下了结论,"再说,他怎么偏偏就跟一个华裔加拿大籍的'一见钟情',太巧了吧?哄谁呢,又不是罗马假日。"

"周雷——"她叹口气,"不管怎么说大家都是同学,你怎么老是这么恨他。"

"你还好意思问我?"我直直地盯着她。

她不看我,眼光转到了窗外,一天一地的黄沙。她咬了咬嘴唇,说:"周雷。"

"别当真,说着玩的。"

该死。我这个人就是这样,总是关键时刻斯文扫地。要是让冯湘兰知道了今天这个场面又不知道该怎么取笑我了。为了弥补这个尴尬,我主动转移了话题,我们聊了很久,很尽兴。我时不时地幽她一默,逗她笑笑。不知不觉,沙尘暴就过去了,外面天色渐渐暗下来。

"走吧。"她说,"要不然你妈又该说你就知道疯,不知道用功。"

我苦笑,"又活回去了。"

我们一起走在步行街上,我送她去公车站,一路上很多人。空气里带着些刚才的尘土气,我们走到了步行街的尽头。

这儿有棵唐槐,在步行街和马路的交接处。一千多岁了,老成了精,树干粗得像个原始部落的图腾。马路上汽车悠长地划过路面,几个浓妆的三陪小姐说笑着从我们身边经过,她们的目的地一定是街对面的红玫瑰歌城。路灯打在唐槐四围的栏杆上，隐约看见一个久远的还是三位数的年份。那时候这个城市还年轻，还美丽，像三陪小姐一样用热辣辣的眼神打量着李世民起兵的西域宝马。宝马性感地仰天长啸，轻蔑着隋炀帝绮丽又脆弱的江山。我真希望我也能对这个城市"践"上一句："与你那时的面貌相比，我更爱你现在备受摧残的面容。"可惜我的这故乡一点不争气，堕落得连性别都没了——我也就没了跟它调情的兴致。

天杨说："周雷，到这儿就可以了。"

我正在胡思乱想，一时没听清她说什么。

她冲我笑笑，脸上一如既往地干净，不施脂粉，在夜空里清澈着。

"咱们就再见吧。"她说，"再打电话给你。"

我抱紧了她，我吻她。我的双臂把她箍得紧紧的，她像融化了一样放弃了挣扎。就是这么一回事，天杨，别装得什么都不知道，你没那么无辜。我爱你，从咱们小的时候，从小学五年级起我就爱你。从你上课偷看《局外人》的时候我就爱你。从你像个小水萝卜一样戳在教室的第一排，到你亭亭玉立地坐在学校的篮球馆，我一直都在爱你。比起那个时候，我更爱的，是现在的这个长大了的你。天杨，天杨，你不能这样对我。

我放开她的时候，她的头发乱了。嘴唇像绽放一般的红。

"对不起。"我说。

她摇摇头，"再见。"

她转过身，踩着地上的灯光。

妈的，我今天丢人现眼到家了。

◆ 天杨

我站在公共汽车站牌那里，发着抖。他还在对面，在唐槐下面，路灯旁边，我越不想看他，他的身影就越是跳到我跟前。我不知道自己怎么就这么心慌得要命，来不及想。我知道他不会走，不看着我上车他是不会走的。可是我突然一点儿力气都没了，那路公车好像永远也来不了。一辆出租车在我身边停下，我几乎是下意识地拉开了车门。那个阴魂不散的还站在那里，我突然意识到自己正在落荒而逃。

"去哪儿？"司机问我。

我告诉他家里的地址。

"你不认识我了？"他问。

我以为我碰上了一个劫色的。这时候他回过头来，"天杨，好久不见。"

肖强。

我今天招谁惹谁了。皇历上一定写着呢：今日不宜出行。

"嗨。"我觉得我该表示一下惊喜，"真的好久不见。"

"我还以为你留在上海了呢。"

"没有。"我说。

"你现在……"

"是护士。就在儿童医院。"

"噢。白衣天使。"

我们都沉默了下来。没人说话,车里的广播声就格外地响。音乐节目,应该是"怀旧金曲"之类的,不然不会是罗大佑的破锣嗓子在嘶吼:

在这批判斗争的世界里,每个人都要学习保护自己,让我相信你的忠贞——爱人同志!

我把头靠在座椅上,闭上眼睛,他刚才说的话又在耳边回响起来:"天杨,我爱你。从小的时候起我就爱你,别装得什么都不知道,天杨你不能这样对我。"

然后,我居然想起很多年前方可寒的话,"宋天杨,男人的话不能不信,但也别全信。明不明白?"她诡谲地笑笑,她身上永远有股浓郁劣质香水的香味。

到了。我看了一眼计价器。

"不收钱,天杨。"

"那怎么行?"

"行。"他坚持,"好不容易又见面,这次一定要算是我送你。下次,下次你就算是顾客,下次收钱,可以了吧?"

"谢谢。"我今天没力气跟人争。

车灯就像一种审视的目光跟随着我的背影。我走出去很远了,才听见汽车重新发动的声音。我再一次落荒而逃。今天我可真是丢盔弃甲溃不成军——我准备回去再查查字典,还有别的什么用来形容人的狼狈相的成语吗?

ASHES
TO
ASHES
CHAPTER 03
你我相逢在黑夜的海上

◆ 江东

从什么地方说起呢？我小的时候不叫"江东"，叫"梁东"。北明中学的江校长是我的继父。这件事我很少跟人说。我的生父是个赌徒。我六岁的时候，跟着妈妈离开了他。

我是在河边长大的，就是那条刚被治理过不久的河。现在这河被换过了血液。虽说是花钱买来的清澈和丰沛，但毕竟像那么回事儿了。当它还是条臭水沟的时候，我的家就在它岸边的工厂宿舍区——没错，就是说差不多是我妈妈上班的这间工厂把这河变成臭水沟的。夏天的夜晚，一股奇奇怪怪的气味蔓延在我们的楼道，我们的公共厨房、公共水房、公共厕所，甚至我们每家的房间。这气味被小孩们讲得千奇百怪，有人说那是在河滩上烧橡胶的缘故，有人说那是被丢弃的死婴，想象力丰富一点的就说这是什么犯罪组织在销赃——赃物堆到河滩上，拿化学药品一倒，什么痕迹都留不下，除了这难闻的气味。其实那不过是这条河的气味而已，倒是无形中锻炼了我们的想象力。

我在那栋筒子楼里其实只住到八岁。可是直到现在，我一闭上眼睛依然听得见走廊上各家的门响，男人女人小孩老人不同的脚步声，还有水房里自来水自由的喧闹。水房从来就是个是非之地；早上走廊里总是排着一条人人睡眼惺忪的长队，端着脸盆毛巾牙刷等着进水房盥洗，口角诅咒常常不绝于耳；下午水房就成了女人们的俱乐部，只要聚在一起洗上一小时的菜或衣服，各家各户就没了隐私。水房里的那些女人让我发现了一个现象，常常是这样的局面：我妈妈抱着菜盆子走进水房，如果她们本来是聚在一起的，见到我妈妈就会散开，要是她们本来是分散着的，我妈妈来了她们就会聚到一起，总之，永远提醒着我妈妈她是被排除在外的。我不知道她们到底提醒了我妈妈没有，总之是提醒了我。提醒了我注意我妈妈身上有什么不一样的。结论：唯一的不一样，妈妈是个美丽的女人而她们不是。

妈妈很安静。她很少跟人说话——倒是阁楼上住着的那些单身汉很喜欢跟她打招呼，她也只是点个头，笑一下而已。她也不像别人一样下了班就喜欢在水房里泡着。她都是在家里洗菜洗衣服，宁愿不怕麻烦地一趟趟跑到水房换干净水，也要在家里洗。八平方米的小屋，一张双人床差不多把什么空间都占了。她坐在小凳子上搓衣服的时候得注意些，肥皂水才不会溅到床罩上。她一向爱干净。只是她洗衣服的时候屋里就没地方撑开那张小方桌，于是她就会对我歉然地一笑，"小东，先去外面玩吧。等妈妈洗完了衣服你再写作业。"我自然是愿意的。心里想她天天都洗衣服才好。不过我不喜欢她洗被单。那个时候我们俩就得到院子里去拧干那些床单被罩。我是个孩子,她是个女人,我们俩用尽吃奶的劲儿还是不行。我印象里别人家洗床单时都是爸爸和妈妈一起拧干的,可我不会为这点小事想念爸爸,因为他是个狗杂种。

经常会有筒子楼里的男人看见我们,来帮我们拧。男人的手臂,轻轻松松,床单里的水就全体丢盔弃甲溃不成军。我常想:要是被单也知道疼的话,落在我和妈妈手里就算是幸运了。来往的女人看到了,就跟那男人开个玩笑,"哟,学雷锋呢。"在我们的楼里,"学雷锋"是个典故,特指一个男人帮我妈妈做事儿。在我妈妈不在场的时候,水房里的女人们成天地互相取笑,说谁的老公是"学雷锋先进个人"。那声浪肆无忌惮地传到我们屋里来,妈妈脸上一点表情都没有。偶尔,她会抬起头,疲倦地冲我一笑,说:"小东,要好好读书,知道吗?"

其实我知道她们并没有恶意。那些女人。她们对我都很好,总是摸我的头,给我个苹果什么的。我不怪她们拿我妈妈开涮,相反她们越这么说我越开心,因为我知道她们忌妒。很多年后,有一天,我很偶然地跟天杨说起我们的水房,说起每天早上水房门口的长队。她眨眨眼睛,"那不就跟在火车上一样?"我这才想起这是她从不了解的生活。我们刚刚在一起的时候,每天放学后她都会坐在学校的篮球馆里看我们训练——跟篮球队其他哥们儿的女朋友一起,她们被体育老师戏称为"家属团"。有一次她对我说:"她们都说,你打球的样子好帅的,不过……"我正得意,

"不过什么？""不过你的运动裤太老土了。她们说阿迪达斯这两天全场打五折，让我帮你去选一条。你看呢？"从那一回开始，我身上属于筒子楼的痕迹就慢慢慢慢被打磨掉了——被天杨，被我自己，被北明中学——这个云集了我们这城市的小精神贵族的地方。

我能进北明中学全是凭我自己考够了分数。但我不能理直气壮地说这跟我的继父——江校长毫无关系。如果我妈妈没嫁给他，也许我就和我筒子楼里的小伙伴一样：读完河岸上的小学，进妈妈她们工厂的子弟中学念初中，初中的时候开始打电脑游戏、打台球，也打群架。初中毕业，一生的教育也便到此为止，然后在躁动的年纪打情骂俏地走进父母的工厂上班，再然后，就是呵斥他们在筒子楼里横冲直撞的孩子了。我的那些朋友，除了极少数非常优秀或非常不争气的之外，大部分的人生都是如此。

那个时候，江校长还是江老师。江老师在我们的筒子楼里是个受尊敬的人。他在那所子弟中学里教物理，课讲得极好，经常辅导我们这些小孩子做数学作业。他们说他是个怪人，四十岁了还不成家。后来，他和我妈妈之间的"绯闻"虽说进一步恶化了妈妈在水房里的人缘，却丝毫没影响他在筒子楼里的声誉；再后来，当他讲课的名声越来越大时，被一所重点中学挖去了；再再后来，他和我妈妈结婚了。我们在筒子楼里的最后一夜，妈妈跟我都睡得很晚，她长长地叹了口气，说："小东，从明天起，我们就再不用跟别人合用厨房厕所，再不用拉蜂窝煤，再不用去澡堂洗澡了，小东你高不高兴？"

妈妈离开筒子楼没多久,那间工厂就停产了。但江老师的运气一直很好,用"扶摇直上"形容不算过分。终于,不到十年的时间,江老师变成了北明中学的江校长。后来江校长,也就是我爸帮妈妈找了一个图书馆管理员的工作,我觉得这工作适合她。她和江校长没有再要孩子。

我高一那年冬天,那间工厂正式宣布破产。也就是从那时候起,我经常在这个城市里看到昔日水房里的某个女人在送牛奶,某个顶楼上的单身汉在街角支着修自行车的小摊,或者某个"学雷锋先进个人"在寒风凛冽的早上把晨报插到每一家的信箱。也许这话由我说是不大好,但我确实从那时起感觉到"命运"这东西。特别是我妈妈,她依然是美丽的,这些年她养成了定期做皮肤护理的习惯,总是和她新认识的朋友讨论哪家美容院的打折卡划算。我曾经跟天杨讲起过这个,她笑笑,她说我的话让她想起香港有个写小说的叫亦舒,她的小说里说:在寒风里的公车站站上四五个小时,再美的美女也是"尘满面,鬓如霜"——这就是十六七岁的天杨。她看过的书太多,这妨碍她体会赤裸裸、未经矫饰的人生。我不是在为我自己不爱阅读找借口。

后来那工厂就被拆了,连同宿舍区。因为种种原因,拆到一半就停了下来。直到治理护城河的时候才算全部拆完。所以有一段时间,这地方像个废墟一般荒凉。有一次放学,我和天杨就走到这河岸上。这河堤离我们学校很近。我们就踩着杂草、沙砾和小石子安步当车,我给她指我原先在哪儿住,在什么地方玩,她显然兴趣不大。废弃的楼群里有个老太太在一堵断壁后面卖风车,她一定要我买一个送给她,她说那是因为她觉得"老奶奶很可怜"。

沿着这河堤再往下走,就是一条通向闹市区的街道。河堤的尽头是个永远浮着尘土的公共汽车站牌,这一站的站名叫"雁丘"。我一直不知道为什么这么一个不起眼的地方会有个这么动人的名字。天杨得意地仰起脸,"我知道这儿为什么叫'雁丘'。"

"是我爷爷跟我说的。"她说,"你听说过'问世间情为何物?直教人生死相许'吧?"

我说:"是不是金庸写的?""文盲。"她大笑,她笑的声音很好听,"是元好问写的!""元好问是干什么的?""元好问是诗人,是……五代那时候的吧?"她歪着头想了想,"这不重要。重点是:这句诗其实说的不是人,是两只大雁。元好问就是在这儿,这个河堤上碰见一个猎人,手里拎着两只大雁的尸体。猎人说,他本来是只从雁阵里射下来公雁的,可是那只母雁看见它老公死了,也飞下来撞死在岸边的石头上。然后元好问把它们俩的尸体买下来,葬在一起。就葬在这岸边上,所以这儿才叫'雁丘'呢。"

我笑了,"真没看出来,这么个鸟不生蛋的地方。""江东。"她突然换了个很认真的表情——我猜得出来她想说什么,"要是有一天我死了,你会不会跟我一起死?"果然我猜对了。"你千万别死。"我说,"你死了就是逼我再去找一个,还得重新适应脾气爱好什么的,何必费事。"话没说完,一记流星拳就重重落在我背上。"小心手疼。"我说。"你去死吧你!"她尖叫。

在她的尖叫声中,我发现黄昏来临。这堤岸很荒凉,对我们来说或许是件坏事,但是对夕阳来说,再好不过了。瓦砾,杂草,没有机器声的工厂,没有炒菜声的筒子楼。夕阳终于有了机会在这满眼的荒芜中透透气,尽情放纵它红色的、柔情似水的眼神。我很讨厌所谓诗人毫不负责的"抒情",但我没办法讨厌夕阳。因为夕阳太善良了,它谁都瞧得起,就连这条臭气熏天的"河",它也宁静地笼罩着,一点儿没有嘲弄的意思。

"该回去了。"我跟天杨说,"你信不信,周雷那个阴魂不散的一定还在校门口等你呢。""讨厌。"天杨的脸红了,"谁叫你家就住在学校里嘛。要是你家住得远一点的话,我就一定每天放学跟你一起回去了。"她把脸凑近了,"你是吃周雷的醋了对不对?""我吃酱油。"我故意逗她。"装蒜。"她笑。"我装葱。""你——""又叫我去死?我死了对你有什么好处吗?"我喜欢看她眼睛瞪得圆圆的样子。"当然没好处。我还得再找一个,还得从头适应脾气个性什么的。"她学着我的口气,然后又脆脆地笑了。

就在这时候,我们看见了方可寒。

她出现在废弃的楼群之间,先看见了我们。于是她朝我们的方向走过来,踩着一地的夕阳。"嗨。"她笑笑,算是打招呼。我们也笑笑,"嗨。"然后她一拐弯,走进一栋怎么看也不像还有人住的筒子楼。她纤丽的背影在漆黑的门洞边一闪,就隐进去了。

"她家住这儿吗?"天杨惊讶地自言自语。

"原先不是住这儿,是旁边那栋,可能后来搬家了吧。"

"你原来就认识她？"她更惊讶了。

"嗯。小时候我们也算是邻居。"

"原来她家住这儿。"天杨长长地叹了一口气，"可是她穿的是 ONLY。"

"什么？"

"你们男生肯定是看不出来的。她的那件白短袖衫跟我们的校服不一样。是 ONLY 的。我在国贸商城看见过。贵得吓人，那么一件要三百块，料子摸上去就好得不得了。"

"人家是勤劳致富。"我笑，"你能跟人家比？"

"也对。"我看出来她眉宇间的鄙夷。于是我说："其实她挺可怜的。她是个孤儿，从小就在她爷爷奶奶家长大。我想她也是没办法才……"

"那不是理由。"天杨很认真地看着我的眼睛，"可怜的人很多。可是人不能因为可怜就去做不好的事情。"

我什么都没说。这样的争论不会有结果。

校门已经出现在我们的视线里了。红色的花岗岩，在夕阳下它看上去没有平时那么盛气凌人。当然，出现在我们视线里的还有周雷。我虽然很讨厌这个像苍蝇一样的家伙，可是有时候你不得不佩服他。他知道我和天杨在一起，但他也知道我没有理由阻止他放学后和天杨一起回家。毕竟，只不过是顺路一起回家而已，况且他还总是得体地微笑着，站在天杨身边亲切地跟我说再见。想想看人家就剩这一点儿幸福了，我也不好那么没风度地剥夺。恻隐之心人皆有之。周雷在北明中学怕是已经成了"坚忍不拔"

的代名词。奇怪的是，只有天杨是真的不相信周雷喜欢她。谁跟她说她都不相信。理由是："周雷是我从小到大的好朋友，要是他喜欢我一定会直接跟我说的，我问过他，他叫我别听你们瞎说，我们就是好朋友而已。我当然是相信他，不会信那些闲话了。"——你说这孩子，她是装傻还是真傻？

他俩的背影顺着暮色延伸的方向消失。我掉转头，往我家所在的教职工宿舍区走。天色渐渐暗淡下来。远远的，我看见妈妈的身影，我知道她身上，一定带着图书馆里油墨的香气。

◆ 天杨

皮皮死了以后，那张病床就暂时空着，被大人们堆上了好些杂物。方圆的情况好得令人诧异，从特护病房转到了普通病房。且不说那些化验结果，她的气色看上去就好了很多。陈大夫很有信心地对她妈妈说："病情现在控制得很好。照这样下去，完全控制住也不是没有可能。"我看到那个憔悴的女人高兴得掩面而泣。陈大夫似乎已经忘了自己不久前还说过方圆最多只剩下三个月的。现在他换上了一副微妙的表情，对那个不停道谢的女人说："这没什么，这是我们的本职工作。"我可以想象杨佩听了这句话的反应，她会撇撇嘴，叹一声："靠。"

天气渐渐热了，很久没有周雷的消息。我暂时不想找他，从那天之后，他也再没给我打过电话。二十五岁生日也就平淡地过去了。本来嘛，用杨佩的话说，一把年纪了有什么值得庆祝的。倒是那天早上，龙威和袁亮亮在我上班时一起冲我大吼了一句"Happy Birthday"，我诧异地表示感谢的时候，龙威说他和袁亮亮"潜入"了值班室，看到了我那天无意中压在玻璃板下面的身份证。龙威一直在眉飞色舞地说，袁亮亮明显有些精神不济。这些天他总是发低烧，不过他自己依然乐观得吓人。

日子又变得像以往一样无聊。上班，下班，值夜班，二十四小时，一转眼就过完了。唯一的一件不平常的事："五一"放大假的时候，我到北京去领回了不不。

还好首都机场是喧闹的，假设周围一片寂静，我就真的不知道该拿这个小家伙怎么办了。远远的，看着空姐把他带过来，我预感到他是个麻烦。他一句话不说，只是看着我，很专注的样子，看得我心里直紧张。我想起了电影里外国人初次见面的说话方式。"你好。"我说，"我是天杨。"他看着我，他的眼睛很大，很黑。"我们先去吃饭，然后坐晚上的火车回家，你说好吗？"他依然静静地看着我。我本来想从他的表情推测一下他到底在想什么——但他一点表情都没有。

我拉着他的小手，往外面走。"我们在电话里讲过话的，你记得吧，我是姐姐。"他转过小脸，看了我一眼，算是回答。"你真了不起。"我觉得我必须找点话说，"这么小，就一个人搭飞机来这么远的地方。"意料之中的，他不理我。眼睛看着北京天空上的云。

"你想吃点什么？飞机上的东西很难吃吧？"他似乎是不屑

于回答这么简单的问题，拿眼角瞟了我一下，然后眼光又移到了很远的地方。

他长得很像爸爸。尤其是眼睛，还有脸部明晰的轮廓。

"我们家里有你的照片，你明天就见得到了。就是你在迪士尼乐园和米老鼠照的那张。"我其实只是为了弄出点声音而已。

他第一次开口说话是在那天深夜里，在火车上。他的手轻轻拍着我的脸颊，把我弄醒了。他的小脑袋从我怀里钻出来，轻轻地说："尿尿。"我带着他穿过长长的走廊，火车在黑夜里寂静而规律地前行着，似乎是钻进了山洞，因为周围突然间黑得太彻底。我拉开厕所的门，打开灯，对他说："我在外面等你。"他抬起头，在灯光里湿润地看着我。我重复了一遍，"我在外面等你。"他说："不。"这是第二句话。我只好跟他进去，回头关门的时候听见他轻轻地说："你是女的。"他脸上有点羞涩。我愣了一下，笑了，"没关系，你不用介意。就连我，有时候半夜里起来也会害怕呢。可笑吧，我都这么大了。"他红了脸，转过头来，嘟哝了一句："女孩嘛。"小家伙。

被他这么一闹，我是再也睡不着了。火车到了一个小站，站台上的灯光映着不不的小脸。我说："睡吧，还早呢。"他听话地闭上眼睛。我支起身子看看窗外的站牌，我们正在穿越黄土高原的腹地，也就是每年春天沙尘暴的老家。

火车又开始在自己的声音里前进。我喜欢火车。从小，我就很喜欢听这些单调寂寞的声音。比如在中学的篮球馆里，我最爱的就是篮球砸在木地板上的回响，这些声音里有股忧伤，这忧伤和很多民间音乐里的忧伤异曲同工。空旷的声音里，我看见自己坐在橙黄色的看台上。那时候我梳的是两条麻花辫，穿的是校服的短袖衫背带裙。周雷很做作地投进去一个三分球，落下时被江东抢了去。不不睡着了，小脑袋蹭着我的胸口，暖暖的。一瞬间，一种熟悉的悲凉像那只篮球一样砸在我心里最柔软的部分。不不的呼吸吹到我的脸上，我紧紧地拥住了他。汉语的词汇妙不可言，悲凉，真的凉凉的，带着一种树木的清香。

第二天清晨，不不醒得很早，他似乎有点紧张。我带他去餐车吃早饭的时候告诉他："爷爷奶奶都是很和气的人。你放心。"他又恢复了白天的沉默，像是没听见我的话，倒是对面前的烧饼发生了兴趣，一点点抠着上面的芝麻。我这才想起，他从没吃过这个。

"五一"长假还没完，这一天该我值班。把这个小麻烦移交给爷爷奶奶，我就得匆匆忙忙往医院赶。假日里的医院空空荡荡的，龙威的声音响彻整个走廊，"美女，我们想死你了！""好点儿了吗，亮亮？"我问。几天不见，袁亮亮瘦了些，在枕头上用力地点点头。我在北京的时候，杨佩给我发来短信，"袁亮亮开始化疗了。""好点儿了。"他说，"就是有时候有点想吐。""化疗都这样，正常的。"我说。"那……我不会变成秃子吧？""不会。"我笑。"变成了也没事儿。"龙威说，"我把头发剃光了陪你。到时候我们就是'光头性感二人组'，你——意下如何？""滚一边儿去。"袁亮亮怒吼，听声音倒还是元气十足。

旁边病房里的好几个孩子都等着我去输液。我正给那个金鱼眼小姑娘扎针的时候，手机开始在衣袋里振动。我没理会。针运入了细小的血管，"疼吗？"我问。她点头，又摇头。"真勇敢。"我笑着。

走到走廊上我看了一下手机，是奶奶。偏巧它又开始振动了，奶奶说："天杨，中午休息的时候你能不能回来一趟？我和你爷爷是一点儿办法也没有了……"是不不。整整一个上午，他端坐在餐桌前，拒绝说话、拒绝洗澡、拒绝吃东西，甚至不许奶奶拿下他肩上的小书包。唯一的动作就是摇头。耗了几个小时，奶奶急得就差往嘴里塞速效救心丸，"你这孩子想要什么总得说了我们才知道呀。"他最终说了两个字："天杨。"

"喏，天杨来了。这下可以了吧？"奶奶一开门就朝里面嚷。一想不对，"唉，不不，怎么能叫姐姐的名字呢？没有礼貌！"

就这样，家里从此热闹了许多。爷爷买来好多的幼儿识字卡片开始诲人不倦起来。奶奶则总是急得说："还小呢，别累坏孩子了。"家里只有在深夜才会恢复以前的寂静。

午夜。我趁他们都睡着的时候点上一支烟，打开电脑。这几年，奶奶一直不知道我抽烟，也许是装不知道。邮箱里一堆邮件，有日子没上网了。有广告，有大学同学的结婚通告，有周雷在那天之后写来的"对不起"，还有一个去年在我们这里住过院的小病人，告诉我她恢复得很好，下个学期就要回学校上课。我一封封打开，一封封删除或回复，然后，我看见了一个消失了很久的名字：江东。

他给我发来一张贺卡："天杨，生日快乐。江东"。真搞笑，除了奶奶之外，今年居然只有他记得我的生日。七年了，难为他。

门轻轻一响。我都来不及灭掉手里的烟。不不静悄悄地站在门口。"你没睡着?"我问。"讲故事。"这小家伙喜欢说祈使句。"好吧。"我灭了烟,站起来。他已经钻到了我的被子里,把他的小画书摊在膝头。

我关掉电脑,也钻进被窝,"小熊维尼的故事,开始了。"他突然看着我的眼睛,"你哭了?"他问。"没有。"我说。"真的?""真的。"他把眼睛移到图画上。"小熊维尼从兔子瑞比家出来的时候,突然发现秋天来了……"他突然打断我,"你讲故事好听。奶奶讲故事嗓子哑哑的,不好听。"然后他似乎是害羞一样地把头埋进被子里。我继续读着小熊维尼稚嫩而忧伤的秋天。

◆ 肖强

远远地看见她,我不敢相信自己的眼睛。直到她坐进来,我才确定。是天杨。她的表情有些阴郁,看见我的时候更是措手不及。天杨,她变漂亮了。

意料之中的,我们没有多少话可说。不,一路上根本什么都没说。但我还是很高兴能再遇见她。她有心事,我看得出来。尽管已经过去了七年,可是我还是熟悉她的表情,以及她写满了一种隐秘的忧郁的纤丽的背影。

深夜我回到家,老妈已经睡了。我从冰箱里拿出一罐啤酒,准备看个片。在《牯岭街少年杀人事件》和《大逃杀Ⅰ》之间踌躇了一番，最终选择了《大逃杀Ⅰ》。这两个片子我都是百看不厌的，尤其是《大逃杀Ⅰ》，深作欣二这个老浑蛋，真行。

那时候我们几个经常这样窝在我的小店里看片。我、方可寒、天杨、江东——偶尔那个叫周雷的倒霉鬼也会在场。乍一看我们四个就像两对儿一样。但是常常，方可寒的玫瑰色小呼机就会夸张地响起。然后她笑吟吟地站起来拿书包，"对不起各位，我先走一步。改天你们把结局告诉我。""业务真繁忙。"我会说。那年新年的时候我送她一张贺年卡，上写：生意兴隆通四海，财源茂盛达三江。把她笑得差点断了气。很奇怪，她成了我的朋友，不夸张地说，好朋友。

跟一个做那一行的善良女孩交朋友是件好事。因为她足够坦率，她没必要跟你隐瞒任何人都会有的任何见不得人的念头，只要你们谁也别喜欢上谁。那两年我们看了多少电影呀，幸福的日子总是一晃就过去了。我知道天杨这种好孩子瞧不起方可寒，可同时她却一点儿都不讨厌方可寒。日子久了，在我这里碰面的次数多了，两个女孩子倒也有说有笑起来。方可寒是个好相处的人，她深谙与人交往之道，同时又是真的心无城府。她生错了时代，我这么想，她天生是个做金镶玉的材料，只可惜没有龙门客栈。

我该怎么讲述那件事呢？我只能说，什么都逃不过我的眼睛。这话听上去太不谦虚，但你别忘了我是个偷窥者。我得从《霸王别姬》说起。张国荣，我是说程蝶衣自刎的时候我流下了眼泪。天杨几乎是满足地叹着气，"这就对了。"好一个"这就对了"。

江东就在这时深呼吸了一下，"我出去透透气。"我俩象征性地点点头，眼睛还舍不得从片尾字幕上移开。过了一会儿方可寒风风火火地进来，"我买了好多橘子，你们谁想吃？"天杨欢呼着跳起来剥，然后我看着江东也懒懒地走进来，靠在门框上，我扔给他一个橘子，他接了，眼睛里有种冷冷的笑意一闪而过。

又有一次是初春的时候，天还冷。天杨放学以后直冲到我店里来，一句话不说，自己坐在墙角的小椅子上发呆。看那模样就知道又和江东怄气了，我还要招呼顾客，也就没理她。后来江东来了，我朝墙角使了个眼色，他像是没看见一样只是跟我扯谁谁谁的新专辑卖得怎么样。人家的家务事，我也不好管，就只好陪着他扯。这时候方可寒从里面走了出来，头发是乱的，眼睛水汪汪像含着泪，一看就是刚被摧残过。——我必须说明，我可无意帮她拉皮条，今天我的一个读职高的从前的哥们儿来店里找我，正好方可寒也在，两个人隔着柜台就开始眉来眼去，我看着实在不成个体统，正欲开口干涉的时候方可寒说："咱们别影响人家做生意，出去找个地方吧。你是学生，一次五十。"我哥们儿的下巴差点掉了下来——这纯情少男还以为遇上了梦中的白雪公主呢。不过他到底不是太纯情，马上进入角色，拉着我死缠烂打硬要我借他里间用用，他没有钱出去开房。我对他们说："半个小时，不许超过。"可巧这时候天杨和江东来了。

方可寒跟我道了再见，再跟天杨笑笑，就走了出去。然后我哥们儿一边陶醉地系着裤带一边走到柜台旁边，"哥们儿，下次我再好好谢你。"说罢也走了。然后江东面无表情地朝门口看了半晌，我这才注意到他把我放在柜台上的一根烟捏得稀烂，烟丝碎了一地。"别暴殄天物，这烟挺贵的。"我说。

他把眼光调向了天杨。"天杨，站起来，跟我回去。"我从未听见他用这种语气跟天杨讲话，我相信天杨也是。

天杨惊讶地看着他，两手托着腮，没有说话，也不动。恰巧这时候店里最后一个顾客付钱走了，只剩下我们三个。日光灯的声音在四周嗡嗡地响。"天杨。"江东重复着，"跟我回去。我今天不想吵架，站起来，快点。"她还是一言不发，可是我知道，她在害怕。"江东！"我轻轻地叫他。可是他置若罔闻。"天杨。"他语调平缓，没有起伏，"我再说最后一次，我今天不想吵架。站起来，跟我回去。"可怜的孩子她终于站起来了，怯生生地走到门口，眼睛睁得大大的，惶惑得像只小动物。他们走了出去，天杨的书包被孤零零地忘在墙角，我发现它的时候夜幕已经降临。晚上七八点钟一般没有多少顾客，那些夜游神会在十点以后出没。我常常在这个清闲的时刻点上一支烟，注视着街道上来来往往的人群。路灯亮了，对面烤肉店的香气弥漫了整条街，一个妈妈带着一个小家伙进来买走一套《哆啦A梦》的VCD，然后一切归于寂静。

这时候，江东进来了，熟稔地坐到柜台前。我丢给他一支烟，帮他点上，我们都没说话。最终他开了口，"我来拿天杨的书包。"

"天杨呢？"我问。

"不知道。"他笑笑，"跑了，刚走到学校门口就跑了。刚才打电话到她们家，她奶奶说她不在。我知道她在，我都听见电视的声音了，是'CHANNEL V'，她们家除了她哪儿有人看这个？"

"那就好。"我停顿了一下，"明天，你还是跟她道个歉吧。"

"我早就发现，你每次都是向着她。"

"因为我知道早晚有一天是你甩了她。"

他惊讶地看着我，什么都没说。

爱情是一场厮杀。从一开始，我就知道天杨会输得很惨。江东是个不会做梦的人，我说的做梦跟理想野心什么的没有关系。一般来说，当一个会做梦的人——如天杨，落到一个不会做梦的人手里的时候，会死得很难看。

我该讲到那件事了。前面的那些不过是迹象，是蛛丝马迹而已。

那是天杨的十七岁生日。于是我决定把店关上一个下午，大家好好地庆祝宋天杨小朋友成人之前的最后一个生日。那天他们都很开心，由于刚刚考完期中考试的关系。我看着方可寒一本正经地跟他们讨论考试题目的时候觉得很搞笑。更搞笑的是方可寒是他们几个里面学习最好的。我们的庆祝方式还是看电影，像午夜场一样连放，不过今天看什么片子全是寿星说了算。

"咱们得买点儿好吃的，对吧？"方可寒说。

"早就看出来了。"我说，"除了卖淫之外，你最喜欢的就是吃。"

"那又怎么样？食色，性也。"她瞪圆了眼睛。

"我去买！"天杨跳起来。

"哪儿敢劳动寿星呢？"

"你们都不知道我要吃什么样的薯片。"

"别忘了啤酒。"

"那……"她环顾四周，"谁跟我去？啤酒太沉了，我扛不动。"

"我去。"方可寒和周雷同时说。

"叫周雷去吧。"沉默了许久的江东开了口，"他是男生，劲儿大些。"

天杨和周雷走了之后，我到前面去招呼客人，顺便挂上"停止营业"的牌子。忙了好一会儿。转过身的时候，就看到那个我其实一点儿不觉得惊讶的画面。

方可寒靠着墙，江东紧紧地压着她。她在他的身体之下无法反抗。他们没头没脑地，狂乱地接吻。我碰了一下门，他们才警觉地分开。方可寒大方地理理头发，说一句："肖强我走了。"只剩下江东讪讪地看着我。我想我的脸色一定很可怕。

一阵让人压抑的寂静。他无力地坐下了。眼睛盯着地板，我看不见他的表情。"肖强。"他的声音又干又涩。

"天杨知道了该多伤心。"我说。

他不开口。

"说话！"我照他腿上踢了一脚，"你想过天杨没有？"

"操，你他妈的……"他抬起头冲我大吼了一声，眼睛里全是红丝。

就在这时我们听见了外面天杨的声音，"你们快来看我买的好东西……"

"天杨。"我换了一个语气,"真不好意思,我刚才忘了叫你和周雷帮我多买一箱啤酒,晚上我要带回家去的。辛苦你们再跑一趟好吗?"

"你刚才怎么不说?"她埋怨着。

"好孩子,柜台后面的铁盒子里有钱,找回来的零钱请你和周雷吃雪糕。"

"那要什么牌子的呢?"

"你看着办。"

他们走了之后,江东长长地叹了口气,用手捂住了脸。我扔给他一支烟,他说他不要,于是我把它点上,深深地吸了一口。

"天杨是个孩子。"他慢慢地说。

"你他妈就不是孩子,你少来。"

"我不会让天杨知道。"

"你以为你自己是谁?你不让她知道她就真的不会知道?我告诉你,她知道了以后你会后悔,不信你就等着看。"我想我有点激动了,"江东,问题不是她会不会知道,问题不在这儿。你太不懂得珍惜,太不知道天高地厚。总有一天,总有一天你会看清你自己几斤几两,你会发现你自己屁都不是、一钱不值。到那个时候你就知道能遇上天杨是件多幸运的事儿。我今天把这句话放着,江东,你好自为之!"我一口气喊到这儿,连烟烫了手都不觉得。

"你们,怎么了?"不知什么时候起天杨已经站在了门口。

"没怎么。"江东抬起头,朝她笑笑,"天杨,过来。"

她走了过来，对我笑着说："周雷还在后面扛着啤酒呢，我自己先跑回来了。"

"真是谁都会拣软柿子捏。"我苦笑。

江东突然抱紧了天杨，脸埋在她的粉红色小方格衬衣里。"天杨。"他说。

"怎么啦你。"天杨的小脸红了，"干吗这么肉麻？"她抚摩着他的脑袋，"江东——"然后她俯下头，响亮地吻一下他的脸。抬起头来发现我目睹了全过程的时候，羞涩地笑了，那笑容很美。

天杨。我在心里说，任何人都要过这一关，任何人都得尝尝像块玻璃一样被这个世界打碎、砸碎、撞碎、踩碎的滋味。不是这件事就是那件事，不是江东也会是别人。天杨，到时候你得坚强啊，它马上就要来了，好孩子。

◆ 天杨

"珍惜黄昏的村庄，珍惜雨水的村庄，万里无云如同我永恒的悲伤。"

"目击众神死亡的草原上野花一片，远在远方的风比远方更远，我的琴声呜咽，泪水全无，我把这远方的远归还草原。"

海子。我最爱的诗人。我常常在心里朗读他的句子，尤其是那句"目击众神死亡的草原上野花一片"。十三岁那年第一次读到这句话，很想哭。不是所谓的感动、震撼什么的，我想那种感觉类似于婴儿出生时啼哭的欲望。那是一种幸福而又孤单的哀伤。这哀伤难以描述,难以形容,因为人世间一切描述和形容都是建立在这哀伤之上的,用古人的话讲叫"至大无外",用海子的话讲叫"万里无云如同我永恒的悲伤"。

上班三年,我们值班室的抽屉里永远会有几本我的书。除了加缪和海子之外,二十二岁的我和二十五岁的我喜欢的书已经大不相同。比方说,二十二岁的我喜欢王小波,二十五岁的时候我却爱上了沈从文;大学刚毕业的时候还捧着《金阁寺》读得津津有味,现在常看的却是《安娜·卡列尼娜》这类老人家写的书。我对阅读的迷恋从我有记忆起就开始了,尽管这嗜好被杨佩指责为"装腔作势"。

江东曾经对我说:书里永远不会有真正的人生。今天我回想起来很难相信这话出自一个十六岁的孩子之口。我也是后来才渐渐明白的。那个时候的江东要比我成熟太多,这是导致后来发生的所有事情的根本原因,只是那时候我浑然不觉,经常傻瓜似的想:有男朋友的感觉真棒。你不高兴的时候有人逗你笑,放学晚了以后有人送你回家,无聊的星期天里有人跟你约会。就像一个得到一件新鲜玩具的孩子,把恋爱当成了一个糖果盒,以为随便一抓就是满手的缤纷绚烂。

还是让我慢些提到那个灾难吧,我现在不想回忆它。不是因为不堪回首,而是因为很多当时刻骨铭心的细节如今都想不起来了。——不对,如果这样的话就不能用"刻骨铭心"来形容。

我们高中的时候,有一个很搞笑的词来形容中学生的恋情:

早恋。现在这个词已经土得掉渣,十五六岁的女孩子讨论的话题有可能是哪种避孕套的性能更好。这是好事,说明时代在进步。我记得那个时候,我的同桌莉莉问我和江东"做"过没有,我茫然问她做什么。再后来张宇良的女朋友也问过我这个,那时我已经知道什么叫"做过",我说没有,她还不信。她说:"有什么不好意思的呀,你我是一样的。"于是我就跑去问江东:我们到底什么时候"做"? ——想想看这真像宋天杨干的事情。他看了我半晌,笑了,揉揉我的头发,说:"以后。"于是我便释然,知道别人有的我们也都会有。

我从小就是寂寞的。我不会和人交往,我不会玩任何女孩子该会的游戏。除了看书我什么也不会。我讨厌幼儿园、讨厌上学、讨厌任何意义上的人群。最要命的是,我永远不能像别人一样习惯这个世界。该怎么解释这句话呢?还是举例吧。

我小的时候,儿童医院里的很多医生都认识我。在宿舍院里碰到我,他们都会摸摸我的头,说:"天杨真乖。"尤其是那些跟奶奶岁数差不多的老太太,经常从菜篮里摸出一个苹果或者一个梨,递给我,"天杨越长越漂亮了。"我知道他们对我这么好不是因为我乖或长得漂亮,是因为我没有妈妈。这可真叫我伤脑筋。每个人,每个人都用"那种"眼神看着我,在那种眼神里,好像我必须觉得自己是和别人不同的。他们不厌其烦地对我说:"你妈妈可漂亮了。"或者"你妈妈可是个好人"。那意思,那表情,那语气,好像我必须跟着他们怀念她,怀念一个我从没见过的人——凭什么?四岁那年,幼儿园老师教唱歌,《世上只有妈妈好》，刚弹完过门儿，突然看见我，停了下来，"小朋友们，老师教你们另外一支歌，好不好？"不好。我想告诉她：没有关系的，尽管唱。世上只有妈妈好，没妈的孩子像根草。那只是你们臆想出来的。我不是草，我自己心里清楚这就够了。你们以为这会伤害我吗？为什么？妈妈又怎样？我没见过她，我不能为一个毫无印象的人难过。我不在乎你们怎么说——用这种方式对我表示同情让你们身心愉快是吗？你们的善良还真廉价。可惜我才只有四岁，我没有办法表达。至于那个倒霉的电影《妈妈再爱我一次》就更是一场灾难。医院里发电影票的时候就有人小心翼翼地问奶奶："您带天杨去吗？要不就别去了吧？"奶奶淡淡地笑着，"去。"当电影院里所有的人哭得乱七八糟开始擤鼻涕的时候，我侧过头大声地对奶奶说："奶奶，这家电影院卖的锅巴一点儿不脆。"

前后左右的泪脸都转过来看着我。看什么看，打人是暴力，骂人是暴力，强迫别人用你们的方式去"感受"也是一种暴力。从那时起我就发现，这世界是本字典，巨大无比的字典，事无巨细全都定义过了，任何一种感情都被解释过了，我们就只有像猪、像狗、像牛羊一样地活在这本字典里，每个人的灵魂都烙着这本字典的条码。

所以我热爱阅读。在书里遇得到很多跟你一样发现这本字典的秘密的人。比如加缪和他的默尔索。我第一次读《局外人》是小学五年级的一节什么课上。我的默尔索，这个因为妈妈死去他没有哭而被判死刑的可怜虫。他就和我一样，站在那个法庭上的人是我。

这时，黑夜将近，汽笛鸣叫起来了，它宣告着世人将开始新的行程，他们要去的天地从此与我永远无关痛痒。很久以来，我第一次想起了妈妈，我似乎理解了她为什么要在晚年找一个"未婚夫"，为什么又玩起了"重新开始"的游戏。那边，那边也一样，在一个个生命凄然去世的养老院的周围，夜晚就像是一个让人伤感的间隙。如此接近死亡，妈妈一定感受到了解脱，因而准备重新再过一遍。任何人，任何人都没有权利哭她。而我，我现在也感到自己准备好把一切再过一遍……现在我面对着这个充满了星光与默示的夜，第一次向这个冷漠的世界敞开了我的心扉。我体验到这个世界如此像我，如此友爱融洽，觉得自己过去曾经是幸福的，现在依然是幸福的……

然后我就哭了。我忘了我还在上课，眼泪肆无忌惮地奔流着。我哭得很伤心、很痛快。没有人有权利告诉我什么时候该哭，什么时候不该。我是这么怀念那个充满星光与默示的夜——我觉得我一定在某一个时空中遇到过它，尽管我已忘了那是我的哪一个前世。我今天才跟它相遇，我已经等了很久。

……

十五岁那年，我在人群里一眼看见了江东。你知道那时候我是多渴望传说中的爱情吗？我以为它可以把我从这无边无际的寂寞中解救出来，我以为有了爱情之后我可以更爱这个世界一点，我以为这是让这本冷漠的字典对我微笑的唯一的办法。先不谈后来的事实是如何教育我的吧，我只能说，有那么一段时间，我以为我是对的。

牵挂一个人是件好事情，可以把你变得更温柔、更坚强，变得比原来的你更好。当你看着他打篮球的时候，你没有告诉他他奔跑的样子让你想"要"；当他一言不发紧紧抱住你的时候，你没有告诉他就算是吵架的时候你也在欣赏他的脸庞；当你们静静地坐在一起看冬天结了冰的湖面的时候，他抓着你细细的手腕，他的手指缠绕着你的，皮肤与皮肤之间微妙的摩擦让你明白了一个汉语词汇：缠绵。——什么叫幸福呢？幸福就是：目击众神死亡的草原上野花一片。在这幸福中你可以是一个俯视这片草原的眼神，你也可以是众多野花中的一朵，都无所谓。在这幸福中你蜕变成了一个女人，一个安静、悠然、满足、认命的十五岁的女人，尽管你们从来没有"做过"。

不过，我犯了一个致命的错误。我忘了我随时都有可能失去他。我就在这项风险系数超高的投资里倾其所有。那只小狼，居住在我身体里的小狼不时地骚动着、撕扯着，提醒我这件事，但我置若罔闻。直到有一天——宝贝，来，把信用卡插进来，密码是他的生日，好好看看，你自己已经透支了多少热情？

黎明，我在灰色的晨曦中醒来，不不的大眼睛乖乖地看着我的脸。"今天是我俩醒得最早。"我对他说，他表示同意。"所以我们要去给全家人买早点。"听到这儿他笑了。——不不最喜欢的事就是买早点，豆浆、烧饼、油条对于他来讲都是最有趣的新鲜玩意儿。

我牵着他的小手出现在七点钟的清晨，这个城市只有在这个时候才会有新鲜的空气。"空气不错，对不对？"我问他。他不置可否地点点头。我倒是觉得他更喜欢昨天刮过的那场沙尘暴。他就像我小时候一样，饶有兴致地把脸贴在玻璃上，鼻子压得扁扁的，黄沙散漫，一阵呼啸声响起，他转过脸惊喜地对我说："魔鬼来了。"真是生活在别处。

　　周雷出现在我们眼前。这个家伙最近总是从天而降。"嗨。"他对我们笑笑。"一大早跑来干什么？"我故意问他。"我是来看你奶奶她老人家的。"他嬉皮笑脸。"你好。"他转向了不不，"我是周雷哥哥。""不不。"我对他说，"跟他打个招呼。""你好。"不不终于开了口，一副"我是看你可怜"的神情。

　　"你叫什么名字？"小孩子永远让周雷兴趣盎然。

　　"不不。"我说，"我们的大名叫宋天栎。爷爷昨天起的。"

　　"好。"周雷说，"宋天栎你将来长大一定是个少女杀手。"

　　宋天栎的目光落到了不远处的一棵树上，将装酷进行到底。

　　"怎么给点阳光你就要灿烂？"周雷瞪大了眼睛。

　　这时候太阳真的已经出来了，暖暖地照在这个城市的上空，短暂的温柔。我知道再过一会儿，这城市就会变得像平时那样污浊不堪、嘈杂不堪。温柔不是它的常态。

　　"天杨。"我听见周雷在跟我说话，"我那天忘了你的生日了。那我就现在祝你生日快乐，还来得及吧？

◆ 江东和天杨

小的时候我就认识方可寒。那时筒子楼里的小男孩总是喜欢在放学以后簇拥在她家的门口,怪叫:"都说方可寒学习好,出门就把对象搞,搞的对象我知道,钟楼街,十八号。"然后门一响,她怒冲冲地站在门口,"一群流氓,你们!"她的声音响彻整个楼道。男孩们坏笑着一哄而散,在各个角落里偷偷趁她走回去关上门的那几秒钟看她一眼。我也一样。

那时候她的发型就和《杀手莱昂》里的小女孩一样,大大的眼睛。比《城南旧事》里的小英子漂亮太多了。我只是远远地看着她,她才七岁,就已风情万种。印象里我妈妈曾说过一句话,当时大人们都叫她"小可寒",妈妈说:"小可寒,小可寒是个美人胚子,只可惜命不好。"

她命不好还有谁命好?据我所知,筒子楼里的女孩子快要恨死她了。她从没有伙伴,从来都是一个人。我妈妈因此总是对她很热情,"小可寒有空就来阿姨家玩吧。"据我看,那热情里颇有些惺惺相惜的味道。女人。

后来我们离开了筒子楼,只是听说她小学六年级的时候就引得子弟中学的一票人和离堤岸不远的升学率几乎是零的七十二中的另一票人打起一场盛况空前的群架。——后来我才知道,肖强同志就是七十二中毕业的,不过那场群架倒是没他的份儿——他那时已经在工读学校里待着了。

再后来的事情我自己也很糊涂,说真的。

在北明中学的走廊里，我突然看见了她。她眼睛一亮："梁东！"我有些尴尬地朝她笑笑，说："方可寒。"然后擦肩而过。我不明白为什么她已经十五岁脸上却还是七岁时的表情，或者是她七岁的时候脸上就已经有了一种少女的表情——反正都一样。很快，她知道了我现在叫"江东"；很快，我也知道了她念书之外的课余生活又刺激又丰富——还能让她自食其力。

张宇良在我耳朵边说："你知道吗？五十块钱就能跟她睡一次，熟客还可以赊账。这娘们儿，不错。"这个下贱的人。不知为什么他还总愿意跟我推心置腹，也许是因为我是为数不多的看出来他的下贱的人之一，跟我相处比较有挑战性。"张宇良。"邻座一个小美眉红着脸走过来，"能给我讲一道题吗？""当然可以。"他文质彬彬地微笑。我则怜悯地看着那个醉翁之意不在酒的小丫头。

那年冬天，我有了生平第一个真正意义上的女朋友：宋天杨。

后来有一天我看见了她，在篮球馆的更衣间里。那时已经放学很久了，校园里空无一人。我是折回去拿我忘在那里的运动衣的。她端坐在那里，那天她穿着冬季校服。和所有人一样，肥大的外套，难看的裤子。可是她依然漂亮。她很累的样子，满眼的木然。一张皱巴巴的五十元钞票掉在她的脚边，她都没有发现。我走过去，给她把钱捡起来，她笑笑，"谢谢。"那笑容有点凄然，或许这是我自作多情。

"很久没见，方可寒。"我说。

"对，很久没见。"她站起身，背起她的书包，把那张五十元装进口袋。"我走了，江东。"她仰着头，像个公主那样昂首挺胸地跟我再见。

第二天我才知道，我看到方可寒的时候，篮球队里其他几个人刚刚走。是张宇良牵的头，五个人，正好是上场的人数，方可寒给他们打了八折。

我大学的时候交过几个男朋友，也对其中的一个临床医学系的很认真。一个偶然的机会，我撞见他和我们宿舍一个平时跟我关系很好的女孩一起从旅馆出来。我冷静地对他说："如果你想分手，可以直说。"他求我原谅他，发了很多毒誓，说他真正爱的人是我。我说我相信你对我们宿舍的那个女孩不是认真的，我也相信你爱的是我，但我们还是算了吧。

那些天我当然伤心，当然愤怒，当然想念他，一夜之间掉了好几公斤。但是尽管这样，在伤心欲绝的时候，我也知道我不会真"绝"。也就是说，我已经拥有了某种免疫力。对生活，对男人，对爱情本身。

我应该感谢你，江东。是你给我这种免疫力的，这项重要的生存技能。

十六岁的我怎能想象他会离开呢？那时听说谁和谁分了手就像是听说人家得了绝症一样充满同情并暗自庆幸：还好不是我。直到有一天，他对我说："天杨，我再说最后一次，我今天不想吵架，站起来，跟我回去。"

他语调平缓，没有起伏。他在命令我，他在威胁我。我甚至不敢想如果我不站起来又会怎样。于是我站起来，慢慢地，那纯粹是一种本能。

站起来的时候我很疼。是胸腔，整个胸腔。我不知道我为什么要这样做。我不知道这只是个开始，好戏还在后头呢。我只是模糊地想——原来你和我不一样。你可以没有我，但是，我不行。

她走在11月的寒风里，远远的，我就闻到那股熟悉的浓香。我背靠着墙，耳朵里还回旋着身后碟店里《霸王别姬》的京剧念白。

"好冷。"她对我笑笑。说着要往店里走。

我伸出脚拦住了她的去路。她眼睛里的光幽幽地一闪。

我递给她五十块钱，"明天中午，你有没有别的客人？"

"不行。"

"那就后天。"

"什么时候都不行。"

"开玩笑。"

"我是干这个的没错，可我也有权利挑客人。你，不行。"

"为什么？"

"没有什么为什么，做生意是你情我愿的事情，我不愿意赚你的这份钱。你不能逼我。"

我不知道我的手在抖。一张十元钱掉在地上。她抢先一步捡起了它，笑了。

"你知道的吧，给十块可以亲我，这个没有问题。"她凑上来，她冰冷的嘴唇在我的嘴唇上蜻蜓点水地滑了一下。然后她转身跑到街对面的水果摊，用那十元钱全买了橘子。

"算是你请大家。"她隔着马路冲我嚷着，"你心疼了？那你就去消费者协会投诉我吧！"说完她大笑，引得众多路人侧目。

我想着你，想着你，不知不觉间，就想掉眼泪。

晚上收拾旧书的时候，我在高二那年的代数课本上发现这句话。我的笔迹，纯蓝墨水。但我却一点儿也想不起来我是在什么时间、什么背景、什么心情下写下这句话的了。唯一能确定的一点是：这个句子中的"你"该是江东。

我反复研究着这个句子。它没头没脑地位于一道排列组合的例题后面。没有丝毫的蛛丝马迹。排列组合——我当时就没弄懂，这辈子也不会再有机会弄懂的东西。

我想着你，想着你，不知不觉间，就想掉眼泪。

挺动人的句子。清纯少女宋天杨。

那时候我们在肖强那里看《东邪西毒》，里面有一句台词的大意是：人生最痛苦的事就是记性太好。那时觉得这话经典得不得了，可是现在想来，觉得其实还是遗忘更令人尴尬：曾经的刻骨铭心居然随随便便就忘了——你该怎样对待你自己？你已没了坐标。你到底是个怎样的人？你不得已只能活在现在。

好吧，我还是努力回忆。我猜，当时的我一定是被那种司空见惯的疼痛所侵袭。我说过了是那只小狼。在那疼痛中我突然明白了一件事：我注定了寂寞。爱情解救不了我，江东解救不了我，加缪最多只能和我同病相怜，默尔索的阿尔及利亚对我来说比月球还要远。

当你明白这寂寞无药可医时,你就更寂寞。在这"更寂寞"中,你觉得除了抓紧江东之外,没有别的办法,没有别的期待。因为是他让你发现这"更寂寞"的。那时候你太年轻,你不知道虽然这"更寂寞"因他而起,他却和你一样对此无能为力。不到十七岁的你,不知道自己犯了一个最简单的逻辑错误。你只知道发了疯般地依恋他、需要他、眷恋他。你只知道在没人的地方紧紧地拥抱他,神经质地用尽所有的力气,恨不能嵌进他的血肉中去。在那拥抱中,你模糊地感觉到你是在挪用燃烧你生命的能量。你还不知道他心里想着一个妓女,你还不知道他正盘算着跟她睡觉,还有一件你俩当时都不知道的事情,就是后来,他真的陷下去了。

我想着你,想着你,不知不觉间,就想掉眼泪。

不到十七岁的你,还不知道所谓爱情,不是只有这么美丽的悲伤。

我在天杨十七岁生日那天,吻了方可寒。

是在肖强碟店的里间,通常我们一起看碟的地方。阴暗狭窄,污秽的墙壁,是偷情的绝好场所。这个婊子,她在我的臂力之下动弹不得。婊子。十块钱吻你是不是太贵了些?你居然敢敷衍了事,还他妈真没职业道德。你这烂货对我说什么?你有权利挑客人?我听见什么了?权利?不要让我笑死了。方可寒,你以为我不知道你在这儿,在这间屋子里跟肖强干过什么!你他妈的。

肖强的脸色很可怕。我知道虽然他并不觉得惊奇,但已经气疯了。

"天杨知道了该多伤心。"

操,别他妈跟我提天杨,我现在不能想起天杨,我受不了。

"江东你怎么啦?怎么这么肉麻?"

我抱紧了她,嗅着她身上像婴儿一样的牛奶气息。天杨。小天杨。粉红色的小方格衬衫,嫩嫩地开放在5月的阳光里。天杨你打我吧,你骂我吧,你杀了我吧,你像扔垃圾一样甩了我吧。天杨,你根本不该遇见我。我就只配和我筒子楼里的伙伴一起为了这个婊子打得头破血流,我就只配像我们的护城河一样自甘堕落任人唾弃,梁东也好,江东也罢,什么都改变不了我龌龊的灵魂里那个赌徒肮脏的血液的喧响。天杨,我的宝贝,你这么洁净,这么漂亮。我很无耻你知道吗?"天杨还是个孩子。"我居然这样说。那又怎样?那不是我可以用来欺骗你背叛你的理由。我就是这样一个无耻之徒。天杨,这个无耻之徒他舍不得你软软的小手,舍不得你的麻花辫,舍不得你明亮的眼睛。——你看见了吗?我又在骗你。我又在利用你的单纯——我一直都在利用它。天杨,别相信我,别信。天杨。我的天杨。天。天哪。

ASHES
TO
ASHES
CHAPTER 04
公元前我们太小

◆ 天杨

"六一"儿童节。医院送给小朋友们一人一块奶油蛋糕和一个文具盒,值班室的桌子被花花绿绿地堆满。袁亮亮走进来撇了撇嘴,"无聊。""那你说什么有聊?"杨佩没好气地问。"美女,你心情不好?"他把脸凑上去,坏笑。"亮亮。"我急忙对他说,"头又不晕了是不是?还不回去躺着。"

我们的杨佩小姐这些天心情的确不大好。她的小杜正在热火朝天地办去加拿大留学的手续,同时极其冷静地对她说:"我们还是分开吧,你看呢?"杨佩一边补因为刚刚大哭一场而弄花了的妆,一边咬牙切齿地说:"我告诉你宋天杨,男人全他妈不是东西。"

"好男人还是有的。"我说。

"你当然可以这么说了。"她冲我嚷,"你以为谁都能像你一样有那么好的命,左一个男人右一个男人的反正有个周雷给你垫底儿。可是宋天杨你别得意得太早了,男人这东西,追你的时候把你捧上天,得到你了以后你就什么都不是。不信你等着瞧……"

这女人是疯了。我懒得理她。病房里还有一大堆事情呢。

方圆下个星期就可以出院了。终于。

"开心吧?"我说,"熬了这半年,总算再坚持几天就能回家了。"

她不说话,只是笑。她的邻床,那个金鱼眼小姑娘也跟着笑。不过那不是一个四岁孩子的笑容,她瘦了,并且没有刚来时那么开心。骨髓穿刺就像一个梦魇。我亲眼见过在她淘气不肯睡觉的时候,她妈妈吓唬她说:"再闹我就去叫陈大夫来给你做骨髓穿刺。"笑容就在十分之一秒内从她脸上消失。倒是陈大夫现在不再"断定"谁还剩几个月了,尽管他把方圆的事情称为"例外"。

"不过回家以后也不能大意。"我继续说,"得好好吃药,还得定期回来检查。"

"可算是能回家了。"她突然打断了我,"为了给我治病,妈妈借了好多钱。"

"那是大人的事情。"我只能这样说。

"可是得病的人是我啊。"她看着我,脸上的皮肤逆着阳光变得透明。

"别担心。"金鱼眼小姑娘突然间开了口,"你妈妈是愿意的。她才不愿意让你像皮皮哥哥一样呢。我妈妈说,皮皮哥哥就是因为家里没钱,治得太晚了,又没钱吃好药。"

看到了吧,我对自己说,你永远别小看小孩子们。

"阿姨。"方圆突然像想起来什么一样转向我,"皮皮那个时候还跟我说,他长大以后就要娶你这样的女人。"

"我很荣幸。"我微笑。

"他吹牛。"小金鱼眼笑了,"他怎么娶她?他已经死了。"

我最爱的海子有两句诗说:"公元前我们太小,公元后我们又太老,没有谁能够见到,那一次真正美丽的微笑。"有道理。

夜晚来临,我走到家门口,就听见里面一阵笑闹声。现在我们的"好男人"周雷有了经常往我们家跑的理由——宋天栎小朋友现在几乎是每个黄昏都打个电话给他,"今天你有空吗?来和我玩吧。"——这小家伙的中文确实有长进,会说一个完整的句子了。像是回应我,他又加上了一句:"来吧,我姐姐今天晚上不值班,在家。"好吧,用周雷的话说:"我现在已经征服了你们家的老老小小,解除一切后顾之忧以后就来'解决'你,等着看,这叫论持久战。"

持久战倒是战绩辉煌,他现在已经可以在吃过晚饭之后当着爷爷奶奶的面公然进我的房间了。奶奶还要加上一句,"你俩好好聊。"然后再对不不说:"走,不不,跟爷爷奶奶出去'乘凉'。"

饶了我吧。

他站在我的身后,跟我一起盯着电脑屏幕。新浪首页。"点击这个看看。"他指着屏幕上一则变态杀人狂的消息,激动得什么似的。

"你还记不记得?"他问我,"咱们高三上学期的时候,冬天,有个杀人狂在全市流窜作案,杀了三十多个人,在抓住他之前,咱们学校都把晚自习取消了。"

明知故问。当然记得。

"你知道那个时候我想什么?"他很进入角色地自说自话,"我想老天有眼,这种事儿我平时只是熬夜写作业的时候随便想想而已,没想到成了真的。"

我笑。

"天杨。"他突然间换了一种语气,"我大学的时候跟一个女孩同居过一年,那时候我很想就这么跟她过一辈子,有天晚上我梦见自己在拼了命地追你,醒来以后我觉得这不过是想想而已。可是没想到,这会变成真的。"

"那个女孩呢?现在在哪儿?"

"嫁人了。"他摇头,"女人,女人,妈妈的。"

我大笑。我想起高中的时候学校的课本剧比赛,我们班参赛并夺魁的剧目就是由周雷同学担纲主演的《阿Q正传》,最经典的台词就是这句惟妙惟肖的"女人,女人,妈妈的"。当时全场爆笑,校长——就是江东他爸都憋不住了。

"我本来没这个打算,天杨。"他的呼吸吹着我的脖颈,"我下火车的时候只不过是想来看看你,但是后来我突然发现,我终于有了这个机会,我不能放弃。我曾经差一点儿就忘了你了,天杨,差一点儿。所以我得争分夺秒,在我还爱你的时候,在我还能爱的时候,试试看。我得抓住一样我认为重要的东西:理想也好,爱情也好，我需要这样东西来提醒我：我不是靠'活着'的惯性活着的。天杨你明白吗？"

精彩。我们认识了二十二年，他从来没有如此精彩过。

我不是靠"活着"的惯性活着的。可是这话要是让我病房里的孩子们听到了，又会作何感想？活着的惯性，对于他们，是多珍贵的东西。不过周雷，你依然感动了我。

那天晚上，我怎么也睡不着。我想着周雷这个家伙，想着他说过的高三那年的冬天，想着那段因为杀人狂所以不上晚自习的日子。第二天早起去上班精神依然好得吓人，跟颓废的杨佩对比鲜明。

上午十点，又有一个小姑娘住了进来。短发，戴着大眼镜，一副小精豆的模样，叫张雯纹。最关键的是，杨佩说："我怎么觉得，好像在哪儿见过她妈。"这时候那个母亲走了进来，"您好。"她的声音不太像是生活中的声音，充满了磁性和人造的婉转。我想起来了，那个女主持人。那个问过皮皮想不想老师和同学的女主持人。

"生活是件有意思的事儿。"我像个世外高人一样自言自语。

◆ 周雷

我不是靠"活着"的惯性活着的。靠。我也有这么风骚的时候。要是那个时候我会说这种话，该省了多少周折。

我得说说高三那年冬天。上天保佑那个杀人狂吧，恶贯满盈的他毕竟做过一件好事：就是取消了我们的晚自习。您老人家可以考虑考虑，给在地狱里煎熬的他放下去一根蜘蛛丝什么的——瞎扯瞎扯。

我还记得那时候。1996年年底，我们那座城市里的大街小巷还会飘出一首所谓校园歌曲的旋律："你从前总是很小心，问我借半块橡皮；你也曾无意中说起，喜欢和我在一起……"全是扯。高中女生要是真都这么无邪的话，这社会就没前途了。以我高中三年的"女同桌"为例：她想用橡皮的时候从不会借，而是直接从我文具盒里拿并且再也不还；她绝不是无意中告诉我她喜欢和我在一起，而是直截了当地说："我做你女友，你看好不好？"

我多害怕伤害人家女孩子纯真的感情呀。可我不想说"高三了我们都该好好学习"之类，那种烂理由我自己都不信。我只好直截了当地说："对不起，我心里有别人。"这纯真女生笑了，"不就是那个宋天杨嘛，一个让江东玩腻了的女人你也稀罕，有什么了不起的……"

"你他妈把话说清楚！"我一激动把手里的塑料尺子掰断了。

"本来。"她不示弱，"你没听说？江东早就和方可寒那只鸡搞到一起了，不信你就去问张宇良他们，全北明的人都知道，就只有宋天杨还蒙在鼓里呢。"

看见了吧，这就是我记忆中的高中女生。当然并不全都是这种货色，也有傻得可爱的，就像你，天杨。

1996年冬天的你总是穿着一件玫瑰红的布面羽绒衣，很适合你的颜色，衬得你的脸更白，眼睛更黑。你就穿着它每日跟着江东进进出出，一副神仙眷侣羡煞旁人的模样。听了我同桌的话我才渐渐发现，不知从什么时候起，那件玫瑰红上衣托着的脸由白皙转成了苍白，那对眼睛依旧漆黑，只是黑得有点湿湿的，像只小鹿。

没有晚自习的日子，回家的路上总是冬日漫天的晚霞。有一个星期六的下午，才四点半，就已经是满天的残红。教室里渐渐空了。你一个人坐在座位上，光线很暗，我看不见你的脸。

"怎么不开灯？"我说。

"周雷，你看见江东了吗？"

"没……有。"不对，我不能跟着他们骗你，"好像是在篮球馆，跟张宇良他们。"

"我去过了，老师说他们今天不训练。"

"那我就不知道了。"

"我知道。"你笑笑。那笑容令我胆寒。

"咱们回家吧。"

"我知道他在哪儿。"你自顾自地重复着。

"天杨。"

"我知道他在哪儿。周雷，我不想再自己骗自己了。"你拎起书包冲了出去，留给我一屋子的暮色。

第二天天杨没来上课。我们的变态学校觉得晚自习不能白取消。因此那段时间我们高三的学生星期天都得巴巴儿地来学校煎熬一上午。班主任灭绝师太一大早就走上讲台问班长："吴莉，人数齐了吗?""只少宋天杨。""宋天杨请过病假了。"灭绝师太说话的时候不怒而威。很强的小宇宙。我听见这话时心里一惊,抬起头往天杨的座位上看的时候,正好碰上另一个人的眼光——好机会,我可以对他"怒目而视",像阿Q同学一样。我知道你是罪魁祸首。小子,别装蒜,你敢欺负她,又是为了那么个婊子。他转过头去了,真是不过瘾。我于是在一上午的时间里往天杨的座位上看了N次,就是想再找个机会碰触他的眼神好"怒目而视",可惜未遂。倒是把天杨的同桌,就是我们的班长吴莉小姐惹恼了。

"看什么看。再看她也不会突然从地底下冒出来。"吴班长杏眼圆睁地冲我嚷,惹得周围一阵哄笑,我的女同桌笑得最响。

她就坐在我的对面,她的卧室的小床上,定定地看着我。那眼神真让我难受,像个闯了大祸的孩子。

"天杨。"我开始找话说,"你今天没去上课,感冒了是吧。"她点点头。

"这种天气就是容易感冒,得多喝水。我觉得你平时不太爱喝水,这不好……天杨,咱们上个礼拜的代数卷子发了,我已经给你带来了,还有今天的笔记也借你抄。你代数考了68分,高兴吧?你还说你肯定不及格……"我住了口,因为突然发现自己像个傻瓜。

她说:"周雷。"

"还有就是,差点忘了。江东让我把这个给你。"我当然不是差点忘了，我一直在盘算到底给还是不给，结果还是良知赢了。

她拆开那只纸袋。是只小狗熊，长毛，表情很傻。我以为她要像电视剧里一样，抱紧那只小狗熊泪如雨下。可是她只是淡淡地笑笑，就把它丢到一边。

"周雷。"她说，"你坐过来行吗？坐我旁边，陪我待一会儿。"

"当然行。"我坐过去。她今天没有编辫子，她的头发散落在肩头，这让她看上去比平时大了一点儿。她的眼睛真黑。突然间她把头靠在了我的肩膀上。

"对不起，能这么靠你一会儿吗？"

能，当然能。要不然你就利用我吧。从明天起就开始跟我出双入对让那个王八蛋看看，你一点儿都不在乎他。他爱跟哪个婊子或是圣女鬼混都伤害不了你。欺骗我的感情吧，天杨，我很高兴能成为你用来报复他的工具。利用我吧，把我当成个替身吧。既然这狗日的高考已经成为生活唯一的意义，既然这意义并不是我们的选择，那就让我们在这意义面前堕落吧。大家一起像玩丢手绢、老鹰捉小鸡一样玩弄感情，玩弄别人的也玩弄自己的，除了这与前途相比不值一钱的感情，除了这不能吃不能喝只能回忆的感情，我们还有什么可以挥霍浪费的吗？

我胡乱地，几乎是悲愤地想着。

这时候她突然笑笑，她说："周雷，谢谢你。"

我抱紧了她。她的手臂环绕着我的后背，我们听见彼此心跳的声音。我以为她会哭，可是她没有。大大的眼睛，只是怯怯地看着我。看得我心里一阵疼。

我摸摸她脸上的头发,没有越雷池一步。

"天杨。"我说,"不管怎么样,明天还是去上学吧。咱们毕竟高三了,你说呢?什么事儿都过得去,天杨,全都过得去。"

我说一句,她就轻轻点一下头,像是让什么事儿吓傻了,六神无主的样子。我什么都没问,只是搂着她的肩膀,她乖乖地靠着我,安静得像在睡眠中。

◆ 江东

我和方可寒第一次做爱是高二那年暑假。那天正好是我的十八岁生日。距离我在肖强的店里吻她已经过了三个月。当时天杨和她爷爷奶奶去九寨沟玩了。她还给我打电话说:"江东,这个地方简直太漂亮了,等咱们高考完以后一起来吧,就咱们俩。"我说:"那不是像度蜜月一样。"她笑得很开心。

我是个王八蛋,我这样对方可寒说。那时候我们并排躺在她家的床上,就是那栋看上去怎么也不像有人住的筒子楼,阴暗简陋的走廊尽头的一间。摆设和我们童年时一模一样。

"我是个王八蛋。"我说。

她转过身来看着我,甜蜜地笑笑,"至少你从没跟宋天杨做过这件事。据我所知,真正的王八蛋才不会放过天杨那种小姑娘呢。"

"你说的那是禽兽。"我冷笑。

"据我所知，有好多男人连禽兽都不如。""据我所知"是她的口头禅。

我穿衣服的时候从牛仔裤里摸出五十元钱给她。她看着我笑了笑，"不要。"

"这算什么？"我说。

"你呀，江东。"她从床上爬起来，蹬上她那双鲜绿色的凉拖——1996 年，在我们的城市里，那种色泽与式样的鞋是公认的婊子的行头。

"江东。"她走到镜子跟前，污渍斑斑的镜子里我看着她的脸，"给我钱是不是能让你心里好过些？——我不是在偷情，只不过是嫖妓而已。这样就对得起宋天杨了？如果是，那你把钱放下，我收。可是江东我告诉你，对于我，你和张宇良他们不一样，我说过我不想赚你的钱。"

"为什么？"

她用毛巾狠狠地擦掉嘴上残留的口红，转过头来，"你是真傻还是装傻？我想说的是，我跟你上床是心甘情愿的，因为我——"她停顿了一秒，"因为我喜欢你。"

◆ 天杨和江东

你知道那是什么感觉吗？在冬天的大街上狂奔。夕阳在你的前方摇摇晃晃的，直撞到你的胸口上。撞出了一个洞，12 月的寒风就从这个洞灌了进来,在你的身体里横冲直撞。唤醒了你的小狼。你听见它开始长嚎,你觉得你整个人在一瞬间荒凉下去。虽然你才十七岁。

1996年12月,高三上学期,一个星期六的傍晚,我把自行车丢在学校,一口气跑回家,足足跑了半个小时。一边跑一边对自己说:其实你早就知道了,你早就听说了,你并没有发现什么,你只不过是印证了什么而已。

他们抱在一起。我不想提起那两个名字。他和她。在顶楼的天文观测室。那是我和他第一次约会的地方。

"天杨。"他朝我走过来。

"别碰我。"

"天杨。"这时候她也朝我走过来,"天杨你听我说好吗?"

"不听。"

"天杨。"她说,"你知道我是干什么的对吧?我靠这个赚钱。江东只不过是我的客人而已。天杨,这没什么,我知道你生气,可是我告诉你,很多男人都是这样。你认识高一的那个徐骏锋吗?就是那个学张学友唱歌学得很像的。上个星期他赊了账,昨天是他女朋友把钱给我送来的。我不骗你,天杨这没什么严重的,我不过……"

我轻轻地说:"我嫌你们脏。"

然后就是马路上那场狼狈的"马拉松"。胸口剧烈地疼痛着,呼吸变成了一件困难的事儿。然后就是那个夜晚,像条死鱼一样僵缩在被子里,没有一分钟的睡意。十点半,奶奶走进来,"天杨，你们班有个叫江东的同学打来好几次电话了，他可能有什么急事。"别跟我提这个名字，求求你。我安静地说："就说我睡了吧。"

就在那一秒钟之内，我明白了一件事。一件非常简单的事。那只小狼。我曾费尽心思也没想出它到底是什么的小狼。那只常常莫名其妙地骚动的小狼，那种经常毫无原因偷袭我的深重的疼痛，那种常常于猝不及防中把我推到悬崖边的孤独，那种一闪即逝的粉身碎骨的邪念。原来只不过，只不过是无数情歌里出现频率最高的一句歌词，只不过是一句我因为见得太多所以已经对它麻木不仁的话。三个音节，每个都是元音结尾，还算抑扬顿挫，怕是中文里最短的一句主谓宾俱全的句子：

我爱你。

眼泪就在这时候涌了出来。奶奶为我关上了灯，走了出去。一片黑暗之中我告诉自己：这就是你自作聪明的结果。你以为你自己是谁，也配讨厌这个世界。你一直拒绝使用世界这本字典，你不过是个闹别扭的小孩。现在你知道这字典的善意了，你终于明白了，那个《局外人》里充满星光与默示的夜晚是这本字典终于展露温情的瞬间，当你受够苦难和屈辱的时候它就会来临，你只能等待不能寻找——所以它不是江东——不，别提这个名字。它也不是你以为的爱情。当你终于看清这个的时候你爱了，你发现这就是爱了。在这世上发现一件事情要受够与它相同程度的折磨。是吗？折磨？那他为什么选择了我最不能接受的"背叛"作为折磨我的手段呢？不，连背叛都不如。"天杨，这没什么，很多男人都是这样。"这没什么,只不过你们弄脏了我。这个世界弄脏了我。在我看清我的爱的时候它就已经脏了,那不是别的东西那是爱。你可以不要它可以拒绝它可以抛弃它可以伤害它可以瞧不起它,可是你不能弄脏它。傻孩子,我自问自答,如果不是"最不能接受的手段",又如何配称为折磨。

眼泪就在黑夜里肆无忌惮地流着,流着。我只有在这种时候才哭得出来。我永远不会在别人践踏我的尊严的时候流眼泪。比如今天的事,眼泪是最珍贵的东西,只能留给这种深切的悲伤,这悲伤与羞辱无关、与委屈无关、与疼痛无关,你依靠这悲伤和这世界建立更深刻的联系。你和这悲伤在烟波浩渺的孤独中相互取暖,相依为命。

我想要一点儿好听的声音,音乐也好,海子的诗也好,或者一个悦耳的嗓音给我念一段我喜欢的小说。小的时候,每天临睡前都是奶奶念书给我听,那是一天里最快乐的时候。唯一的遗憾是奶奶的嗓子已经沙哑,无法传达好多我想要的东西。奶奶说:"你长大了以后可怎么办?还要你丈夫天天念书给你听呀?"很久以来,我都有一个梦想,就是有一天,我和江东真的能在某个深夜里并排躺在一张床上,他念书给我听——我真喜欢他的声音呀,第一次见面的时候我就迷上了这个声音。这个我童年时就梦寐以求的声音。煎熬又排山倒海地席卷而来。是的,你知道你爱他。要知道你一旦能够用语言表达出一样东西时,你就再也忘不了它了。我在这反复的煎熬中看见清晨的阳光一点一点艰难干渴地降临。然后奶奶走进来叫我起床的时候,发现我额头的温度比平时高了些。那当然，因为我的大脑在一夜中运转了太多，我这么想。

只不过一天没看见她，可是发现她瘦了。天杨。我知道你受够了煎熬。

"我嫌你们脏。"她轻轻地，没有表情地说。然后她就跑了出去。我想去追她。但是我突然想起，这一次即便我追上她，抓住她的手臂，也改变不了什么了。这么明显的事儿，我却是刚刚才想起来。

方可寒站在我的身后，"江东我跟你说了要小心，你不听。我做过的缺德事儿够多了，可不想再招人恨。"

我一个人站在家里的阳台上。我很想去肖强那儿抽根烟，可是我怕万一在那儿撞见天杨，更怕肖强那种似乎什么都预料得到的眼神。"江东，等她知道了以后你会后悔，不信你就等着看。"我信，我已经开始后悔了。

夕阳在楼群里挣扎，像个鲜血淋漓的肺部。要是我也能像《廊桥遗梦》里的梅丽尔·斯特里普一样该多好。用我满脸丝丝入扣的心碎表情，用我手指移向车门的小动作，用我两行来自灵魂深处的眼泪，表现我的挣扎，这样观众们就可以在一秒钟之内原谅我的不忠。可是我不行。在生活中我们谁都没有观众，因此我不会被任何人原谅。

也因此，没有任何人知道，当我听见天杨轻轻地说"我嫌你们脏"的时候，我还听见了自己的心脏裂开的声音。先开始只是裂了一条小缝，就是那种表层的淡红色薄膜，然后就是摧枯拉朽地一路撕裂下去，把我的左心房和右心室变成了隔着天河遥遥相对的牛郎织女，连呼吸都会泛上来一阵带着血丝的疼痛。

冬天，天短了。暮色袭来，妈妈从厨房走出来，"小东，不早了，你去接一下陶陶。"我说："哎，就去。"陶陶是我妈妈同事的小孩，这个同事的老公得了癌症住院，妈妈就主动把她的陶陶接来我们家住。妈妈一向这样，愿意帮别人的忙。"小东。"她一边摆碗筷一边说，"一会儿你给陶陶买串糖葫芦。我昨天就答应她的，可是忘了，不过得跟她说回来以后再吃，外面风大，冷。"

"知道了。"我说。平时我很烦去幼儿园接陶陶——我这个年龄的人拉着一个小丫头在大街上招摇过市觉得很不像回事儿。可是今天我没有力气对任何温柔地跟我讲话的人说"不"。

"她爱吃那种山楂里面塞着豆沙馅儿的，别忘了。"

"行。"

妈妈笑了，"你今天怎么这么乖？"

"妈。"我说，"你这么喜欢帮别人，你是不是知道我将来会是个浑蛋，好给我积点德？"

"怎么这孩子今天疯了？"她笑得很开心，没听出来我不是在开玩笑。

天杨，我知道你受够了煎熬。

我在走廊里看见她，我叫她："天杨。"

她不理我，继续往前走。

我拦住她。

"能让我过去吗？"她安静地说，声音里、脸上都没有一点儿怨气。我该说什么？对不起？什么叫对不起。别丢人现眼了。反正你自己已经是个浑蛋了，那就浑蛋得彻底一点，做个坦率的浑蛋，别再给自己找借口。

"天杨，我不管你怎么想，我得告诉你一件事。"

"我不想听。"

"我爱你。"

没错。我终于说了。就是这么简单。我够下贱吧？我和张宇良之间的差距不过是五十步笑百步。天杨，来，这儿是走廊，人来人往，当着所有的人给我一个耳光。那清脆的一声响会令所有人侧目，会令这嘈杂的走廊突然间鸦雀无声。但是我必须对你说，我爱你。

她笑笑，"让我过去。"

放学之后的教室，看上去比平时大很多。值日生走的时候满脸暧昧的笑容，"待会儿记住锁门，你们俩！"

我这才知道原来教室里只剩下我和她，都在作用功学习状。

也不知道过了多久，我不敢朝她的座位看，听见一点儿椅子的响动我就心惊肉跳，我还以为她要走过来跟我说分手，我还以为她要站起来回家把我一个人晾在这儿。清校的铃声悠然响起。我们曾经在篮球馆里一起听着这悠长的声音。训练的间隙，我坐在她的旁边，看台上一排又一排橙色的椅子，是我们的底色。我浑身是汗，她清清爽爽。

这个女孩真干净，第一次见天杨的时候我这么想。

"梁东。"那婊子对我笑笑。那一瞬间我忘了自己现在其实是叫"江东"。"你是真傻还是装傻,我跟你上床是心甘情愿的,因为我,因为我——"

江东你去死吧。我只能这样说,你去死吧。你是脑子里进水了还是怎么的?你没听说过所谓爱情就是视一切天杨之外的诱惑如粪土?没听说过难道还没学过《孔雀东南飞》?还不知道杨过和小龙女的故事?就算她方可寒不仅仅是"一个诱惑"那么简单,不仅仅是一个漂亮的婊子而已,那又怎么样?不过是粪土。不过是自私、贪欢、下流、无耻而已。没有借口,你是个浑蛋,你也是粪土。你是配不上爱情这样东西的下流坯。你明知故犯地伤害一个爱你的女孩子还可以用"浑蛋"来解释,你明知故犯地伤害一个你爱的女孩子又算什么——你比浑蛋还恶劣,你是精神病,你活得不耐烦了你。

"你是真傻还是装傻,因为我喜欢你。"她的口红没有擦净,一抹浓浓的桃红留在嘴角。这句话在一秒之内判了我死刑。不过是场交易而已,不是吗?张宇良那个狗杂种把头歪成一个卑微的角度,盯着我凝视着方可寒的背影的眼神,"你这家伙怎么这么分不清'轻重缓急'呢?宋天杨怎么说也是你的'主菜'。"

"我叫宋天杨。"她的两条麻花辫垂在胸前,藏蓝色的背带裙拂着她的小腿。

江东你去死吧。

我不知道我哭了,操。什么都丢光了就不要再丢脸了。但我管不住自己的眼泪,就像我管不住我自己对那个婊子的欲望。

我听见一声椅子响。她轻轻地走过来,她的小手软软地摸着我的头发，我狠狠地搂住了她，我真害怕我自己会弄断她的腰。天杨，我的天杨。我们死吧，让我们一起死吧。让一场横祸从天而降，让我为了保护你把你藏在我的身体下面。让你看着我先死。让我心满意足地为了让你花朵一般的嘴唇继续鲜艳下去而停止呼吸。这样我就可以证明我爱你。这样你就可以相信了不是吗？

"江东。"她说，"你为什么要那么做？"

我只能说："我不知道。"

她什么都没说，把我的脸紧紧地贴在她的肚子上。她身上有股牛奶的气息。她的小手，摸着我的头发，慢慢地。

"江东，我也要告诉你一件事。"

说。我知道你要说什么。一阵恶心涌了上来，天杨我不能没有你。你说吧，江东咱们分手吧。你该说，我会点头同意然后再跑到无人处扇自己耳光。那是我应得的惩罚。

"江东。"空气凝固，"我爱你。非常，非常爱。"

那是我第一次看见他的眼泪。

12月的黄昏，天黑了。我打开教室的日光灯，回过头去，我看见他的脸。面色很平静，可是他在哭。我抱紧了他。

这就是小说里提到过的爱情吗？我现在算是明白了，爱情是神话，可是不是童话。我这么想着的时候突然觉得我再也不是从前的宋天杨。我紧紧地，搂着他。他的眼泪沾湿了我的毛衣。我并不是原谅他，并不是纵容他，并不是在用温柔胁迫他忏悔。我只不过是在一瞬间忘记了他伤害过我，或者说，在我发现我爱面前这个人的时候，因他而起的屈辱和疼痛也就随着这发现变得不那么不堪。爱是夕阳，一经它的笼罩，最肮脏的东西也成了景致，也有了存在的理由。

"江东。"我说，"我爱你。非常，非常爱。"

距离那个时候，已经过了差不多八年。八年来我谈过很多次恋爱。和五六个男人说过"我爱你"，可是我再没有在"我爱你"后面加上过这句"非常，非常爱"。这可不是什么让人激动的事儿。

我为什么会想起这个？因为今天张雯纹那个小丫头——就是那个主持人的女儿问我几岁的时候初恋。我说十五岁。她故意做出一副努力不表示轻蔑的表情，"够晚的。"我说："那当然，我们老了。"然后我装作很有兴趣的样子问她："你呢？几岁的时候初恋？""让我想想。"她开始玩深沉，"我今年十一岁，我开始喜欢罗小皓的时候还不到九岁吧。"她歪着头看我，似乎在等待我摇头叹气地说一句："现在的孩子。"

张雯纹住进来一个礼拜，已经光荣地当选为全病房想象力最丰富的小朋友。评审团成员是我们这几个护士外加陈医生。至于她和罗小皓小朋友之间的浪漫故事我们都已烂熟于心。因为她的白血病——这个故事已经渐渐有往《蓝色生死恋》方向转移的可能性——这是她的原话。她告诉我："你知道吗？我告诉罗小皓我正在跟妈妈办移民加拿大。他不知道我住院。""干吗不告诉他？"杨佩问。"那怎么行？"张雯纹瞪圆了小豆眼，"他知道了会受不了的！而且他知道了一定要来看我，我可不愿意……"她一脸骄傲，"你们想想，那是生离死别呢！"杨佩愣了一下，"宋天杨，我觉得我是真的老了。"我忍着笑，对张雯纹说："也别那么悲观，我们这儿有好多病人现在都回去上学了。"她不说话，瞟我一眼，像是怪我扫了她的兴。

张雯纹的天赋着实令我钦佩，她能彻底地把对别人来说是悲剧的东西变成她炫耀的资本。这天赋尤其令杨佩"景仰"。她平时不像我一样喜欢和这些孩子聊天，可是现在倒是跟张雯纹打得火热，似乎这样可以帮助她用另一种观点看待她该"遭天谴"的小杜。

可是我怀疑，张雯纹能否将这天赋贯彻到底。再过一段时间，当她失去了充当《蓝色生死恋》的女主角的新鲜感，当这场病开始变成她的折磨，她对罗小皓的兴趣会不会变淡，或者罗小皓其实现在就只不过是精神鸦片而已？可我依旧满怀希望。拥有张雯纹这样的病人工作就不会那么无聊。我总是对周雷谈起她，周雷听了之后笑笑说："她要是再大一点儿，我一定追她。"

周雷还说，爱情是场革命。这家伙最近说话越来越经典。他自己说是因为备考而看的那些大师的文艺理论把他"提炼"了一回。没错，这个词我找了很久，革命。被最美的理想屠戮得七荤八素，这和恋爱真的异曲同工。一场火热的洗礼中每个人都在刹那间以为自己就是圣徒。很奇怪，热情这玩意儿，明明从自己的大脑诞生出的东西，但是往往，它最终会变成你的命运。所以我祝福张雯纹能康复，像她这样的"情种"该碰到很多的罗小皓才对。

至于我和周雷——革命尚未成功，或者说，尚未开始。

我常常梦见一个火车站,这个梦跟随了我很多年。第一次梦见它大概是五岁的时候,醒来后没几天,我妈妈就和我爸爸离了婚。后来我发现,每当我的生活会有什么重大的变化,这个火车站就会如约来临。当我第一次看见天杨的时候,我高考的那几天,我去公司应聘的前夜,等等。在这个火车站上永远是我独自一人,站在空空的月台上,有时候是要上车,有时候是来接人。尽管没人可接,但是在梦里,也不觉得荒唐。

总是冬天。那火车站上永远在下雪。有时候是零星的雨夹雪,地面湿湿的;有时候是夜晚,月台上灯光昏黄,鹅毛大雪纷纷扬扬地飘;有时候是早上,地面积了厚厚的一层,雪地上只有我一个人的脚印,阳光妩媚地照射着。

我和安妮刚刚结婚的那阵子,有一天我梦见了它。火车汽笛很悠长,地面上一片银白,这时候我看见了方可寒。明明在下雪,但她穿得很少,拖着一个大箱子,箱子上的轮子像切蛋糕一样歪歪斜斜地割开了雪地。她一转身看见了我,笑笑,说:"江东,下雪了。"那个场景让我觉得似曾相识。总之绝非我的原创。

惊醒之后我突然想起来,是那个叫《不夜城》的电影。那个女人对金城武说:"健一,下雪了。"然后健一,就是金城武就杀了她。"下雪了"是那女人最后的话。我们一定是在肖强那儿看的这部电影,当时方可寒应该在场。是在她对我说"做生意是你情我愿的事情,我不愿意赚你这份钱,你不能逼我"之后,在她说她喜欢我之前。我在梦里没杀她,尽管我在现实中曾经无数次地想要这么干。我不是开玩笑,我是认真的。自从她说她喜欢我之后。

在我跟她做爱的时候我总是在想,要是我现在狠狠地卡住她的脖子,扼住她的呼吸就好了,她就保证动弹不得,十几秒内完蛋。这样我就再也不用忍受她妖娆的眼神,再也不用在她把烟喷到我脸上时像个呆鸟一样不知反抗,再也不用在那面污秽腌臜的镜子里打量她嘴角的劣质唇膏和她那张其实根本不用化妆的脸;这样我和天杨就有太平日子过了。当然我自己也知道我犯了一个逻辑性的错误——六祖慧能曰:不是风动,不是幡动,仁者心动。——但有一次我是真的掐住了她的脖子,她开始的时候尖叫,我在听不到尖叫声之后突然放开她,她含着泪大口大口地喘气,然后扑上来打我,吼着我都不好意思说出口的脏话。

那段日子——我是指那段我和天杨已经在一起一年多,我已经厌倦了像小孩一样整日吵架和好的生活的日子,说得再确切一点儿,我已经开始厌倦并背叛天杨但还没发现我早已是那么爱她,就是在那段时间,我开始对侦探推理小说感兴趣,对小报上的谋杀案新闻感兴趣,对警匪电视剧感兴趣,甚至对书店里的犯罪心理学教材感兴趣,我知道只是想想而已,我不会那么傻到去照做。可是这"想想而已"让我胆寒。1996年的酷夏因着这份胆寒有了一点儿凌厉的味道。在那间筒子楼里的斗室中我和她凶恶地吻着,她的手柔若无骨,即便是夏天也仍是冰凉——那时我就想:"贱货,你活着不过是浪费人类的生产资料。"

彻底打消我这个"想想而已"的是天杨的一本书,叫《罪与罚》,那时天杨已经跟她爷爷奶奶旅游回来了,那个暑假我经常在天杨的小屋里泡着，却只是吻她的脸——为治疗我可怜的犯罪感。《罪与罚》是我有生以来从头到尾一字一句看完的第一本也是唯一一本长篇小说，陀思妥耶夫斯基同学你帮了我大忙。那么好吧，别让偶然的一点儿静电变成电闪雷鸣，你以为你是演《牯岭街少年杀人事件》？省省吧，你以为你能像人家小四那么好的命碰上杨德昌？

1996年12月8日，暮色袭来的教室里，我绝望地等待着天杨的审判。判决书由十一个字组成，含标点：我爱你。非常，非常爱。

天杨我愿意为你死。

1996年12月，到1997年2月，我和天杨在一起差不多三个月，这三个月是我们最幸福的日子。我发誓要永远对她好，再不背叛她、伤害她，从此不离不弃、地久天长。她一如既往地喜欢黏着我，从不做出一副"是我原谅了你"的恩赐模样。那些日子里充满着幸福。不是城堡门一关王子公主从此白头到老的那种弱智幸福，那幸福就像一些长途跋涉迁徙的动物，终于在严冬时赶到一个春暖花开的地方，这幸福不是快乐，是艰辛的温暖和劫后余生的宽容。那段时间在故乡干冷的朔风中长久地抱她吻她的时候，总觉得像是站在一片废墟上，无处话凄凉之际还好剩下了你。

那些日子她一下课就会到我的座位这儿来，赶走我的同桌，跟我待一会儿，我同桌总是很不满地嘀咕："都老夫老妻的了，还肉麻兮兮的。"也对，放眼全年级，从高一一直走到高三的算上我们也不到五对儿。张宇良总是戏谑地看着我，叹口气："哥们儿，你总算是想明白了。"他是方可寒的熟客，熟到可以赊账打折的那种。他女朋友对此早就是睁一只眼闭一只眼，用他自己的话说："我是为我女朋友好，眼看要高考了，她自己也害怕万一怀孕，可是我也有正当需要吧。"我真的很想知道要是老师们听见他们的宝贝模范生再加学生会副主席的这番话会作何感想，我更想知道为什么这家伙永远能把什么事都分得清清楚楚：学业和恋爱，恋爱和——我该把他和方可寒之间的东西称为什么？总之，我不行。

更神的是，他会在对我说完这番话之后再走上讲台，一本正经地面向全班，"同学们，这次班会主要是为了讨论一下元旦全校的新年文艺汇演上我们班该出个什么节目，我个人认为，这是我们中学时代的最后一个元旦，所以……"

1996年年末，我和天杨的蜜月。我们常常在走廊里撞上方可寒，她倒是很大方地跟我们打招呼。上课的日子她不化妆，但可能是因为冬天的关系，寒冷让她的嘴唇蒙上一种凛凛的鲜艳。零下20℃的寒冷里，她居然在冬季校服的上衣下面穿了条短裙。真行。和她擦肩而过的时候我握紧了天杨的小手，嘲笑自己：真没种，差点为了这么个婊子沦落成失足青年。这婊子转过脸对我笑笑，然后用你听不见声音的步伐消失在走廊的另一端。

后来，我上大学的时候，看了一部叫作《西西里岛的美丽传说》的电影，莫尼克·贝鲁奇演的玛莲娜让我想起方可寒。我是说方可寒到了三十岁一定会是那副模样。比高中时再胖一点，穿细细的高跟鞋，我保证三十岁的方可寒会选择玛莲娜的发型，在荒凉的堤岸上走一圈，任何和她擦肩而过的女人都会恨得咬牙切齿。只不过我已经没有机会印证我的猜测。我所能做的只是回忆，她七岁的时候怒冲冲地打开门，刘海儿下面一对大眼睛："一群流氓，你们！"我们这群流氓从小就为了她打架，有好几次妈妈因为我脸上的乌青罚我站。这群流氓中更有一部分为她从小打到大变成了真正的流氓，而她倒是做了一路的好学生考进北明。

但是，十八岁时的我有时会想：对她而言，北明算什么呢？

1997年3月，方可寒因为那个我们都知道的原因被北明中学开除。4月，她死了。还差一个星期满十八岁。那天晚上我又来到了我的火车站，看见她笑吟吟地拖着一个大箱子，箱子上的轮子像切蛋糕一样歪歪扭扭地切开了雪地。我问她："要不要帮忙？"她说："不用不用，里面全是衣服。"

ASHES
TO
ASHES
CHAPTER 05
渡口旁找不到一朵相送的花

◆ 周雷

1997年发生过什么，你还记得吗？

香港回归，我们高考。7月1日凌晨，政权交接普天同庆，我在一天一地的鞭炮声中惊醒后神经质地想：还有六天，我背会那段"一国两制"了吗？这时候电话铃声响了，传来天杨笑嘻嘻毫无睡意的声音："同喜同喜。"

1997年，我们这个城市商业区的步行街落成。晚自习的间歇，常有我们学校的学生跑到那里去透气，华灯初上，高楼林立，麦当劳门庭若市。那一瞬间你不会相信，只要再步行十分钟，就是那个荒凉的堤岸，河水腥臭，废弃的建筑周围杂草丛生。而我们的北明中学，正好位于这两个地方的中点，仰着它红色花岗岩的高傲头颅。那年学校从南方买来几棵栀子花树，四五月间，到处都是幽香，掩盖了闹市区的汽油味，还有堤岸上河水的味道，于是，我的1997年的春天拥有一种乌托邦的幻觉。

1997年春天，方可寒死了。

1997年夏天，高考。然后，天杨和江东分手。

1997年秋天，我来到大学报到。

1997年冬天，我逃课去北京读新东方，在那里遇见了江东。

他在人潮里惊讶地看着我。我拍拍他的肩膀，"哥们儿，有空吗？咱们喝酒去。"

那时候我的身边有一个陌生的女孩子。不过我们喝酒的时候她先回去了。谈起从前的同学时，我很想问他：你是不是真的已经忘了天杨。我当然没问，我不是那么煞风景的一个人。

那之后，我就再也没见过他。

2004年，一部叫作《无间道Ⅱ》的电影让我重新回忆我的1997年。银幕上烟花升起，曾志伟藏起刘嘉玲的照片，像换外套一样换上一副嚣张的表情，迎接大门里面的衣香鬓影，我和天杨都笑了，说这个片子还挺煽情的嘛。

这时候天杨突然把头靠在我的肩膀上。我的手轻轻抓住了她的。我不知道屏幕上的1997年是不是让她想起了什么。总之，对我而言，1997年是个绕不过去的年份，与香港回归无关。

这时候门轻轻一响，我们赶紧分开。又是不不那个欠揍的小浑蛋。

"我睡不着。"他说。

"你缺钙还是怎的，这么小就睡不着。"我恶狠狠地说。

"什么'盖'？"——我忘了他不是中国人。

"我给你讲故事？"天杨说。

"不用。我要跟你们俩玩。咱们一起出去吃冰激凌吧。咱们三个。我要吃麦当劳的甜筒。"他眉飞色舞。

"不不，现在是晚上十二点。"天杨瞪大眼睛。

"爷爷奶奶都睡了。"

"你不怕我明天告诉奶奶？"天杨说。

"那我也可以告诉奶奶，这个人——"他指指我，"这个人在咱们家待到十二点还不走。"

妈的。

◆ 天杨

1997年年初，在我和江东最幸福的日子里，他总是问我一个问题：我为什么会喜欢上他——在我们刚认识没多久的时候。

这真是个不太好回答的问题。我想沉浸在甜蜜中的女孩子多半会用一句最现成的话搪塞过去：喜欢一个人不需要理由。但我总还是试图回答他，因为这对我自己也很重要。为了寻找答案，得一直往上追溯。

"江东。"那时候我们坐在我的小屋里，爷爷奶奶都不在家，"你还记不记得，你刚刚上小学的时候……比方说，第一次运动会，你们班得了一张奖状，老师把它举起来给全班小朋友看，然后大家一起欢呼鼓掌……你还记不记得，那个时候，你和大家一起欢呼鼓掌，你是真心的吗？"

"这个。"他有些困惑，"我不记得了。"

"我记得。"我说，"我不知道他们为什么要这么高兴，因为我一点儿都不想欢呼，不想鼓掌，可是当时大家都在那么做，我也只好照做。我知道，每个人都会说，集体的荣誉是每个人的骄傲，可是那时候我都叫不上来全班大多数人的名字，别的小孩也是的，那为什么他们就能把一群还叫不上名字的人当成个集体，然后为了它鼓掌欢呼，觉得自己真的'属于'一群陌生人呢？他们还真是放心。我到现在也想不明白这件事。"我对他笑笑，"你看，江东，对别人来说像本能一样自然的事情，我就不明白。从小到大，这种例子太多了。我第一次看见你的时候，我还以为你和我一样。我还以为你也是个不习惯这个世界的人。"

"为什么？"他深深地看着我。

"因为，你的声音。"我不好意思地笑，"这种理由很烂吧？可是这是真的，因为你的声音。我喜欢听你的声音，我长这么大，从来没听过这么好听的说话的声音。那时候我觉得这个声音是上天专门给我造出来的，你也是。"

"现在是不是觉得误会了？"他笑着。

"现在知道你和我其实不大一样。不过，以前我总是在找'一种'和我一样的人，可是现在，自从遇上你以后，我要的就不再是'一种'人，不再是什么类型的人，我要的是'一个'人，就是你。"

然后我们接吻，像电影里一样。

那段最好的日子里，心里总是涨满了海水一样温暖的疼痛。就连高考迫近也不再让我紧张。日复一日的模拟考，一张又一张的复习题，因着我们之间的那种温暖，不再面目可憎。我们一起面对它们。现在想来那时的爱情，经历过方可寒而变得厚重的爱情让我触摸到一点点"生活"的真相——我是说相对我同龄的女孩子而言，其实是这一点"真相"治愈我对高考的恐惧的，但那时我以为是江东。晚自习结束后，他就把我带在我的自行车后面送我回家，这件事情周雷直到今天提起来都是咬牙切齿。我们穿过闹市区，我紧紧地搂着他的腰，错落的霓虹灯晕染着楼群间隙的天空，夜晚才开始出没的三陪小姐们像藤蔓一样萦绕着巨大的广告牌。晚风吹过来，麦当劳巨大的黄色M在暗蓝的夜色里有点寂寥。

"没有星星。"我对江东说。

"有，有一颗。"

"从小到大，就只看得见这么一颗。"我很不满，"我就从来没见过书里写的那种繁星满天到底是什么样。"

"是污染的关系。"他说，"而且我听天文台的人说过，就咱们每天看见的这颗星星，都不是真的，是颗人造卫星，因为它离地面比真的星星近得多，所以咱们才看得见。"

"真——的？"唯一的一颗星星还是个冒牌货，这不能不让我愤怒。

"要看满天的星星就得到穷乡僻壤去，咱们还是凑合着看看这颗假的吧。"

"你还记得那个《星光伴我心》吧？就是咱们在肖强那儿看的。里面有个放羊的说：'我放羊的时候看着满天星斗，就会想，这个世界真的存在吗？'多棒的台词呀。"

"小姐，你真以为这话会是个放羊的想出来的？那个电影的编剧指不定怎么绞尽脑汁了呢。人家骗的就是你这种观众。"

"你这个人怎么这么不浪漫——"我尖叫，他突然加快了蹬车的速度，为了赶前面的绿灯，在我的尖叫声中，他笑着喊："你越来越重了宋天杨！"

幸福这东西，一点儿不符合牛顿的惯性定律，总是在滑行得最流畅的时候戛然而止。剩下的事情就是锻炼你的承受能力了。这么想着的时候我微笑了一下，因为我想起了张雯纹。曾经我颇有兴趣地等待她到底能依靠那个莫须有的罗小皓坚持多久，结果令我不得不承认：这孩子身上有种梦想家或者诗人或者狂人的禀赋，治疗越艰苦，我们从她嘴里听到"罗小皓"这个名字的几率也就越大。还有个跟着她起哄的杨佩，每一次做骨髓穿刺之前，杨佩都会对她眨一下眼睛，轻轻地说："罗小皓的力量。"

"罗小皓将来一定会是花泽类那种类型的男人。"某个我值夜班的晚上，张雯纹突然对我说。

"花泽类是什么类型的？"我故意问。我现在已经摸透她的习惯了，聊起罗小皓时你要多提一些"开放型"的问题，这样她可发挥的空间会大一些。

"就是——"她今天一反常态地有些烦躁，"就是花泽类的类型嘛,你又不是没看过《流星花园》。反正我的罗小皓才不会像龙威或者袁亮亮那两个讨厌鬼一样惹人讨厌。"

张雯纹是龙威和袁亮亮的死敌。起因是上周末中午的水壶。龙威在病房门口要袁亮亮把他的水壶扔出来,结果袁亮亮用力过猛,水壶蹭过龙威的手正好砸在当时正站在走廊里的张雯纹面前的地板上,张雯纹尖叫一声,龙威急忙说:"对不起对不起,我没有接稳!""你搞什么?!"张雯纹瞪圆了小豆眼,"我可是受惊了呢!"这时候袁亮亮不紧不慢地在里面接了一句:"没听说过接个吻就能受精的。"张雯纹夸张地大叫"流氓"转身跑了。但这个笑话却流传开来。就连叶主任也曾在人少处偷笑,我亲眼看见的。

"天杨姐姐。"她不像有些小孩那样叫我阿姨,"你说我会不会死?"

"不会。"碰到这种问题我当然都说不会,只不过对别的孩子我会斩钉截铁地说,对她,我会视具体情况调整语气。

"我昨天给我的好朋友打电话,叫她用我的邮箱发个 E-mail 给罗小皓,就假装是我发的,我告诉他我现在正在北京跟我妈准备往大使馆递材料呢。"她的眼睛又亮了,"也不知道我的好朋友记不记得要在结尾的时候写上'I love you'。"

"也不怕露出破绽让他看出来?"我说。

"才不会,我的这个好朋友最擅长做这种事儿了。有一次我们老师都说她适合搞地下工作。"

"要这么说,她一定记得住'I love you'。放心吧。"

"那要是有一天,天杨姐姐——"她犹豫了一下,"要是我万一,你说罗小皓他不会恨我的好朋友吧?"

"不会。"这次的"不会"可是说得斩钉截铁。

"这个孩子真有意思。"我在值班室里对杨佩说,"她长大以后会是个好演员,太入戏了,她有时候简直就是'想死',这样就可以谈一场生死恋。唉。"我长长地叹口气,"还是小,她哪儿懂'死'是怎么回事儿啊……"

"你懂!"杨佩打断了我,"你死过?你能比她强多少?"

我忘了这女人最近一直歇斯底里,尤其是周雷这些天常来等我下班,搅得她很不爽。

我走下楼梯,暮春的天空里有种暧昧的香气。张雯纹的主持人妈妈叫住了我。感觉上她跟她的女儿不大合拍,她的神情和病房里的其他母亲一样憔悴。在这阴郁的憔悴的笼罩下,嘴角一丝善意的微笑也有一种宿命的味道。她今天没化妆,看上去没有平常电视上那么漂亮。

"有空吗?我请你喝茶。"她说。

我们就近去了上岛咖啡。

"你喜欢雯纹吗?"当我往英国红茶里加牛奶的时候她终于打破了沉默。

"喜欢。"我笑了,"她是个特别聪明,特别……投入的小孩——举个例子,你听过'罗小皓'的故事吗?"

她愣愣地看着我,很有兴趣的样子。

于是我开始讲罗小皓——她从不认识的自己女儿的罗密欧

——正好都姓罗。长大后会酷似花泽类的罗小皓,从九岁起跟张雯纹恋爱直到十一岁的罗小皓,有那个关于移民加拿大的骗局,由好朋友伪造的 E-mail,然后就是每次骨髓穿刺时的万灵咒语:罗小皓的力量;讲到《蓝色生死恋》的时候她终于憋不住大笑起来,我也跟她一起笑。虽然她的笑里隐隐含着一股紧张了太久之后终于暂时放松的神经质,但毕竟是快乐的。

她用手指抹掉眼角的一滴泪,"这孩子跟我小时候像,幻想力特别强。"

"我觉得她很了不起。"我说,"她能自己找着一个支点,自己撑下去,哪怕是幻想呢。这是多少大人都做不到的。"

"你还记不记得,就是上上个月,我们还在你们这儿做过一期节目。我对着镜头说:观众朋友们,让我们一起祝愿这些孩子能早日战胜病魔——现在想想真是可笑,你战胜得了谁?"

"未必是谁战胜谁,你看像雯纹这样,不也挺好?"

"就是,不是战胜的问题,是要共存,是要懂得接受。"

"甚至懂得欣赏。"

"对。"她笑了,"就像雯纹一样。我的雯纹以后没准能干成什么大事。"

"那是当然。"

"只要她逃得过这一劫。"她深深看着我的眼睛,我们面前的红茶慢慢地冷掉了。

◆ 江东

"没有星星。"天杨说。很遗憾我看不见她说这话时候的表情。她的声音从背后传过来,我猜她仰着脸的样子是很专注的。夜风把她的面霜的气息从后面传过来,清爽的香味,恍惚中觉得她其实是一朵花,就在你看不见她的时候开放。

2月还是很冷。这座城市的夜晚散发着一种铁锈的气味。远处的天空呈现出怪异的粉红色。那是我们这里特有的景观:不是霓虹灯污染空气,而是空气弄脏了霓虹灯。重工业城市往往如此,上空飘着太多肉眼看不见的烟尘,可是你却看得出来,一经这些烟尘的笼罩,"繁华"这样东西就不再理直气壮。

我会在天杨家楼下抱紧她,接个短短的吻,她的声音在黑暗中浮上来,"宝贝,明天见。"明天,教室里的"倒计时"牌就会再被改写。市中心的广场的倒计时牌也是。只不过市中心的那个是在等待香港回归,我们的是用来制造紧张空气:距离高考仅有一百多天。

话虽如此说,我却还不算紧张。总觉得这个巨大的考验是有人和你一起面对的。这个人她天天和你一起穿越一个充斥各种压力的白天,一起穿越霓虹混浊的夜晚,当你抓住她的小手的时候就有种同舟共济的感觉。我珍惜这个。在嘈杂的教室里,大家都把每一天当成一百多天的最后一天来过——念书的疯狂地念书,堕落的不顾一切地堕落,还有人在疯狂念书之余谈起一场完全是为了调节神经的恋爱;而我,因为有她,我就觉得每一天不过是一百分之一而已。

"江东，你就是我在学校里的家。"有一天她突然这么说。

其实她对我的意义也是一样。现在我俩都良民得可以，星期天约会都是先在一块儿写完作业再去找肖强看碟。这是好事，比起周围那些混乱的人群，你有一个家，和那个你天天在那里吃饭睡觉的家不同，这个"家"多少有些臆想的成分，但它却实实在在地消解了周围类似"乱世"气氛的哀伤。

我不想恶俗地在这种时候加上一个"但是"，说真的我是多么不希望有"但是"发生，我是多么想让这种生活继续下去，在宁静的厮守中继续下去。尤其是，当我有一天突然发现我们现在的状态就是传说中的"幸福"的时候。不过我依然心怀感激，"幸福"这东西毕竟曾经来临，开始于1996年12月8日，结束于1997年3月1日，有始有终，我把它们轮廓分明地从岁月里切割下来做成标本，仅供在未来参考。

现在我要开始全神贯注地回忆那个"但是"了，我很喜欢这个词，两个音节，干脆利落地切换到一场劫难。这劫难也就因为这干脆利落变得不那么丑陋难堪。那天我送天杨回家之后，像平时一样搭公车回北明。平时我都会从学校的正门进去，可是那天，我突然想起其实从篮球馆的地下室穿过的话就会直接到我们家的楼下，于是我想：试试看吧，但愿篮球馆的后门没锁。

篮球馆的后门果然还没锁。地下室里飘着一股旧皮革的霉味。那气味从堆放着无数个新旧篮球、排球、足球的储藏室里发出。昏暗的灯光映亮了我面前的水泥地，我模糊地想着：是不是今天体育老师他们清点过器材了。我急匆匆地走,远处的卷闸门关了一半,看得见外面幽深的台阶。

"你是真的不知道还是装不知道?"——我突然听见这个太熟悉的声音,来自那间半掩着门的储藏间。我走过去,里面灯光昏黄。方可寒坐在一个旧得发黑的平衡木上,裙子撩得很高。一张五十元的钞票晃晃悠悠地夹在她苍白纤细的指尖,"我告诉你,我不是非要赚你的钱不可,当然如果这样能让你安心的话我会收。我和你上床是心甘情愿的。因为——"她慢慢地微笑,"我喜欢你,老师。"

方可寒和体育老师突然看着我的时候,我才发现我自己把门弄出了天大的声响。灯光照着空气中浮动的尘埃,体育老师混浊地看着我,"怎么是你?"说着他走了出去,躲闪着我的眼光,轻轻在我的肩膀上拍了一下。现在只剩下我和她。她的腿在平衡木下面晃着,歪着头。

"你说。"我艰难地说,"你跟多少人说过这句话?'我并不想赚你的钱,我和你上床是心甘情愿的,因为我喜欢你。'你到底跟多少人说过这句话?你是不是跟所有的人都会这么说?"

"关你什么事?"她嚣张地仰起脸,眼睛闪闪发亮。

"你是不是跟所有的人都会这么说?"我重复着。

"你凭什么问我这种问题?"她冷冷地看着我,"你以为你是谁?是你自己偷听别人说话反倒得寸进尺。你这些话跟你的宋天杨说还算是合适,跟我——对不起,你只是我的客人而已。我对别人说什么是别的客人的隐私,你没权利过问。"

我扬手打了她一个耳光,我说:"婊子。"

我打得很重。她一晃就从平衡木上跌了下来,撞在身后巨大的铁柜子上。那一声闷响在整个地下室激起一阵旋涡般的回声。她惊叫了一声,坐在地上含着泪狠狠地盯着我。她挣扎着准备站起来的时候我对准她的膝盖狠狠地踹了一脚,"婊子。"我说。

我一向都觉得对女人动手的男人是最没品的。可是那天我不记得我自己非常没品地踹了她几脚。婊子,婊子。我在心里恶狠狠地重复着这个词。"你是真不知道还是装不知道""我不愿意赚你的钱""因为我喜欢你"……这些话在一秒钟之内判了我死刑,为了这些话,我背叛天杨的同时也背叛了我自己——我连我自己都已经背叛了还在乎背叛别人吗?那些日子里我就是靠着这个混账理论一次次地跟她上床,像只见了骨头的狗一样下贱地贪婪着她惨然的妩媚。可是现在你明白了,那些话不过是她的广告词,是她的促销手段,是她的注册商标,她排练了无数次,重复了无数次,什么时候歪一下头,什么时候微笑,什么时候笑得灿烂一点,什么时候冷笑她全都胸有成竹烂熟于心。只有你,只有你这样的傻 × 才会以为那只是对你一个人的。笨蛋,你难道不知道什么叫作"市场"吗?"因为我喜欢你——"后面还有半句是要你自己领会的——"所以你埋单吧。""婊子。"我重复,"妈的,婊子。"

然后我听见她哭了。她抬起脸看着我,眼泪沿着她的脸颊缓慢地向她的嘴角移动。片刻的寂静。她在脸上抹了一把,说:"你打死我算了。"我蹲下身子,想把她拉起来,她就突然紧紧地搂住了我。

"江东。"我感觉到了她的眼泪,"江东我想死。"

"胡说些什么。"该死,真是蠢得无可救药,这种事还用得着我教你。我对自己说:你应该说——那你就去死吧,懂吗?看看她下面还能怎么办,看看这贱货她到底还有多少台词来应变——但是她在哭,她在发抖,像小时候我们用弹弓打下来的鸟。那时候妈妈特别喜欢她来我们家写作业。她的睫毛垂着,我伸长了脖子,隔着小方桌想偷看她默写的生字。于是她的眼睛就从睫毛下面亮闪闪地露出来,外面走廊上孩子们的笑闹声格外地响,"梁东和方可寒谈恋爱喽——"

我看着她的脸,细细地、一点一滴地凝视。飘满灰尘的灯光模糊了她脸庞的轮廓,面色苍白,脸颊上有小小的一块青,我轻轻拨开她散落在脸上的头发,小心地打量着它——准是刚刚从平衡木上掉下来的时候磕的。

"疼吗?"我问。

"江东。"她静静地说,"你走吧。我和一个初三的男孩儿约好的,他十点过来,就快到了。"

"方可寒。"我说,"你为什么这么下贱?"

我低下头,我吻了她。我长长地、小心翼翼地吻她,她的舌尖一点儿不像我记忆中的那么邪。陈腐的篮球味冲进我的呼吸里,周围真实存在的一切变成了一种带着腐蚀性的液体泼在我的视线中。我放开她,落荒而逃。

妈妈坐在客厅里,电视开着,是琼瑶剧。

"回来了?"

"嗯。爸不在?"

"去学校了,说是跟唐主任有什么事儿。"

"噢。"

"你今天是不是特别累?"她端详着我的脸。

"没有。"

"累了就睡吧。也别天天熬。饿不饿?在学校吃饱了吗?"

别对我这么好,这种时候我受不了别人对我好。

我想知道我今天为什么没有像平时一样走正门。一个古怪的念头浮上来,怎么也甩不掉。那天晚上我真希望我自己不是我,而是一个故事里的角色。我真希望一觉醒来自己躺在篮球馆的地板上,身边有肖强在投篮,有天杨和方可寒在欢呼。这时候一个陌生人出现在橙黄色的看台上,清清嗓子喊一声:角色们过来集合了……我保证头一个跑向他或她,这个浑蛋故事的浑蛋作者。这样我和所有人的关系都可以重新定义。那天晚上,我就是这么没出息。

没错,重新定义,我做梦都想。除了重新定义我对天杨的爱。就算这爱不过是谁的创造而已,所谓的上天,所谓的神,所谓的命运,或者我臆想出来的作者。但我知道那是爱,让我轻轻一想就心疼的爱。

我坐起来。拨通她的电话。

"我。"

"一听见电话铃我就知道是你。"

"太夸张了吧?"

"真的。你打来的电话,铃声响得和其他人打来的不一样。"

"干什么呢?现在。"

"写作业呢。今天才听吴莉说,明儿灭绝师太要讲那本'精编'上面的题,我还有好些没做。得赶一赶。"

"真乖。"

"那当然。"

"天杨,我爱你。"

"知道了——"她笑得像个孩子,"你已经说过很多次了,我没忘。"

"你还真不浪漫。"天杨,要知道这是我最后一次说。

"明天见。"

明天你会想杀了我。但是,"明天见。"

第二天我才知道,那天晚上我刚刚离开方可寒不久后,我爸和唐主任就在篮球馆的地下室里拿住了她和那个初三的小男生。他们已经注意方可寒很久了。于是那天清早,学校的布告栏就张贴出了开除的声明。然后我明白,这就是我爸前一天晚上不在家的原因。一个月后,体育老师离开了学校,没有人认为这两件事有什么必然的联系。

◆ 肖强

晚上九点，下晚自习的学生们有些会顺路来挑磁带。我从他们嘴里听说了方可寒被开除的事。说方可寒跩得很，校长主任问她到底还跟谁做过"生意"，她笑笑，"这可是人家顾客的隐私。"最后的结局是跟她一起被开除的只有那个初三的倒霉蛋。

十点，店里静了下来。天暖和了，街上的人还是你来我往。江东就在这时出现在门口。

"嗨。"

"坐。"我指指柜台前面他常坐的那把椅子。

"还是进去坐吧。"他指指里间。

"怎么做贼似的。"

"我怕天杨一会儿会杀过来。"

我笑，"操，什么词儿？杀过来，你又惹她了？"

他也笑笑，"散了。"

我一愣，"眼看就高考了，就连最后这几个月都忍不下来？"

"你怎么不问问我为什么？"他说。

"不要告诉我是因为方可寒。"

他不说话。

"操。江东，你小子是大脑缺氧还是——"我愤怒地盯着他，点了一支烟，恶狠狠地说，"老子就从来没见过像你这么傻的，那个方可寒算是个什么东西？你的脑袋是不是和别人的构造不一样，你是不是精神不正常你……"

他看着我,是我从来没有见过的眼神,他笑了,"你的意思是说,要是我和张宇良他们一样,一边跟自己的女朋友海誓山盟,一边给方可寒五十块钱上一次床就算精神正常?对吧?再怎么说也不能让方可寒这种角色扰乱生活秩序,何况又是快要高考的时候。你们都是这么想、这么做的。我原来也以为我自己能像你们一样,可是我不行。这样做我会觉得我是个浑蛋。我不是针对你肖强,我也不是说某个人是浑蛋。我只是觉得,当大家都心安理得地做一件错事的时候,我最好的选择好像也是跟着照做——这本身很浑蛋。"

"你是真的喜欢上方可寒了?"我怔怔地看着他。他刚才那番话听得我直头晕。

"是。"他回答,"很早就是。"

"那就什么也不用说了。"我冷笑着,"太阳底下无新事。我早就知道会是这样,我早就知道天杨落在你手里不会有什么好结果。无非是你玩腻了一个又想换一个,在两种不同类型之间换换口味。何必扯出来那么一大堆的借口,也不用说人家这个浑蛋那个浑蛋,你自己强不到哪儿去。"

他望着我的脸慢慢地说:"我知道我也是浑蛋。可是还没你想的那么浑蛋。你们谁也不会知道对我来说天杨有多重要。"一抹嘲讽的微笑浮上了他的嘴角,"要是你最喜欢的王家卫来了,保证跷出一堆又好听又恰当的比喻句来帮我粉饰,真厉害,漂亮话说得让人别说责备自己的行为不检,就连借口都不用找——形容一下就好像做什么都是对的。可是肖强,我不是这种人。"

"妈的你——"

"我爱天杨。"他看着我，安静地说。

我也不知道为什么。他语气里那种勉强可以被称为忧伤的东西不费吹灰之力地打中了我。

"江东。"我费力地咽了一口唾沫，"其实这种事儿很多人都碰上过。你还小。说穿了，这很正常，不对，我的意思是，你没必要为了打苍蝇就把花瓶也打碎。还不对，你——你知道我想说什么是吧？"我觉得自己像是个白痴。

"知道。"他说，"不过肖强，我不能再骗天杨。以前我也想着，我从此要好好地跟天杨在一块儿，再也不去找方可寒。我真这么想，还发过毒誓。可是——"他又笑笑，"凡事有第一次就有第二次，但是这第一次和第二次是不一样的。第一次的时候天杨可以原谅我，那叫宽容；第二次——就算她可以我也不能再接受这种原谅了，因为那变成了苟且，我还知道羞耻。我跟她分开并不是为了方可寒，我得好好想一想，我到底是个什么人。为什么我已经那么真心实意了还是会这样？我爱天杨，但是不是我这个人根本配不上所谓爱情这样东西？如果是，这两件事儿同时发生，我又该怎么办？"

我发现他在一夜之间变成了一个陌生人。

我使劲吸了一大口烟，把音响的音量拧大。白天的时候我必须放谁谁谁的最新专辑，但是这个时候，我可以放一些我喜欢的歌。悠长的调子飘浮在狭小的店面和我们之间深邃的寂静里。

当我与你握别，

再轻轻抽出我的手。

是那样万般无奈的凝视，

渡口旁找不到一朵相送的花。

他抬起头，眼睛发亮，"真好听。什么歌？"

"蔡琴的《渡口》。"我笑，"老歌还是得问我们老人家才行。"

他也笑。我拍拍他的肩膀，"什么也别管了。好好念书吧。我说真的。等你考上了大学，可能好多东西不用想就明白了。"

"有这种事儿？"他表示怀疑。

听见门外一阵奔跑的声音。知道是天杨终于杀了过来。他盯着我，我说："放心。"然后掩上这隔间的门。

"肖强。"天杨说，"叫江东出来。"她的脸上是种密度高得可疑的寂静。

"他不在这儿。"

"我知道他在。"

"天杨，他真的不在这儿。"

"少废话。我说在就是在。"

"你听我说天杨。"

"这是我们俩的事儿，你别管。"

我绕过柜台，紧紧抓住她的胳膊。"你放开。"她像只小动物一样冲我叫，挣扎着，我只好抱住她。"天杨，天杨你听话。"我的声音明显底气不足。她低下头狠狠地咬在我的手臂上，咬得我整条胳膊都在发抖。我一边箍住她的身体一边告诉自己：没事别招惹女人，不是好玩的。

"江东你给我滚出来！"她仰起脸，冲那扇无辜的门没命地吼，"有种你就给我出来！这是两个人的事儿，凭什么你说算了就算了。你混账王八蛋，你把我当成什么了？你等着瞧江东，有本事你就一辈子在这儿躲着别出来，你就永远别让我在学校里看见你，否则我要你好看！"她抓起柜台上一盒磁带对着那门砸过去，一声闷响。然后是脆弱的磁带盒四分五裂的声音。

"天杨。"我努力地把她的身体按在我怀里，任凭她又踢又打就是不肯松手，硬是吓跑了好几个已经站在门口的顾客。妈的江东，你小子这次算是欠了我的。就在我已经完全不知道要怎么收场的时候，她突然安静了下来，一张脸上全是头发丝和眼泪。"肖强。"她委屈地看着我，"肖强。我该怎么办？"

我抱紧了她。她的小脑袋贴在我的胸口，热的。"肖强。"那慢慢的声音有点哑，像是在说梦话，"肖强你为什么不让我进去？平时我们吵架的时候你不都是向着我的吗？怎么你不帮我了呀肖强。连你都不帮我了，你也觉得他应该跟我分开吗？可是我连原因都不知道，肖强，为什么所有的人都要这样对我呀？为什么因为我认真我就要被人涮呢？肖强——"

这孩子，总是让你没法不心疼她。我紧紧地抱住她，在那之前或之后我都没再像抱她那样紧紧地抱过谁。我总觉得她就像是我的孩子，虽然她只比我小三岁。

◆ 江东

那间窄小的屋子没有窗户,以前我们四个人挤在那里看碟的时候我就必须时不时地出去透一口气。肖强把门掩上之后,里面就全黑了。我在一片黑暗之中不敢呼吸——似乎是为了节省氧气。那屋子散发着打口带的气息,还有A片和香烟的,局促地拥着我,我就在这局促中听见天杨的声音硬是见缝插针地刺了进来。

"江东你给我滚出来。有种你就一辈子在这儿躲着,你就永远别让我在学校里看见你,否则我要你好看——"

我从来不知道她的声音可以这么恐怖。第一次看见她,是高一开学的头一天。黄昏,班里几个同学站在台阶下面互相做自我介绍,每一个书包里都飘出来新发的课本的油墨香。她环顾四周,笑笑,最后把目光落在我身上,那时我以为这是个偶然。她说:"我叫宋天杨。"真不像是同一个声音。

她安静了下来,我不知道肖强是怎么做到的。反正肖强对她有的是耐心和办法。"肖强,平时我们吵架的时候你不都是向着我的吗?怎么你不帮我了呀肖强?肖强为什么所有的人都要这样对我呀?为什么因为我认真我就要被人涮呢?"

我所能做的,只是捡起肖强没熄灭的半支烟,把它按在我的手腕上。一下,再一下。疼。第一次,我是那么羡慕张宇良,我知道人如果能像他一样无耻地活会减少好多问题。但是话说回来,在任何事情上我都可以想象自己像他一样下贱,只有这一次不行。天杨,因为你是这个世界上最干净的、最温暖的、最柔软的,我不能用那些通用的所谓的聪明来解释你,来对待你,来敷衍你。
天杨,曾经你是我的理想,可是后来我终于发现,我自己的理想原来不过如此,和所有人的一样没什么了不起,和所有人的一样不堪一击。但是你依然是你,你还在那儿,你绽放着,你比任何一种理想都要有血有肉,都要生机勃勃。所以天杨我承认我怕了。天杨我求你,求你别哭,别喊,别再说你是因为认真所以被涮的话,你知道那不是真的。那种事可以发生在任何人身上除了你我之间。天杨,我爱你。爱是美的,我们早就知道,但是我今天才知道它不是美的它是活的。在我刚刚发现它是活的的时候我发现我自己也是活的。我是真的没有力气同时跟这两样活物拼杀,天杨,连说都说不清楚我到底怎么才能让你明白这个?天杨,我真想再抱抱你,可是你不会再让我碰你了对吗?要爱惜自己,要好好的,算我求你,天杨。

◆ 天杨

他说:"天杨,咱们还是算了吧。"刚打过放学铃的楼里很乱,各种各样的喧闹声,我都没听清他在说什么。

他重复了一遍,"天杨,咱们还是算了吧。"我愣了一下,在脑子里转了转"算了"的意思。

"为什么?"我没头没脑地问。

"不为什么。"

"你不喜欢我了？"

"不是，绝对不是。"

"你觉得咱们马上就要高考了，这样下去不好？"

"不是。"

"那我做错什么了？"

"不是你的问题，天杨，是我自己的问题。"

学校的走廊里最后安静了下来。因为就剩下了我。台阶凉凉的。我坐在上面。灯光没有干扰地倾泻，就像一个没人来关的水龙头。任何一点细小的声音都能听见。比如空气凝固的声响，比如灯光的流动。1997年3月1日的晚上就以各种各样平时根本听不见的声音封存在我的记忆里。在这些灵魂一般的声音中，或者说，在这些声音的灵魂中，我知道江东走了。以后的几年，我经常能梦见这个听觉发达的夜晚——它的气氛适合在梦里出现，因为图像鲜明又无比寂静。大二那年的某一天，我从这个梦里惊醒，猛地坐起来，动静很大，不过我不担心会吵醒那时的男朋友，他睡着之后就跟死了一样。混浊的灯光中，我点上一支烟，打量他熟睡的表情。突然想起故乡荒凉的堤岸上我和江东的玩笑。他说你千万别死，你死了就是逼我再去找一个，还得从头适应脾气个性什么的何必费事。想到这儿我就笑了，心里说其实不像原先想的那么费事。然后俯下身子，轻轻亲吻那个依旧熟睡的男孩子的脸。

1997年3月，沙尘暴刮得很凶。狂乱地往春天的脸上扇着耳光。少女一样的春天，在哪里都是被珍爱或者被假装珍爱的，只有在我们这儿，嘴角上永远渗着直截了当的血痕。那些日子很难熬。我是说从我在肖强的店里十分丢脸地大闹过之后。我用尽所有的力气集中精神念书，试图在一页又一页看不完的课本里重建一份已经没有江东的生活。这并不容易，因为我得努力回忆十五岁以前的我是怎样生活的。每当他从我的课桌边经过的时候，我会装作若无其事的样子把面前随便一本书翻到随便一页，这样就可以理所当然地不看他的脸。吴莉说："宋天杨，你得打起精神来。"我笑笑。她说："真的宋天杨，老实说，我早就觉得你们俩会这样。因为你没有一点手腕。"我愣了一下，江东就在这时折了回来，很凶地对吴莉说："你刚才说什么？"吴莉说："我说什么用不着你管。"他盯着她，一个字一个字地说："少他妈胡说八道，我警告你。"

"对不起。"我抱歉地对吴莉说，然后突然发现，我现在凭什么替江东道歉呢？一种寒冷的现实感就在这个时候涌上来。就好比对一个骨折的人来说，疼痛总会在骨折之后的一段时间内降临，不会是马上。很多事情，刚刚发生的时候，只是感觉到寂静而已，巨大的寂静。

一个沙尘暴肆虐的星期天，周雷来我们家写作业。确切地说，我写他抄。窗外狂风呼啸，树叶的嫩绿色变成了一种挣扎的象征。他突然停下来对我说："再过几个月，就能离开这儿了。"语气狠狠的。

"做梦吧你。"我说，"像你这样天天抄作业的要是能考上大学还有没有天理了？""我报西藏大学行不行啊？"他瞪着我，

"总之，哪儿都好，四五流的大学我都不在乎。只要能让我离开这儿。"

他望着窗外，突然笑了一下，"有的时候吧，我就觉得，这些一天一地的沙子肯定是古时候那些士兵的亡灵。"

我笑："干吗这么吓人？"

"真的，你说像不像？一将功成万骨枯，他们就是那些'万骨'，又让风给吹醒了，然后不要命地继续杀杀杀，根本不知道过去的那些战场早就时过境迁，更不知道早就有人把挽歌都给他们写好了。比如这个——"他低下头，用笔点了点面前那份语文模拟卷上的两句古诗，一个字一个字地念，"可怜无定河边骨，犹是春闺梦里人。"

然后我就哭了。当着手足无措的他一把一把地把眼泪抹到手背上。我说："周雷，你这人真讨厌。"他说："别别别天杨，我知道最开始会很难受，但日子长了也就习惯了。真的你信我，再过一段时间就习惯了！"我一边哭一边大声说："我才不要习惯呢！你什么都不懂什么都不明白！习惯有什么好的？真的习惯了我和别人又有什么不一样？""你和别人本来就没什么不一样！""你胡说！就是有！""那你就别哭哭啼啼地做这副可怜样！你自己不想习惯你又怨得了谁？"他急了。我不能习惯，我习惯了我就忘了江东了，我要是把这么重要的人都忘了我成了什么人了？可是我怕了。因为不忘了他又是这么难熬。周雷这个站着说话不腰疼的笨蛋什么都不懂。我大声说："怨你！就怨你！你讨厌，你讨厌死了！"这个讨厌的人正带着不不在河岸上放风筝。

虽说早已过了放风筝的季节。而且这风筝不给面子，说什么也飞不起来。不不早已是一脸"我就知道你不行"的表情看着周雷，只有他自己还是不屈不挠的。

河岸宽广，水深深地流着，洁净而温暖。岸边铺着宽阔的石板，让人觉得空间骤然变大了。差点就忘了它原先的模样。原先，饶了我吧，它就像它的母亲——黄河产下的一具死婴的尸体，荒芜地风化着。或者"荒芜"这个词都有点抬举它。荒芜这个词是用来形容"旧时王谢堂前燕，飞入寻常百姓家"的，是用来形容"弟走从军阿姨死，暮去朝来颜色故"的，是用来形容那些美丽不再但尊严还在的凋零的，而曾经这条臭气熏天快被人当成垃圾场用的河，估计只能凑合着让后现代艺术形容形容。没错，无论是纽约地铁里还是巴黎左岸区的后现代艺术家们，若是见过这条河曾经的模样，一定激动得不得了。我丝毫不怀疑他们的真诚，只不过生活真的永远在别处。

夜幕降临，放风筝告一段落，那两个人开始在烤羊肉串的摊位前面大快朵颐。"不不。"周雷说，"今天让你这个外宾见识见识中国的食文化。"卖羊肉串的女人笑眯眯地拍拍不不的头，"瞧你爸爸妈妈多疼你。"周雷恬不知耻地点头，"应该的，应该的。"

手机就在这时候响了。杨佩说："赶紧来天杨，张雯纹不好了。"

抢救一直进行到凌晨两点，准确地讲，一点五十六分。叶主任陈大夫他们都在，他们觉得不可思议，因为找不出这种突然的恶化的理由。我自己也不清楚为什么，在那几个小时高度紧张的忙碌中，我感觉到一种陌生的宁静，就存在于我周围的空气中，跟组成空气的分子一起慢慢地舞动，节奏舒展。平时，在抢救病人的时候，我的一切奢侈的感官都会给注意力让位。可是今天不同。但我终究是没有时间思考这个不同，因为她的心跳已经停了。

"三百。"陈大夫的声音。电流经过她幼小的身体，她激烈地挺起来，弯成一个性感的弧度。然后我听见了一种绝对的寂静，幽幽的，干净的暗蓝色寂静。在这寂静中我看见张雯纹坐在病房的窗台上，微笑地看着我。

"天杨姐姐，咱们就再见了。"她的眼镜片后面的小豆眼一亮，很聪明的笑意。

不过怎么看也没有出落成《蓝色生死恋》那种悲情女主角的潜质。

"太突然。"我笑笑。

"嗯。"她的笑容看上去比平时成熟。

"你的罗小皓会伤心呢。"

她还是笑笑，不说一句话。

"根本就没有罗小皓这个人，对吗？"我说。

她仍是笑。

"告诉你件事儿，天杨姐姐。"她转移了话题，"我要去做天使。真的。我以后就专门负责给那些因为白血病死的孩子的灵魂带路。"

"这工作适合你。"我笑。我想起《红楼梦》里晴雯就是被派去管一种什么花。

"我觉得这活儿,可能就跟班长差不多。"她说。

"也许,反正我觉得你行。"我说,"我高中的时候,我们班班长就是个性格跟你很像的女孩。厉害、聪明、得理不饶人。"

"错了吧,我怎么觉得我自己特别温柔呢。"

"你能不能帮我打听一个人,在你们那儿。"

"那得看情况。"她得意扬扬地仰起脸。

"她跟你是一样的病。死的时候离十八岁还差一个星期。"

"那就行。"她点头,"未满十八岁的,我就都管得着。名字呢?"

"方可寒。"

"女孩子?"

"嗯。你一定找得到她,她很漂亮、很显眼。"

"见到她我要说什么呢?"她眨眨眼,"我最讨厌跟比我漂亮的女孩说话。"

"你就告诉她,我很想她。还有,'我很好,你好吗?'……"

"老土。"她笑,"那不是《情书》的台词吗?没点儿新鲜的?"

"喂。"我也笑,"你怎么死到临头了还这么嚣张?"

那寂静就是在这个时候突然消失的。在一秒钟内蒸发,我甩甩头,有点儿发晕。这时候叶主任摘下了口罩,"死亡时间是一点五十六分。"张雯纹静静地躺着,心电图变成了一条绿色的静谧的直线。直线,是欧氏几何的原始概念,就是没法定义的概念。无限延展,任何概念都建筑在它之上。那是个与我们人类无关的世界。有些越界者触摸到了它的边缘,比如牛顿,比如爱因斯坦,最后的结局是,他们都躲进了一种名叫"信仰"的东西里面。不对,不是躲,是纵身一跃。

ASHES
TO
ASHES
CHAPTER 06
火柴天堂

◆ 江东

　　我常常在人声嘈杂的地方，偷偷地看着她。比如下课后热闹得像菜市场一样的教室。我的眼光可以被很多人的身影遮盖，放心地落在她身上。她还是老样子，只不过麻花瓣又长了些。她以前喜欢穿小圆领的白衬衣，今年跟学校里的很多女孩子一样换成了大领口。我就是这样一点一滴地打量着她，没有我的日子还算平静，她跟吴莉聊天，她歪着头故作用功状，她像最开始那样每天跟周雷一起吃饭，一起回家。现在我得费很大的力气来回忆，认识她之前，我是怎样生活的。这是个苦差事，尤其是在准备高考的时候。

　　黄昏的教室里弥漫着一股花香，还有隐隐约约的肖强店里的音乐。灭绝师太在教室里兜圈子。"江东你发什么呆？你是不是已经特别有把握了？不然怎么这么闲得无聊？"周围一阵窃笑。

师太的声音永远悠然自得，特别是在整人的时候。

记忆里异常清晰的，永远是这些没有意义的片段。那些日子，1997年3月1日，我对天杨说："咱们还是算了吧。"之后的事情，我自己也很糊涂。可以肯定的只是在那段时间内，大街小巷都在放任贤齐的《心太软》。我对肖强说："求你别跟着起哄行不行？至少我在的时候你别放，我实在受不了那个人。"

其实那段日子，我受不了任何音乐。难听的自不必说，好听的也不行。那些声音，那些流畅的声音就像是某种液体，不费吹灰之力就钻到我心里一个最软、最疼的地方去。我还以为我已足够坚强。至少我可以装得若无其事。至少我可以对别人的语言、动作、表情或者别的什么无动于衷。可是在音乐面前，我却手足无措。因为这东西不是尘世中的东西，它从天而降，任何铜墙铁壁的防守也奈何不得它。任何音乐，在那段时间，古典、爵士、华语歌，甚至琵琶独奏，都让我心生畏惧狼狈不堪。我怕它们。

某个午后，我路过音乐教室。音乐老师正在辅导我们高三一个准备考音乐系的女孩弹钢琴。跟她说这儿快点，那儿慢点。两秒钟后，我就听见一阵音乐，不知是贝多芬，还是莫扎特，夹着音乐教室好得不能再好的共鸣，在狭长的走廊里华丽地注视着我。我咬了咬牙，告诉自己再坚持一下就该下楼了。走到楼梯口却终于忍不住，像逃命一样地往楼下冲，直冲到完全听不见一点声音的那一层，喘着粗气对自己说：丢人。

那天晚上我又梦见了我的火车站。天杨穿了一条鲜红色的连衣裙，坐在火车顶上。汽笛悠长，我说天杨你要去哪儿？她说你没看见我的红衣服吗?我要结婚了。我会寄明信片给你的。火车开了,我醒了。一身的汗,电话铃就在这个时候响起。我"喂"了好几声,那边一点儿声音都没有。

"天杨。是不是你?"我说,"天杨,我知道是你。天杨你怎么不说话。天杨,我想你。我真想你天杨。"不管了,我终于说了。然后我听见一个老头儿的声音:"不好意思,我打错了。"

要是我今年不是十八岁,而是二十八岁就好了。我就有更多的办法,更多的力量。那时我常常这么想。不过我现在才明白,你永远没有足够的办法和力量,因为永远没有一件事是等你完全准备好了以后才发生。举例说,那天下午,我又碰到了方可寒。

那是星期六的傍晚,老地方——篮球馆的地下室,我看见方可寒和隔壁班的一个男生打得正热闹。那男生扭着她的胳膊,她也不是个省油的灯,用剩下的一只手在那男生脸上留下五条美丽的血道子。那男人没种,惨叫一声把她推开,一转脸看见了我,就狠狠地拎起书包窜了出去。她缩在墙角,头发滑下来挡住了脸。

"方可寒。"我走过去,拍拍她的肩膀。还真是有缘分,我想。不仅是和她,还有和这个地下室。她抬起头我才发现,血从她的鼻子里不断地涌出来,衬得她脸色惨白。

"把头仰起来。"我说,"要不要紧?"

"没事。"她的声音有点哑,"是刚才那家伙一推我,我撞到墙上去了。"

很多张可怜的餐巾纸变成了桃花扇。"要多仰一会儿头。"我对她说。从我站的角度,正好看见她漆黑的眼睛。

"拜托你帮我看看,我衣服上有没有血?"她说。

"有一点儿,在裙摆上,不过不要紧。"

"妈的。"她骂着,"这条裙子是我今天刚刚换上的,得干洗。"

"你还来干什么?"

"你以为我想来这鬼地方?"她瞪着我,"那个家伙在我这儿赊了 N 次账,我当然不能就这么算了,结果他还要和我耍赖。我就说我要去跟校长讲你也是我的客人,我是诈他的,他就急了,真是个傻 ×。"

"上楼去洗个脸吧。"我说,"要不怪吓人的。"

"不用。"她说得很干脆,"不想撞见人。"

"那你就这样走到大街上会影响市容,不信?"

她笑了。

我们穿过走廊的时候,夕阳西下,让许多投在我们身上的惊讶的眼光变得不再那么刺眼。她今天没有化妆,很简单的黑色上衣和粉红色的半身裙,看上去没有平时那么妖。

"你有什么打算?"坐在麦当劳里的时候我问她,"你准备考大学吗?"

"当然要考。"她笑,"这个地方已经快把我憋死了,我现在做梦都想去座大城市。"

"我也是。"

"而且要是我考上大学再去坐台的话会赚很多的——女大学生嘛,你知道吗?在北京有些夜总会,比如'天上人间',一晚上三千不算什么。"

"真是三句话不离本行。"我打趣她。

那天晚上我们就这样聊了很久,气氛不可思议地平和,一点儿没有我们往日的那种剑拔弩张。我们聊的都是筒子楼里的伙伴,她告诉我谁当兵了,谁考上大学了,谁在酒店做服务员,还有那个小时候总是联合所有女孩子孤立方可寒的"小特务",她曾经跑来求方可寒"带她入行"。

"你知道'小特务'那时候为什么那么恨我吗?"她笑着问。

"小的时候哪个女孩不恨你?"

"才不是。"她故作神秘地停顿,"因为'小特务'喜欢你。可是每次都是我去你们家写作业。"

"有这事儿?"

"怎么,动心了?这容易,我有'小特务'的呼机号,不过她现在比我混得好,跟她睡一晚上可贵了。"

"别胡说八道,我他妈不是公牛。"

"就是,让你的宋天杨知道了还不吃了你。"她说,"忘了问你,宋天杨小朋友好吗?"

"散了。"我勉强地笑笑。

"为什么——"她大叫一声,惹得邻桌的人都看她。

"没什么为什么。"我胡乱地应付着,"就是没意思了。"

"你哄鬼。"她打断我,"别拿我当傻子,你才不是那么随便的人。"

她紧紧地盯着我。我低下头,拨着杯子里的冰块。

"江东,你跟我说实话。"她不依不饶,"是不是跟我有关系?"

我犹豫了一下,点了点头。

我不敢看她的脸,只是注视着她略略痉挛的手指。我还以为她会把她手里的汉堡对着我的脑袋扔过来,但是她半天没有声音。

两行泪从她的脸上滑下来,她看着我,慢慢地说:"妈的江东,你怎么这么傻?"

◆ 天杨

我坐在台阶上,台阶很凉。晚自习的铃声响过,走廊里寂静了下来。我没有跟着人流回到教室,变成这寂静的百分之一。我知道这种行为叫"逃课"。可是我得等他。下午上课前他出去了,就一直没回来。

"天杨。"他站在十几级台阶下面望着我,"你怎么不上课?"

"你不也没上课吗?"

不对。我不能第一句话就搞出这种氛围。我说:"我等你。"

"等我?"

"星期六的时候我看见你和方可寒在一起。"

他不说话。

"这就是真正的原因吧?你可以跟我分手,但是你不能拿我当傻瓜。你必须告诉我,你是不是因为她才——"

"是。"他干脆地承认。

我笑笑,"还好你没骗我。你是真的喜欢她,对不对?"

他说:"天杨。"

我问:"那你还喜欢我吗?"

他说:"天杨,实话告诉你我今天特别累,我现在不想说这些。"

"你必须说,我有权利知道,你还喜欢我吗?"

他艰难地点点头,"当然。"

"你喜欢我,可是我爱你。这就是咱俩的区别。"

"天杨,你这样说,你想让我回答什么呢?"

好问题,我到底在等待什么?

"天杨,要是我真像你说的拿你当傻瓜的话,所有的事儿就没那么难办了。肖强就说我傻,说我为了打苍蝇打碎了花瓶。我本来可以撒谎,对你撒谎也对我自己撒谎,但是我不愿意。因为我和你……事情,是我心里最干净最珍贵的东西,我宁愿不要也不能弄脏它。信不信由你,天杨。"

"我信。"我笑笑,"我还没看出来你这么伟大。宁为玉碎,不为瓦全,是吧?然后你就这么伟大地把我牺牲掉——为了你心里最干净最珍贵的东西,这样你就平衡了、满意了。因为你已经付出代价了,而且还是挺大挺疼的代价,很多年后你回想起来也可以自我安慰:毕竟你自己惩罚过自己了。可是你怎么知道我愿不愿意当你的'代价'?你们男人就是这点贱,明明是自私没用还非要硬逞英雄。"

"你知道你这叫什么,天杨?"他停顿了一下,"你这叫自说自话。"

"随便你怎么说。其实我早就发现了,你可以没有我,我不行。不管你心里多难过,你也还是可以没有我,就像你自己说的:宁愿不要也不能弄脏。可是我和你不一样。我是宁愿怎么样也不能'不要'。你知道我看见你和方可寒在一块儿的时候,我第一个念头是什么吗?我想:这下好了,我终于找着一个理由去跟你再说两句话,吵架也好,哪怕对骂也行。这些日子我想和你说话想得整个人都快爆炸了。"眼泪突然涌上了我的眼眶,我咬着牙把它咽了回去,"江东,我要你回来。"

他从楼梯下面走上来,紧紧地搂住了我,那么紧,也不管这还是在学校,也不管要是让老唐或者其他老师撞见的话绝对吃不了兜着走。他说天杨我们一起死吧,他重复了很多遍这句莫名其妙的话。我狠狠地咬他的肩膀、他的胳膊,他也不放开我。

"你知道我这几天多想你吗?"

"知道。"

"可是你不能体会。"我抬起头,看着他。

"天杨。"他捧起我的脸,"告诉你件事儿:方可寒她可能快要死了。"

◆ 江东和天杨

那天晚上从麦当劳出来的时候,方可寒异常地安静。晚风吹上来,这座城市难得有一点闲适的味道。她把头发扎起来,冲我一笑，眼睛亮闪闪的。我以前从来没有这么细致地观察过她——我是说在床上的时候。

我送她回家。穿越最繁华的商业街，路过北明，抵达没有人的堤岸。曾经你只要走上这个堤岸就能听到工厂里机器的轰鸣，不是那种刺耳的轰响，那声音远远的、沉沉的，好像来自地心，听惯了之后还觉得它很家常。

"江东你还记不记得？"沉默了很久的她突然开了口，"高一的时候，地理课，讲城市布局，老师就拿这间工厂举例子。"

"怎么不记得。"我说，我到现在也能想起那个老师的语气，"开什么玩笑？河边也能盖印刷厂？幸亏那厂子如今倒闭了，否则让来旅游的外宾看见，笑话不笑话？"那年我们这儿办国际旅游节，来了好多鬼佬和小日本。

老师话音落下，大家哄笑。在我们学校，大家嘲笑起我们所居住的这座城市都是毫不犹豫的。哄笑声中我环顾四周，突然发现原来没有人认为自己属于这个地方。

"那时候我才突然发现。"方可寒继续说，"所有同学里只有我是从那间工厂的子弟中学来的。"她微笑。

"子弟中学那年考来北明的，是不是只有你？"

她点头。我突然想：要是那天，在哄笑声中环顾四周的我撞上她美丽的眼睛，那我高中三年经历的，也许就是另外一个故事了。

筒子楼里的灯光悠长，走廊里堆得满满的旧报纸、大白菜、自行车零件、蜂窝煤。水房的管道一定是又堵过了，地板上还是湿湿的，凹陷的地方汪着一摊一摊的水。小时候水房堵塞的日子是大人的灾难、孩子们的节日，在大人们污言秽语的诅咒声中，我们高兴地脱了鞋袜，踩着运气好时能淹没到脚踝的水在走廊里一边追逐一边喊："水灾——发水灾了——"

方可寒那时不屑于跟着我们疯，只不过有一个夏天的晚上，我无意中开门看见了她。那天水房堵得超常地严重，直到晚上脏水还不退。漂了一地的烂菜叶菜帮，还有一楼道的潮气。她走出来，左右看了看，长长的走廊寂静无声，她没发现我，然后她拎着她那双红色的小塑料凉鞋，轻轻地但是兴奋地踩进了水里。刘海儿垂下来，遮住了她专注的眼神，那个场景就像做梦一样。

一个四五岁的小姑娘站在走廊里，用称得上是警惕的眼光看着我们。方可寒笑笑，"你能不能认出来她是谁？"我当然认不出。方可寒说："她就是戴明和武艳的女儿。"戴明和武艳，是我们筒子楼里的"梁祝"。那时候他俩也就是我们现在的这个年纪，戴明很英俊，武艳很丰满。戴明为了武艳腰里别了三把水果刀单枪匹马去和七十二中的一群人叫板。那天晚上静静的楼层中回荡着他们两家大人打人骂人的声音。后来他们俩一起离家出走，又一起被大人捉回来。再后来，我就不知道了。

"那个时候。"方可寒说，"我做梦都想长大以后像武艳那样遇上一个戴明。"

"他们俩现在在干吗？"

"开始都在工厂，现在戴明就在楼下开了间小卖部，武艳好像是在饭店上班，他们住的是你们家原来那间房。"

"噢。"

"进来坐坐吧。"她打开了日光灯。

"你爷爷奶奶呢?"

"爷爷前年死了,奶奶现在常常住我姑姑家。"

"噢。"

"喝水吗?"

"行。"

她倒水的时候突然弯下了身子,蹲在地上一动不动。我说:"方可寒?"然后看见一滴血滴在地上。

"没事。"她仰起头面对着天花板,"都是那个狗杂种,推得也太狠了。"她洁白成苍白的脖颈上有一抹血痕,延伸着,直到她美丽而嶙峋的锁骨。

"要不还是去医院看看吧,可能是碰伤了,得上点药什么的。"

"哪儿那么娇气。"她笑笑,"我又不是你的宋天杨。对不起我忘了,不该戳你的痛处。"

"去死吧你。"我说。

"江东。"她把一团卫生纸塞进鼻孔,"我会记住,你是第一个为了我跟自己女朋友分手的男孩。"

"夸我呢还是骂我呢?"我笑,"有第一个就会有第二个,良好的开端是成功的一半儿。"

"妈的你取笑我——"她大笑,一小股血又溅出来,那团卫生纸一下就变红了。

日光灯在我们头顶嗡嗡作响,那响声由无数声音的斑点构成。

急诊室年轻的小医生躲闪着方可寒热辣辣的眼神,"要是像你说的,你最近还常常发低烧的话,星期一来查个血象。"

"血象?"方可寒绽开了她注册商标式的微笑,"那是什么东西?"她特别把声音调整到一个微妙的角度,完全是出于职业习惯,就像某种本能。

我们都在肖强的店里,我、江东,还有肖强。方可寒不会再来了,至少近期内不会。

肖强已经抽到第五支烟,还是一言不发。

"就像演电视剧一样。"江东突然奇怪地笑笑。

室内寂静,只有蔡琴在唱歌。

当我与你握别,再轻轻抽出我的手,是那样万般无奈的凝视,渡口旁找不到一朵相送的野花——

我又感觉到了那种巨大的寂静。江东的手突然摸索着伸了过来,扫过我的指尖,最后终于抓住了我的手。

他的手还是那么大,可是很凉。

周雷的手很细致,但绝不娘娘腔,它有种烘干机里的热气的质感,让人舒服。虽然"幸福"和"舒服"是截然不同的两回事,但至少这舒服令人快乐。

我说:"周雷,张雯纹死了。"

他问:"谁是张雯纹?"

我原谅他。他最近被简历、面试、招聘会搞得焦头烂额找不着北,总是喜欢把头枕在我的腿上装死。

"什么记性？就是那个《蓝色生死恋》！"我一点一点抚弄着他的头发。他闭着眼睛，很舒服的样子。"想起来没有？"我问。

不回答。原来睡着了。这人真有福气。

病房里的楼梯很长，有时候我总觉得只有音乐才能把这种长描绘出来。我站在楼梯的拐角，身后是我现在工作的地方，多年前，方可寒就是从这儿离开的。

杨佩宁静地对我笑笑，"宋天杨，我还真挺舍不得你的。"她终于要跟着小杜走了。叶主任对她说："咱们科的护士，只有你和天杨是大学毕业，留下来的话会很有前途，其实出国很辛苦。"她说："我知道。"我总觉得是张雯纹最终促成她这个决定的。她问我："宋天杨，你是不是觉得我这人——有勇无谋？"

其实我知道她一定会后悔，但是我还是真心实意地说："'谋略'这东西，怎么说也可以培养；可是'勇气'，有就是有，没有就是没有。"她含着泪给了我一个百分之百的拥抱。

没有了杨佩大说大笑的声音的走廊空了很多，夏日的阳光细碎地斑驳着，我背后那扇门上的白色油漆已经暗淡，在我第一次推开它的时候它还整洁如新，还静若处子，梳着两条麻花辫的我站在它面前，正午的3月的阳光像瀑布一样倾泻着。

方可寒半躺在病床上，黑发垂了一枕头。"宋天杨？"她很意外，"怎么是你？"

"你，好吗？"当然不好，但我该说什么？我不像她，我应付不来这种场面。

"好。"她细细地端详着我，"宋天杨，好久不见，你好像瘦了。"

其实这话该我对她说才对。我说:"都是高考闹的。"

"你准备报哪个大学?"她问。

"没想过。"

"那总想过去哪个城市吧?"

"大点儿的,人多的。"

她笑了,"我也一样,喜欢特别大的,人特别多的地方。"

在后来的日子里,陌生的城市变成了我们经常讨论的话题。我说经常,没错,渐渐地,我每天都会去看她,跟她待一会儿,到后来是真的聊得很热闹。有时候我会问自己,我为什么要这么做,是因为我可怜她,还是因为我好奇,还是因为我想知道是什么让她拿走了我的江东,还是因为——我知道她也许快死了,我对"死"这样东西心存敬畏?可能都有,可能都不是,我想不起来了。

有一次我无意中说起我的爷爷奶奶,无非是些关于老人家的记性和笑话。我爷爷打电话给一个老同学:"你老伴儿身体还好吧?什么?不在了?什么时候的事儿怎么也不通知我?"奶奶在旁边急得跺脚,"你上个月不是刚刚参加人家的追悼会嘛!"

这个笑话让方可寒开心得很,然后我才知道,她和我一样,也是跟着爷爷奶奶长大的孩子,于是我们就谈起了我们的童年。我说我觉得跟着老人长大的孩子,会对"岁月"这东西更敏感。

"真的?"她歪着头想了一会儿,"我倒不觉得。"

"不过……"她继续说,"上了年纪的人有他们自己的那一套。你觉得是跟'时间'啦,'岁月'啦这些东西有关,他们自己倒是不会这么觉得,就好比——你觉得什么'岁月如梭',什么'逝者如斯'这种词儿是讲他们,可他们觉得这些词儿说的是另外的东西,我也说不好,给你讲件事儿算了。"她笑笑,"我从来没跟任何人说过。"她讲话的时候眼睛会奇异地发亮,像是停电的室内突然有人按亮了打火机。

她说她十二岁之前,一直是跟着爷爷奶奶睡一张大床,因为她们家只有一个房间。十二岁之后,她奶奶在家里挂上了一个布帘,晚上帘子一拉,就把她到晚上才撑开的行军床和爷爷奶奶的床隔开。房间被挤得满满的,她的身体紧紧地贴着冰冷陈旧的墙壁,那是她十四岁那年。

"那天夜里我是突然间醒的,睡得迷迷糊糊的,都没完全清醒。我听见我爷爷奶奶的声音,我还以为他们俩谁的病犯了。"她诡秘地笑,"刚想喊——幸亏没喊,因为我马上明白了那到底是什么,你懂我的意思不懂?"

我愣了一下,点点头,完全呆掉了。

"那时候。"她脸红了——仔细想想我从未见过她脸红的样子,"那时候我特别、特别,感动。你知道那个时候我刚刚开始有'客人',当然是瞒着爷爷奶奶。那件事儿让我一下子明白了:每个人都在'活着',按自己的方式活着,谁也不需要别人来理解这种方式。什么'沟通',什么'同情',什么'设身处地',这些词儿都被人用滥了,其实这些词儿根本不是那么廉价。"

"字典,是吧?"我说,"我早就觉得,这个世界是本字典。"我一直都在等一个跟我一样发现这个秘密的人。我曾经以为这个人是江东，没想到是方可寒。

"没错，字典。"她眼睛发亮，"我找了好久了，怎么就没想到这个词儿呢。"

从那一天起，我们开始了真正意义上的"交谈"，这让我快乐，快乐得几乎忘了她是我的情敌——能这么说吗？快乐得几乎忘了她的病。

江东站在我家楼下，一棵杨树的阴影在他脚下闪烁着。他笑笑，"天杨。"

"你干吗不给我打电话？"我说。

"我想着你反正是这个时间回来。"

那是个星期天，高三的时候我每个星期天都要去补习班上课。我说："平时我不会这个时候回来，今天我们那个英语老师病了，所以只上了一节课。"

"我就是想看看你。"

"上来坐坐？"老实说我不知道该用什么样的语气跟他说话，是像以前一样亲近，还是客气一点儿，最终我选择了介于亲近与客气之间，结果变得非常尴尬。"待会儿我要去看方可寒，跟我一起去吗？"

他点点头，"行。"

在电梯里我抱住了他的背，脸颊正好贴在他的心跳声上，"江东，你现在还算是我的男朋友吗？"

他说："我觉得不算。"

我们的身影映在四面的镜子里，我看见四个我同时轻轻地微笑：

"我觉得算。"

"为什么？"

"因为那天我说我要你回来的时候，你'回来'了。当时我还想，要是你真把我晾在那儿，我该怎么办？"

"实话告诉你，那天我脑子里乱成一锅粥，我根本就不知道自己在干什么。"

"所以你是凭本能。"我得意地说，"说明你还是舍不得我，对不对？"

"就算是吧。"

"叮咚"一声，电梯门慢慢打开，就像某种阴谋。我们赶紧分开，所以电梯门外大人们看到的是两个乖乖的，穿校服的好孩子。

她说："江东，我要你回来。"

我害怕她那时的眼神，让我想起——我爸爸，我不是说江校长。

他死命摇撼着妈妈的肩膀，妈妈像是个木偶一样无法反抗。他的脸直逼到妈妈的鼻尖，"把存折给我。"妈妈不说不，也不顺从，任他把自己摇晃成一棵狂风中的树。那时他的眼神就是这般不管不顾，眼里狂奔过一种灰飞烟灭的欲望，那不是某种可以命名的欲望，如食欲、性欲、表现欲等——可以命名就表明这欲望可以满足，不是。

她就以这样一种眼神看着我,托着腮,麻花辫垂在胸前,却还是她一如既往的安静的坐姿。这眼神出现在那个龌龊的男人那里你还可以用"兽性"这个词一笔带过,可是天杨这么干净。在篮球队训练,老师告诉我们有一种"体能极限",当你累得恨不能马上躺在地板上的时候,只要再用尽全力撑一会儿,这极限就会被跨过,你的身体就变成了不知疲倦的机械运动。那滋味我尝过,虽说是不累没错,但那感觉就像灵魂出窍,因为你的身体似乎不再是你自己的。我只能说,那种眼神出现在天杨的眼里时,我想到的,就是这样东西:灵魂的体能极限。

她颤抖的身体在我怀里融化。她说:"江东,你知道我这几天有多想你吗?"我知道。"整个人都要爆炸了。"真贴切,我就想不出来这种形容词。"可是你不能体会。"那你能体会我吗?你就知道像小狗一样咬人,我们谁也体会不了谁,天杨。

我们一起出现在方可寒的病床前。她在睡,美丽而嶙峋的锁骨露在病号服外面,皮肤呈一种透明的色泽。床头坐着的那个大概是她姑姑的女人麻木地看看我们,然后低下头继续打她的毛衣。天杨把花留下,我们就走了。那花是刚刚从天杨家的阳台上剪下来的。扎得歪歪扭扭,不过颜色倒还鲜艳。

我的手指缠绕着她的。医院的走廊里弥漫着一股怪味儿,天杨说那是她最喜欢的味道。"你现在常常来看她?"我问。

"嗯,几乎天天。"

"为什么?"我怎么问了这么一个蠢问题。

果然她看看我,"这有什么为什么?不止我,肖强也是天天来,还常带来他妈炖的汤。"

"江东。"沉默了半晌,她说,"要是,我是说要是,她好了。你想选择她,可以的。"

"你这么有风度?谁信?"我笑。

她毫不犹豫地给了我一拳头。其实我们之间很久没有这么轻松过了,哪怕那段最好的日子,也是让"幸福"压得大气不敢出。

她说:"现在先什么也别想,江东,等高考完再想。"

那段日子她总是把这句话挂在嘴边,"高考"既是一个最巨大最冷冰冰的现实,又是一个逃避现实的绝好理由。很多个星期天的下午,她把书本一合,头枕在我腿上,迎着阳光闭上眼睛,"江东,那些历史书为什么怎么看也记不住呢?"那语气绝对不像是个焦头烂额的高三学生。我的手滑过她的手指,她的牛仔裤,最后停在她的光脚丫上一捏,她笑着坐起来拿那本厚厚的《中国古代史》打到我挡在脸前的手臂上。我叹口气,"幸亏我聪明地护住了脸,我英俊的相貌才得以保全……"她果然笑得前仰后合。就在这笑闹声中她突然安静下来。

"停电了?"我笑着拍她的头。

"江东。"她专注地看着我的眼睛,"方可寒她会不会死?"

"这得问医生。"

"真是的。"她深呼吸一下,重新躺到我的膝盖上,"'死'这玩意儿,到底是怎么回事儿啊?"

"你想试试?"我逗她。

"从小到大,你认识的人,都还活着?"

"真遗憾。"我笑,"确实都还活着。"我想起了我爸,虽然我早就当他死了,但是他毕竟还活着。

"我也是。"她凝视着我的脸,"虽说我妈是死了,可是严格地说,我算不上'认识'她,我倒是跟着爷爷奶奶去过人家的追悼会,都是爷爷奶奶的熟人,也无非是大家哭一会儿,吃顿饭,就各回各家,各过各的日子了。"

"本来,'死',等咱们老了以后再想也不迟。"

"那要是方可寒真的死了,咱们还不得从现在开始想?"她停顿了片刻,"江东,要是她死了,你会不会很难过?"

"我还……从没想过这个。"

"我想过。不过你放心,就算你很难过我也不会吃醋的。我这些日子常常跟她说话,我觉得我有点儿明白你为什么喜欢她了。"

"别拿我开涮。"

"我说真的。"

"天杨,我爱你。"

"要是,我说要是——我可不是咒她,要是她死了,咱俩怎么办?应该是还像以前那么过吧?从表面上看就像是什么都没发生?当然心里还记着她——电影里反正都是这么演的。"

"我觉得我们应该到时候再说。"

"有时候。"她长长的睫毛扇了一下,"有时候,我也不知道为什么,我希望她死。然后我就觉得我自己怎么这么坏。"

"你不坏。"我抚着她的脸颊柔和的轮廓,"你是世界上最好的女孩儿。"

"真的?"

"真的。其实我也一样。我是说,有时候我也希望她死。当然我知道这不道德。"

"那只能说明咱们坏到一块儿去了。"她笑,"所以咱们俩不该分开,彼此都知道那个人跟自己一样坏,省了多少负担呀。"

"你是想说我们各自揪着对方的把柄,心照不宣,没人放手,就一直这么下去了。"

"如果是,这算是爱情吗?"

"算,我觉得算。"

她转过脸,抠着我衬衫上的纽扣,"江东。"她几乎是战栗地叹息着,"那么多人都打着'我爱你'的旗号做坏事,咱们跟他们不一样,是吧?"

3月底的某一个晚上,晚自习的时候突然停电了。一片突如其来的漆黑中,整个教室有一秒钟不知所措的寂静,是她的声音首先划破这寂静的。在黑暗中,教室成了一个幽深而危机四伏的旷野,刚刚停电的瞬间谁也看不见谁的脸,然后我听见她清冽得有些悲怆的喊声:"江东——"

我还以为我瞎了,当周围骤然间一片黑暗的时候。

我是八百度的近视,为了漂亮从来都只戴隐形眼镜。我一直都没忘了那些医生的危言耸听:高度近视容易导致视网膜剥落。"不要做太剧烈的运动。"这是原话。我偶尔会想象我的视网膜

——这种估计和空气一样没什么重量却无论如何也不能少的东西从我的眼眶里调皮地蹦出去的情形。多可怕,那么轻的一样小东西,好像我的眼睛看得到这个世界是因为一种偶然。

我这辈子忘不了那个晚自习。教室里很静,灭绝师太在教室里踱了一圈又一圈,然后走了出去,像是去倒开水。我正在很乖地跟我的解析几何作战。突然间,伸手不见五指的黑夜降临。我是真没想到停电什么的。或者说跟思维相比,是恐惧第一个抵达,我想完了,我的视网膜,我终于没能留住它。于是我本能地,大声地对着这无边无际的黑暗叫出来:"江东——"

教室里爆发出一阵哄堂大笑。有几个男生在捏着嗓子尖厉地叫:"江东——人家害怕——!"那哄笑声让我更加确认了只有我一个人什么都看不见。然后我听见了身边吴莉的声音:"天杨,没事儿,就是停电了。"那声音骤然间高了八度,"笑什么笑,安静!谁有打火机、火柴,赶紧拿出来,快点!平时抽烟的那几个男生,有什么不好意思的,现在不是装正经的时候!"

我终于看见了几个亮点,我的眼睛终于习惯了这黑暗。人,很多人的轮廓在这黑暗里凹凸不平地显现出来。然后我感觉到了他的温度,他的手搂住了我的肩膀,"天杨,你喊什么?"他有点儿窘地笑着。

我哭了,很丢脸地哭了。我说江东我是真的以为我自己看不见了。他慌了神,在周围一片嘈杂声中拥住了我。他说哪儿会说看不见就看不见了呢,我大声说就是会。我紧紧地把自己贴在他的身上,这是我的梦想。我可以在所有人面前抱紧他。所有人,包括灭绝师太。可是我得忍耐,我是个乖学生,有好多次、好多次,我看着他在人群里跟一群不是我的人说话、聊天、微笑,我经常有种冲动,想把那群不相干的人通通赶走,然后紧紧地抱住他,我的他,但是我必须忍耐。现在好了,我做梦也没想到停电这回事。人群看不见我们,我们谁也不看。我可以肆无忌惮地抱紧他。我已经听见了我的灵魂嵌进他的血肉里的贪婪的声音。

门口传来老唐的声音,他的脸映在一道手电筒的光亮下比平时还要惨不忍睹。"大家注意,咱们教学楼的总闸出了问题,大家先自由活动一会儿,要注意安全。"人流在走廊里阴暗地涌动起来,闪着手电筒、打火机,甚至还有蜡烛的光,像下水道里一团团流动的垃圾。我依旧紧紧地抓着他的手,他轻轻地问我:"想出去吗?"我摇摇头。他在一抹晃动的打火机的亮点里凑过来,温柔地亲吻我的脸。

那天我们在黑暗里不知坐了多久,我们一直相拥相抱着。这幢楼死了,教室里的人走得差不多了,剩下的聚在一起为了迎合这气氛轮流讲鬼故事。他抚着我的头发,我在他舒缓的呼吸声中闭上了眼睛。

"江东。"我在他耳边轻轻地说,"你是我的。"

"是你的。"他笑笑。

"就算方可寒好了,我也不准你跟她在一块儿。"

"变卦了?"

"没有。我是说,我宁愿咱们三个人在一起,也不准你离开我。"

"越说越离谱。"

"可是我是认真的。"

"饶了我吧。总不能一三五是你,二四六归她吧。用不用再跟《大红灯笼高高挂》似的点点灯笼什么的……"

"想得倒美。"我坏笑,"你点灯笼?"我再压低本来已近似于耳语的声音,"是我们点蜡烛还差不多……"

"怎么这孩子学得这么坏了!"他拧了拧我的脸蛋,夸张地叫着。

就在这一瞬间,灯火通明,教室里一片此起彼伏的惊呼。我毫无防备地撞上了他的眼睛,那里面有种让我陌生的东西,但它是好的,与善意相关。他终于离开了我,随着人流回到他的座位,然后他回头对我微笑了一下。周围的一切好像被这重生的灯光清洗过了,他的微笑也是。我爱你,我早就知道;我原来这么爱你,我刚刚才知道这个。

我站在方可寒的病房门口,听见了天杨的声音。

她的床在病房的最里面,贴着墙。我看到的是她消瘦的侧面,还有天杨低垂的眼睑。天杨在为她读一本书,她很用心地听。

……"这个舞我不会跳了。"那个年轻的男人说道。他停了下来,尴尬地望着金大班,乐队刚换了一支曲子。

金大班凝望了他片刻,终于温柔地笑了起来,说道:"不要紧,这是三步,最容易,你跟着我,我来替你数拍子。"说完她便把这年轻的男人搂进了怀里，面腮贴近了他的耳朵，轻轻地，柔柔地数着：一、二、三——一、二、三……

我从不知道天杨的声音原来这么好听。安静、自如，有种庄严的味道但绝不是强加于人的庄严。就像从树枝间洒下的，柔软而灿烂的阳光。念完了，她合上书，抬起头静静地望着方可寒。

方可寒说："这个女人她真了不起。"

天杨笑了，"我觉得也是。"然后她眼睛一亮，"嗨，江东。"

"小朋友们讲故事呢。"我走了进去。

方可寒靠在枕头上冲我微笑。她脸色依旧苍白，不过神情愉快。"好点儿了吗？"我问，"精神倒是不错。"

她笑笑，"肖强怎么没来？"

"他今天得去进货。"我递给她一张粉红色的卡片，"这是周雷让我给你的。"

"周雷？"她皱了皱眉头。

"不记得他是谁了？"

"记得。可是他怎么知道的？"方可寒不许我们跟任何人说她生病的事儿。

"别问我。不是我干的。"

"是我。"天杨脸红了，"我是觉得，周雷也不是外人。"

"我可没觉得他'不是外人'。"我故意逗她。

"你讨厌。"

"没什么。"方可寒弹了一下那张卡片，"周雷是个蛮不错的孩子。挺好的,就是从来没跟我睡过。"

"小声点儿。"天杨笑着叫,"让人家邻床的听见了什么意思!"

"你就别毒害人家纯洁的祖国花朵了。"我对方可寒说。

"就是。"天杨打断我,"凑合着毒害像江东这样的也就算了。"

"小浑蛋——"我手滑到她脖子后面拧了一把。

"流氓!"她尖叫。

那段日子就是这样,在一种宁静、和谐得不可思议的气氛中滑过去。尽管方可寒日渐消瘦下去,苍白下去,但我们似乎谁都没意识到这代表什么,特别是天杨。她现在每天下午一下课就往医院冲,再踩着晚自习的铃声奔回教室。她很快乐,也很宁静。她很努力地听课、念书;很准时地赶到方可寒那里;很温柔地在没人的地方吻我;她高高兴兴地做每一件事,就连她做不出来习题被灭绝师太挖苦的时候,她都是很抱歉地对灭绝师太微笑着,弄得师太也没了脾气。

有一次我问她:"你为什么对方可寒这么好?"她说:"因为我这人天性善良,你又不是不知道。"——好吧,你永远别想弄清楚一个女孩子她脑子里到底装了些什么。但她安宁的表情让我感动。我甚至觉得她就算是跟我吵架的时候心里也是宁静而快乐的,当然现在我们很少吵架了。我俩之间的氛围也因着她的安宁而安宁。每一个星期天的阳光明媚的下午,我们在天杨的小屋里静静地待着,各干各的事儿。有时候她会突然间放下手里的书本,狠狠地搂住我,深呼吸一下,说:"江东,咱们能一直这样下去吗？"

在那深深的相拥里，我们脱掉彼此的衣服。我第一次注视她的身体的时候心里涌上一种巨大的感动。她的手指一点一点犹疑地滑过我的每一寸皮肤，我感觉我的肌肤下面有东西在此起彼伏地歌唱。她抬起头，好奇地笑笑。我们紧紧地依偎，接吻。到此为止。很深的吻却被我们搞得细水长流，没有一点儿欲望的气息。

我居然没有一点儿欲望。

我只想抱她。我们灵魂深处的孤独在赤裸的拥抱中融为一体。在这融合里我悲伤地想：或者有一天我们会失散，或者有一天我们再也不会相逢。因为说到底我们是两个人。说到底这如饥似渴的融合像日全食一样可遇不可求。

"要是以后你想跟方可寒做爱，那就做吧，不过你不能像抱我一样这么紧地抱她，记住了吗？"她在我耳边轻轻地说。

电话铃就在这时突然响起来，她麻利地按下了免提键。周雷的声音响彻了整个房间。

"刚才我去逛书店，你上次说的那本书我帮你买了。"

"谢谢。"天杨开心地笑着，顺便丢个眼色给我，要我帮她扣上文胸的搭扣。

"什么书？"放下电话的时候我问她。

"小说。"她笑笑。

"你还挺闲的。"

"不是我，是要读给方可寒听的。你不知道吧？我现在每天都念书给她听。"

"天杨,你为什么对她这么好?"

"想听真话还是假话?"

"都听听吧。"

"假话——我会告诉你我要对所有你喜欢的人好。伟大吗?"她嬉皮笑脸。

"伟大得我都快吐出来了。还是说真话比较好。"

"真话——"她把脸贴过来,"真话太酸,只能悄悄说。"

"我做好精神准备了。"

"是你把我变得更善良的。"她眼睛发亮,"因为你,我才爱上这个世界。所以我得为这个世界做点儿什么。虽然做不了太大的事儿,但真正去爱一个伤害过我的人——比如方可寒——还是办得到的。"

我对处理这种场面没有任何经验。直到今天都没有。我是该马上跟她接吻还是该庄严地说句"谢谢",或者是该戏谑地说"果然很酸"?我没主意。因为我的眼里全是眼泪,我只能掉过头去看墙壁,使劲眨眨眼睛说:"别这样。我'险些'就要相信你了。"她开心地笑着,那声音很好听。

方可寒正在打点滴。裸露的手臂上血管呈现出纤细的淡青色。她依然很美,那是种什么也摧毁不了的美丽。她就在这日益单薄、日益触目惊心的美丽里绽开她的招牌微笑,妩媚而嚣张。

"江东,怎么是你,天杨呢?"

"她去补习班了。"

"对，今儿星期天，我忘了。"

然后我们就谁都没再开口。气氛有些僵。没有天杨在，我完全不知道该说些什么。她也好不到哪里去。我只好注视着她的点滴瓶。均匀的液体精确地滴下来，再滴下来。突然间她打破了这沉默。

"江东，你可以抱我一会儿吗？"

她轮廓分明的嘴唇结上了一层白霜。

"别紧张。"她笑着，"就一会儿而已。我保证就这一次。"

她费力地坐了起来。我赶紧扶住她的肩膀，拿开她的枕头，侧身坐在她身后，把她整个人揽在我怀里。她的发丝扫着我的脸，我的手触到了她依旧圆润饱满的胸部。她笑笑，"怪痒的。"

"江东。"她说，"对不起。"

"什么？"

"要是我以前知道天杨她这么好的话，我什么都不会跟你做的。"

"都多久以前的事儿了，还提它干吗？"

"江东。"她换了一个语气，"你知道我现在最想干什么吗？"

"不知道。"

"我想谈恋爱。"她笑了，"真的，我想好好谈一场要死要活的恋爱，我想尝尝那是什么滋味。我觉得人只有在拼了命地恋爱的时候，才能不怕死，对吧？"

"你不会死。"

"会。"

"好，咱们谁都会死，行了吧？"

"江东。"她的声音突然轻得像是耳语，"你觉得我漂亮吗？"

"你是我从小到大，见过的最漂亮的女孩儿。"

"真的？"

"真的，你知道吗？小的时候我们在你家门口捣乱，就是为了等你出来骂我们的时候看你一眼。"

"那我告诉你个秘密，江东。"她把头靠在我的肩膀上，脸侧了过来。

我紧紧地拥住她，我感觉到她的身体在轻轻地颤抖。她看着我的脸，她看得很深。

"你还记不记得我跟你说我小时候做梦都想在长大后像武艳那样遇上一个戴明？我心里的'戴明'，从那个时候起，就是你。一直都是。你说你是为了我才跟天杨分手的时候我心里真高兴，你明白我的意思吧？"

我攥紧了她冰凉的手指。

她轻轻地绽开一个微笑，"江东，你没种。"

"不是每个人都像你一样了不起，方可寒。"

她的眼神一瞬间凌厉起来，她慢慢地说："亲我一下。"

我的嘴唇滑过她的脸庞，她的额头，她的鬓角，犹豫了片刻，终于在她的嘴唇上停留了下来。那一刹那她闭上了眼睛，她的舌尖伸过来，居然有点羞涩。

"方可寒我——"我的脸贴在她的脖颈上，她心跳的声音暗暗地传来，我狠狠地说，"我该下十八层地狱。"

我从什么时候起开始念书给方可寒听的呢？记不住了。好像是有一天，她说起报纸上一篇连载小说马上就要到大结局了，可这两天她总是头晕，于是我说那我读给你听好了。我读完之后发现她的眼神专注得让我不好意思，她说："你的声音真好听，我都没注意你念的是什么。"

"你喜欢的话，我就每天念给你听。"我说。

"我不好意思。"她笑了。

"有什么不好意思的？我等这个机会等了很久了。"她显然没听懂我这句话的意思。

真的，我等了很久了。小时候我听奶奶念书，总是在想：这个地方应该快一点，那个词应该重一点才对，这句话不是这样的，不是这种语气……可是我没有机会印证这些设想。我以为这个机会至少要等到我有了自己的孩子之后才会到来。但是，现在好了。

"你想听什么呢？"我问。

"故事，当然最好是爱情故事。"她笑。

"好说！"

"还有就是——别太长了，太长的故事，我怕听不完。"

于是我们每天黄昏的阅读就开始了。我每天下午下课后赶来，晚自习之前赶回去。刨去来回路上的半个小时，我们有整整一个半小时的时间，真是奢侈了。仪式般地，当我把书摊在膝头，会问一句："准备好了吗？"她点点头。于是旅程开始。

最初念的是白先勇的小说，《金大班的最后一夜》《玉卿嫂》《永远的尹雪艳》《那片血一般红的杜鹃花》，一个半小时，刚好能念完一篇，都是些女人的故事，像一个个的宋词词牌，寥落得凄艳。

　　庆生，不要离开我，我什么都肯答应你——我为你累一辈子都愿意，庆弟，你耐点烦再等几年，我攒了钱，我们一块儿离开这里，玉姐一生一世都守着你、照看你、服侍你、疼你，玉姐替你买一幢好房子——这间房子太坏了你不喜欢——玉姐天天陪着你——庆弟——

　　"对不起。"她打断了我，"你是怎么做到的呀？你自己的声音本来细细的，怎么一下子就这么哑了？真有意思，那个女人快要疯了的那股劲儿，就全都出来了！"
　　"我也不知道。"我不好意思地笑，"我第一次看的时候就觉得，这个地方只要把声音全都憋在嗓子里就行——语调，语气，速度都不用动。"
　　"真了不起。"她由衷地赞叹。
　　然后是张爱玲。《倾城之恋》《金锁记》。长了些，要分两天才念得完。张爱玲的小说读出声来是再爽也没有的，好多的虚词和开音节的口语词，流畅得很。
　　当我读到《红玫瑰与白玫瑰》，"每个男人的生命里都有两个女人，红玫瑰和白玫瑰……"我和方可寒交换了一个眼神，都憋不住大笑起来。"咱们俩。"我笑着，"恐怕你是红的，我是白的吧——""他也配！"方可寒利落地总结。

CHAPTER 06／火柴天堂

念完了《红玫瑰与白玫瑰》的那天，方可寒提起了鲁迅，"初中时候学过《孔乙己》——我就觉得鲁迅这老头子蛮有意思的，可是，他写不写爱情故事？"

"这个——有！"我想我的眼睛亮了。

第二天，摊在我膝头的便成了我头天晚上翻箱倒柜找出来的《伤逝》。

鲁迅寂静的调子把我的声音也变得寂静起来。

好的小说是可以听的。我的意思是当你把一篇好小说逐字逐句地诵读出声时，你甚至可以不用去理会它在写什么。因为它的字和字，词和词，句子和句子之间有种微妙的声音的跌宕起伏，在一篇坏小说里你肯定不会发现这个。而且，一个作家可以写各种各样的故事，可以用各种各样的表达方式，可是这种声音的跌宕是改变不了的，就像DNA密码一样。

比如鲁迅，读出来你就会发现，他小说的调子永远像冬天深夜的海面，充满了静静的波涛声，就连绝望也有很强的生命力。用方可寒的话说——在我念完《伤逝》的那天她问我："鲁迅是不是天蝎座？"我问为什么。她说："星座书上说，天蝎座的人外冷内热——我觉得蛮像鲁迅的。"其实她说得有道理，可惜，鲁迅是处女座。

再比如张爱玲，她的调子是京戏的调子。乍一听风情万种哀而不伤，其实悲凉和爱都在骨子里。与其说我用我的声音诠释这些不同的调子，不如说这些调子自然而然地把我的声音塑造成了不同的模样。那是种绝妙的体验，对我对方可寒都是。

有一天我照例把书摊在膝头，问一句："准备好了吗？"

她没有像平时那样用力地点点头，她只是看着我。她真美，她的眼睛幽黑，像两滴深夜。她说："宋天杨，你为什么对我这么好？"

"怎么你们最近都问我这个？"我笑了。

"还有谁？江东？"

"嗯。"

"其实我是想问你，你这样对我，是为了我，还是为了江东？"

"我哪儿有那么伟大？我是为了我自己。"

"那就好。"她舒展地笑了，"这样我才能安心。"

然后她说："宋天杨，我爱你。"

"酸死了你！"我叫着。忍受着心里那由温暖和快乐引起的重重的钝痛。

"好，现在准备好了吗？"我重新问。

"好了。"

那天我们读的是张承志的《黑骏马》。

好像经典爱情故事总是以悲剧收场，看多了让人不得不怀疑，这到底是因为人们偏好绝望的爱情，还是"爱情"这东西本身令人绝望？多年之后，小马驹长成了黑骏马，奶奶死了，美丽的情人老了。

"你知道吗？"我对她说，"第一次看结尾的时候，我都哭了。萨米娅，她简直就是个女神。"

"只可惜这个女神是男人们一厢情愿地造出来的。"方可寒静静地说。

我愣了一下。

"你看。"她来了精神,"所谓'女神',就得宽宏大量,就得忍辱负重。宽容的是这些没出息的男主角,忍他们的'辱',负他们的'重',还不能有怨言,最后被他们感激涕零地歌颂一场才算功德圆满。凭什么?"

"可是——可是这毕竟是一篇好小说啊。写得多棒。你不觉得?"

"当然觉得。我不是针对它,只是,没劲。"她有些窘地咬了咬嘴唇,那是我第一次在她脸上发现一个小女孩的表情。

"那好吧。从明天起,咱们不讲爱情故事了,我给你念一本我最喜欢的书怎么样?只不过长了点儿,得好几天才读得完。"

阿尔伯特·加缪和他的《局外人》就这样姗姗来迟。像所有的名角儿一样,是用来压轴的。

"你知道吗?"我告诉方可寒,"加缪是我除了江东之外,最喜欢的男人。我看过的所有其他小说,不管写得多好,我都觉得那是在描述生活,只有加缪,他不是在描述,因为他的小说,就'是'生活本身。好。"我凝视着她有点困惑的眼神,"准备好了吗?我要开始了。"

"今天,妈妈死了。也许是在昨天,我搞不清……"我该选择一种什么样的声音呢?加缪的调子里充满了短促的,喘着粗气的,荒凉的力量。我的加缪是在阿尔及利亚长大的。那里的人说一种就像太阳和荒原赤裸裸相对的、倔强的语言,我总觉得这是决定这力量的直接原因。

默尔索的妈妈死了,默尔索没有哭。默尔索守灵的时候吸了一支烟,喝了一杯牛奶。默尔索送葬之后的第二天就跟玛丽睡了觉。邻居老头辱骂着和他相依为命的老狗。默尔索杀了人。

方可寒的眼睛一亮。她说:"越来越有意思了。"故事刚开始的时候她还偶尔露出不耐烦的表情,现在她却是聚精会神的。

默尔索上了法庭,默尔索被指控为恶棍因为他妈妈死了他没哭,因为他守灵时抽烟所以他一定是故意杀人死有余辜。既然已经死有余辜了那就让他死吧,默尔索被判处死刑,法官说,以法兰西人民的名义。默尔索说大家都是幸运者,因为所有的人都会被判死刑。

来了,我是说结局,我终于等到了它。

我的声音因为这长久的等候变得温柔如水。就像是经历了很长的一番跋涉,我期待着,那个结局能和方可寒不期而遇,就像和小学五年级的我一样。好吧,别紧张,你不用修饰自己的语气,不用那么刻意,你的声音早就在胸腔里酝酿了这么多年——我是说,为了这最后一段而专门准备的,独一无二的声音。

……我筋疲力尽,扑倒在床上。我认为我是睡着了,因为醒来时我发现满天星光洒落在我脸上。田野上万籁作响,直传到我耳际。夜的气味,土地的气味,海水的气味,使我两鬓生凉。这夏夜奇妙的安静像潮水一样浸透了我的全身。这时,黑夜将近,汽笛鸣叫起来了,它宣告着世人将开始新的行程,他们要去的天地从此与我永远无关痛痒。很久以来，我第一次想起了妈妈。我似乎理解了她为什么要在晚年找一个"未婚夫"，为什么又玩起了"重新开始"的游戏。那边，那边也一样，在一个个生命凄然去世的养老院的周围，夜晚就像是一个令人伤感的间隙。如此接近死亡，妈妈一定感受到了解脱，因而准备再重新过一遍。任何人，任何人都没有权利哭她。而我，我现在也感到自己准备好把一切再过一遍。好像刚才这场怒火清除了我心里的痛苦，掏空了我的七情六欲一样，现在我面对着这个充满了星光与默示的夜，第一次向这个冷漠的世界敞开了我的心扉。我体验到这个世界如此像我，如此友爱融洽，觉得自己过去曾经是幸福的，现在仍然是幸福的。为了善始善终，功德圆满，为了不感到自己属于另类，我期望处决我的那天，有很多人前来看热闹，他们都向我发出仇恨的叫喊声。

我合上书，知道自己的手在微微颤抖。鼓足勇气抬起头，方可寒的脸上有两行泪。"天杨。"她慢慢地说，"我想活着，我舍不得我自己。"

"你当然会活着。"我说。

她微笑，"有件事我必须告诉你。"

她伸出她精致得像是冰雕的手指，在脸上抹了一把，"对不起，天杨，我喜欢江东。一直。"

"听我说。"我笑了，"你要努力，你要好好地活着。等你好了以后，我们三个人在一起。不用管别人怎么想、怎么说，我们去另外的一个大城市，全是陌生人的地方，我们三个人，相亲相爱。"

她怔怔地看着我，她脆弱而美丽。我会保护你，我温柔地想，你，你们。

后来的日子我常常问自己。当时我那么说，是不是因为我知道她活着的希望不大？我的话里有没有哪怕是百分之一的欺骗？但是我放弃了这种追问。因为我记得，当我读完《局外人》的最后一句时，当我看见她脸上的泪的那一刹那，我原谅了一切。我原谅所有伤害过我的人，我也希望所有被我伤害过的人能原谅我。我原谅我自己和江东的爱情里那些自私的占有欲，我原谅我们在缠绵悱恻时或恶言相向时以"爱"的名义对彼此的侵袭和掠夺，我原谅我们的每一句情话里那些或真诚或虚伪的夸张，我原谅我迫切地想要留住江东不过是因为我舍不得我自己的付出，我原谅他在真诚地爱我的同时像吸毒者抗拒不了海洛因那样抗拒不了方可寒。我原谅他在这无法抗拒的邪念里一点点沦陷。我原谅正在沦陷的他经历过的煎熬。我原谅他在这煎熬中对他自己和对我的折磨。我原谅他因为这撕心裂肺的折磨变得自私残酷。我原谅他在这自私残酷中抱紧我时那份软弱的逃避。我原谅我们俩在这软弱的逃避中一起企盼方可寒会死的那份共同的罪恶。我原谅我们分享这共同的罪恶时领略到的卑微的暖意。我原谅我自己面对这份暖意时以虚伪的道德为由虚伪地自责。我原谅我为方可寒做的一切竟然治疗了我的自责。我原谅在这治疗中我和江东共同秘而不宣的自欺和苟且。我原谅正在原谅一切的自己心中升上的哪怕是一丝丝的自我牺牲的虚荣和满足。我原谅正在原谅一切的自己的心中名为释然实为软弱的投降。我原谅，我原谅，我什么都原谅了。我的"充满星光与默示的夜"在一个 4 月的美丽黄昏降临，那是一种被点燃的感觉。我终于理解了你，我的默尔索，我的朋友，我的兄弟。

　　一个星期后，我们第一次模拟考的前夜，下着雨，方可寒死了。

ASHES
TO
ASHES
CHAPTER 07
记住我们以为不能承受的孤独

◆ 周雷

我走下那几级大理石台阶，才算可以放心地舒一口气。

高楼林立的商业区，从什么时候起有种繁华的味道了？一定是我上大学离开家的那几年，不然我不会骤然间这样陌生。干净的路面，干净的人行道，干净的车流，我刚刚走出的那幢大厦干净的玻璃门，干净的楼群——恐怕这跟楼群的颜色有关。然后我看见一个卖糖葫芦的老头子推着一辆破旧的自行车，面容悠闲地从这大厦面无表情的警卫前边经过，我在这一瞬间放了心，知道这还是我认识的那座城市。

很有意思。这些年来，我找工作的时候多恶心的事儿都遇上过，从来也没觉得怎么不公平，还时不时自豪或者说自慰（不对，应该是自我安慰）一下，告诉自己这也是做异乡人的体验之一。反倒是今天，当我头一回这么顺地找到工作，而且工作环境和薪水都超乎我的想象的时候，我心里却有些不安，好像是发了笔不义之财。

该把这好消息第一个告诉谁呢？老爸老妈就算了吧，反正他们高兴不到哪儿去。我至今忘不了我终于鼓足勇气跟他们俩摊牌的那天。我说我根本就没打算考研，我回家只不过是因为被老板炒了。我爸的一张脸阴沉得像是台风过境，我妈先是以一种同情弱者的眼神瞧瞧我再偷眼看看爸——从我青春期开始叛逆起她就养成了这个习惯。在我们家我爸是主人，我身兼奴才和傻子二职，我妈就是那个"聪明人"。你不得不承认鲁迅就是伟大。天杨吗？这时候别吵她，她这几天上夜班，现在正像小猪一样幸福地酣睡呢。我盯着手机看了半晌，不知道该摁下哪一个号码。不过谢天谢地，我的手机从现在起不用担心龙游浅水虎落平阳般地被停机了。

不仅不用担心被停机，而且它还在这时候生龙活虎地响了。好孩子，没白疼它。

"喂？你好。"我想我的声音非常阳光。

"我还以为你死了。"

老天，这是……

"托你的福，烂命一条，还在。"

"你猜我现在在哪儿，周雷。"

"不要告诉我你在我心里，因为那不是真的。"

"向左转，往马路对面看，对了，就这样，真乖。"

"怎么像是给手机做广告一样，冯大小姐，不对，现在该称呼你什么太太？"

她端起面前的紫砂壶斟满我的茶杯时，我有点不可思议地说："果然结了婚就是成熟了，一举一动都这么'贤淑'。"

她笑笑，"我这次是来出差的。昨天刚刚把事情办完。本来想晚上约你出来吃个饭，可巧就看见你了。"

"干吗'晚上'？月上柳梢头，人约黄昏后？"

她大笑："你真是一点儿没变。"

"冯湘兰。"我换上一副正经的神色，"你变漂亮了。"

"谢谢。"

"要谢你老公才对。"

她凝望了我半晌，开颜一笑，"离了。确切地说，正在办。"

我一口茶差点吐出来："算你狠。"

她笑容可掬，"不过你千万别担心，我今天就是想跟你见个面，绝不是为了勾引你。"

我突然间有些愤怒。要知道我是为了她那个鸟蛋婚姻才丢了工作的，要知道是她那个鸟蛋婚姻让我重又回到这儿，鬼使神差地把我推向天杨的，不只是天杨，是推向另一种生活。可是她大小姐——没错，现在的确又变成小姐了——倒是轻松，说离就离，她都不知道自己随随便便就左右了我的人生还好意思跟我坐这儿不咸不淡地喝茶，就像《旧约》里上帝有事没事就出来跟人物们聊上两句一样荒诞。

"为什么？才结了几个月，没准儿好些事儿可以磨合呢？"

"有些人可以，我不行。"

"早就看出来你不行。"我笑，"不是我说你，没事儿逞什么英雄？"

"失败一两回不是坏事。"她也笑，"至少我知道了自己不适合干什么。"

至少她知道了自己不适合结婚。我呢，我知道了为了一张结婚请柬得罪老板是豪爽，为了一张右下角印着"保质期两个月"的结婚请柬得罪老板是傻×，挺好。

这时候我突然想起了苏云。为什么？因为我突然想起我自己有没有这样光荣的经历，在无意中影响了一个人的命运？迄今为止，如果有，就只能是她。

苏云是我同系的师妹，比我低两届。大三开学接新生的时候小丫头第一眼就看上了我，而且不是那种轻描淡写的"看上"，是山崩地裂的那种，虽然我至今不明白为什么。刚开始她旁敲侧击地暗示的时候我可以装糊涂，到她明白无误地表白时我就只能很残忍地说"不"了。其实我并不是从没有和谈不上"来电"的女孩交往过，到最后虽说分手也是好聚好散。可是苏云不同，坦率地讲，我扮演了一回懦夫的角色，因为如果她只是"轻描淡写"地看上我的话，我不会拒绝她。她是个很可爱的女孩。问题在于我良知未泯，我看得出来她的温度。

那是段狼狈不堪的日子。我第一次发现，只要我想我也可以足够心狠。她越是执着我就越是拒绝，乐此不疲。到最后我的拒绝已经与感情什么的无关，纯粹是为了较劲儿。我不信我会输给一个小丫头。我相信那些日子里见过她那张倔强又凄楚的小脸的人都会觉得我是个不知天高地厚的家伙，只有我自己心里清楚这是一场类似猫捉老鼠的游戏。谁是猫谁是老鼠——用我说吗？

我们僵持到白热化阶段的时候——用我们宿舍哥们儿的话就是"比世界杯还过瘾"。那几天她整晚上整晚上地站在我们宿舍的楼下，一个电话打过来，"我等你。"然后就三四个小时地站在那儿，还一面跟来往的熟人打招呼——好像她是来乘凉的。我真惊讶，那么瘦小纤细的小姑娘的体内怎么能蕴含这么多的能量。那些夜晚我佯装平静，号召哥儿几个打升级。洗牌的时候经常手指发颤，牌落了一床一地。对面宿舍的一个哥们儿意味深长地说："我觉得你——是不是在故意锻炼自己的意志力？"有几次全宿舍群起而攻之，我硬是被他们轰到了楼下去。我对她说："对不起，我今天晚上有事儿。不，其实没事儿，但是请你回去吧。"她含着泪盯着我，一个字一个字地说："你等着瞧。"那架势也早已与爱情无关。

有一个周末的晚上。学校放梁家辉演的那部《情人》，全宿舍倾巢而出，只剩我一个人。我知道她就在下面。然后下雨了，非常大的雨。我终于冲到楼下去把浑身湿透的她领进楼道里。她静静地看着我。她和《情人》里那个女孩一样穿了条白色的连衣裙。那场倾盆大雨洗去了她浑身的任性和乖张。就在我还差一秒钟就要把她搂在怀里时，她说："周雷，我以后不会再来找你了。"

我笑笑，摸了摸她垂在脸上的一绺头发。

"周雷。"她说，"我再最后跟你说一遍：我很爱你。"

我说："如果我没有伤害过你，你还会爱我吗？"我不知道我为什么冒出这么一句混账话。但是她很惊讶地看着我——那是种类似于醍醐灌顶的惊讶，已辜负了上天为了她投资一场倾盆大雨所营造的悲情氛围。

后来苏云的男朋友就是那个说我是"故意锻炼自己意志力"的家伙，再后来我们喝毕业酒的时候苏云笑盈盈地过来敬我。当时的氛围已经因为几个人的酩酊大醉由伤感变得混乱起来。在一片混乱之中苏云对我说："我现在可以告诉你答案。如果你没有伤害过我，我不会爱你。至少不会像我当初那么爱。但是——"她笑了，两年的大学生活让她身上多了一种女人味，"遗憾的是，没有'如果'这回事。"

好吧。我现在算是明白了没有如果这回事是怎么回事。这些年我常常想起苏云。尤其是在我不可一世自我膨胀志得意满的时候。那个雨天里她宁静的脸总像一把锥子一样刺破我的"成就感"这个氢气球，提醒着我的怯懦。我敢说，如果我们当初真的顺理成章地变成男女朋友，那今天她对我的意义就不会如此特殊。

我送冯湘兰回酒店的时候，天色已晚。

"明天几点的飞机？"我问。

"下午。"氛围变得暧昧起来。或者说我刚刚觉察出来。"对了。"她笑着说，"还没祝贺你呢，找到一份好工作。"

"算了，没什么好也没什么不好，只是钱多钱少的区别而已。"

"给你点儿阳光你就灿烂。"她损我，"我还没看出来你这么超脱呢。"

"不过我告诉你，最近我正在做的一件事儿让我特别有成就感。"我说，"我在追我这辈子喜欢过的第一个女孩子。我是说重新追。挺有意思的，觉得自己是在重活一遍。"

"你说宋天杨？"

"你你你——你怎么知道她的名字的？"我一瞬间窘相毕露。

"你的事儿我那时候全都打听得一清二楚。宋天杨啦，苏云啦……"她瞟了我一眼，嘲弄地微笑着。

"我还是那句话：算你狠。"

"好了。"她停在酒店的门口，"上来坐坐吗？"

"不了。"我坦率地说，"我不是什么柳下惠，没必要有事没事考验自己。"

"怕对不起你心里纯洁的初恋情人？"

"她可不是什么纯情少女，她睡过的男人虽说没你多，但那数字也足够让居委会大妈气急败坏的。"

我们一起笑，引得过路行人侧目。

"好吧。"她说，"那就再见了，祝你幸福。"

"你也一样。婚可以不结，日子要好好过。"

"还是周雷对我最好。"

我凝视着她的背影。她穿套装和高跟鞋的样子很漂亮，她的头发也绾成了一个很白领的髻，不过我还是很怀念她那些苹果绿、粉红、天蓝、鹅黄的吊带装。再见，阿兰。

夜晚来临，不过来临得不是那么彻底，霓虹还没有完全绽放。冯湘兰的酒店和我星期一就要在那里上班的写字楼恰成一条对角线，遥相呼应，两座璀璨的塔。我相信当我坐在那写字楼的第二十七层加班的时候，往下看，会发现整个城市变成了一个巨大的酒杯。葡萄美酒夜光杯。多少人痛骂城里的灯光呀。藏污纳垢，粉饰太平。让堕落的人合情合理地堕落，遮盖了"罪恶"龌龊肮脏的轮廓，让它变得邪美起来。而且还混淆人的视听，以为这世界变成了金钱、权力、香车、美女的盛宴。凡此种种，证据确凿，让良知未泯的人给城里的灯光判死刑吧，或者终身监禁也行，让它身着囚服姿色全无从此不能妖言惑众。——但是，你能说它不美吗？

我今天为什么变得这么煽情？我还真是难伺候，没工作的时候难受，找工作的时候难受，找着了还难受。想想我刚毕业在北京住地下室的时候吧。我对自己说你终于有资格回忆了。每天在人才交流市场像古希腊奴隶一样等待贱卖。回到阴暗的斗室里起劲儿地听重金属，在"病孩子"的 BBS 上留下无数愤怒得顾不上押韵的诗篇，顺便跟几个不太熟的女子做做爱——很朋克。

当我挤破了脑袋终于钻到一家不甚正规的房地产公司做部门经理——的助理的时候我对自己说：来，今儿晚上别再像鼹鼠一样在地底下闷着，出去看看北京的灯吧。我站在崇文门的霓虹里舒出胸中一口恶气的时候，我忘了就在前一天，我还在长途电话里跟一个哥们儿刻薄地说面试的时候我发现那里从老板到员工的水平居然都比我还低；我忘了现在轻松愉快的自己曾经就算是兜里只剩下一百块钱的时候心里也在思考我想做的工作是否对这个世界有意义；我想起我很装蛋地对一位在广告公司拿八千块钱一个月的学长讲：广告——无非是污染并强奸人们的精神，或者挑起人们的欲望让他们自慰；我想起其实房地产公司也好不到哪里去，它把房子变成人，把人变成阴沟里的爬虫；我想起一个中学时的哥们儿的 E-mail，他老爸是家证券公司的经理，所以他很幸运地一毕业就有机会跟着高层们兴致勃勃地包装那些亏得一塌糊涂的公司上市。他说："真是的，我学的是金融，又不是整形外科。"

我在崇文门的霓虹里蹲下来，哭了。我知道我自己也在跟大家一样病菌似的污染这个世界。我知道我愤怒、我朋克、我重金属、我叛逆不过是因为我没抢到一个污染的机会。但就是这个已经被我们变成个巨大的公共厕所的世界，我们除了爱它又能拿它怎么办呢？我告诉自己：来吧，你试着用日后成功了的你的眼睛来打量现在的生活，没什么，你是在完成一个赢家温暖而辛酸的回忆。我蹲在人行道上哭得像个傻瓜，当时看见我的背影的人准以为我是在呕吐。

现在我有了一个机会俯视城市的灯光。"其实没什么好工作与坏工作的区别，只不过是钱多钱少的区别而已。"要知道那是我几年前就设计好的台词。只是当时我做梦也没想到，今天的我，真的这么想。

后来我告诉天杨那个难忘的崇文门的夜晚。然后我问她："我心里有事儿的时候跟你说。你心里有事儿的时候问谁呢？"她笑笑，"我去问加缪。别笑，真的。加缪的书里什么都有。"——真恐怖，加缪又不是邪教教主。

说曹操曹操就到，手机响了，天杨说："周雷你能不能帮我一个忙？""我敢说'不'吗？"但她今天晚上没有跟我贫嘴的兴致，"周雷，我爷爷的病犯了。现在我们都还在医院忙活呢，你去幼儿园接一下不不行吗？我们都忘了他了。你顺便带他出去吃个饭，然后再带他回家睡觉。谢了。"

好吧。不不。你小子今儿晚上可别惹我。

◆ 肖强

1997年4月16日晚上，方可寒死了。

我至今记得白得泛青的医院的灯光下她长长的、静静的睫毛。走到大街上的时候，我发现下雨了。雨雾中的路灯的光看上去比平时洁净些。我想要不要马上打电话告诉天杨和江东这件事，想想算了，他们明天一早还要模拟考。

所以在那个晚上，我只能独自承担这件事。独自回想——尽管我不愿这样——那灯光下，她的睫毛，她的嘴唇——淡粉色的，她的手指，她的长头发。我兜里还装着她的玫瑰红色的小呼机。她给我呼机号码的时候说："从下次开始，一百块就行，优待你。"

我回到店里，看着两个顾客走出去，再赶走帮我看店的哥们儿。反锁上门，下意识地把我的蔡琴放进机子里。

当我与你握别，再轻轻抽出我的手。是那样万般无奈的凝视，渡口旁找不到一朵相送的野花——

我把灯关上。蔡琴既悠然又忧伤的声音在黑夜里如鱼得水。

出了一身的冷汗。我还以为是刚才淋的雨。

我把钱递到方可寒的手里,有一次她说:"知不知道?其实我跟你上床,不收钱也可以,因为——"她诡秘地眨一下眼睛,"我喜欢你。"我笑笑,"我也喜欢你,不过还是收钱吧。你说呢?"她放声大笑,拍一下我的肩膀,很豪爽地说:"肖强,你这个朋友我交定了。"

方可寒,我想起第一次看见她的时候,感觉到的温暖的红色的喧响,就像我第一次看见这个世界的感觉。想起我把自己曾经在黑暗中生活了六年的秘密告诉她的情形。

听完我的故事,她把烟从我的嘴上拿掉,深深地吸了一口,张狂地冲我笑了一下。我叹口气,说:"方可寒,还是戒烟吧。女孩子抽烟的话,过了三十岁,你脸上的皮肤会坏得很快。"她把烟放回我的手指间,"我活不到三十岁,真的,五台山有个高僧说我如果不出嫁的话,最多活到二十五,所以。"她停顿了一下,"你说的对我来说不是问题。""你连高僧也不放过。"我笑着。"别胡说八道。"她非常认真地打断我,"怎么能拿宗教这种事儿开玩笑呢?"

我为什么会想起这些?当然,因为方可寒死了。

我的手臂贴在玻璃柜台上,凉凉的。我就这样睡了过去。是烟蒂把我烫醒的。蔡琴的声音在黑暗的纵深处蔓延着,"夜那么长,足够我把每一盏灯点亮,守在门旁,换上我最美丽的衣裳——"我把那张 CD 反反复复听了一夜。然后我看见了她,十七岁的她牵着六岁的我的手,我们有说有笑地在一条长长的街道上行走。

那街道空无一人，两边全是路灯。她依旧美丽而嚣张，漆黑的眼睛里闪着飞蛾扑火般奇异的光芒。她说："你看见了吗，这么多的灯，就像是过元宵节。"我说："什么叫'看见'？我是说，为什么咱们要把'看见'这件事情起名叫'看见'呢？为什么'看见'是'看见'不是'听见'？'看见'和'听见'为什么不能换？要是咱们大家都管'看见'叫'听见'，'听见'叫'看见'的话，大家是不是就不会说'肖强看不见'，而说'肖强听不见'了呢？"她放荡地大笑着，她说你这个孩子还真是难对付。

然后我就醒来了。我看见了窗外的阳光。

三天后的一个中午，天杨和江东兴冲冲地进来。"嗨，肖强，好几天没见！"

天杨快乐地嚷。我想他们是考完了。我淡淡地说："跟你俩说件事儿，方可寒死了，16日晚上的事儿。"

"你干吗现在才说？"天杨愣愣地问。

"你们不是要考试吗？"

"那你干吗不索性等我们考完了再说？"这次是江东的声音。

"这个。"我心里一阵烦躁，"你们怎么还他妈没考完？"

"下午是最后一门。"江东坐到了柜台前边的椅子上，慢慢地抬起头，"肖强，给我根烟。"

"对不起，我是想等你们考完了再说的。"我把烟扔给他。

"没什么，反正你已经说了。"他点上烟，打火机映亮了半边脸。

"还好。"天杨坐在小板凳上，托着腮，"下午要考的是英语。脑子稍微糊涂一点儿无所谓。要是考数学那可就完蛋了……"她眼睛睁得大大的，像是在自言自语。

◆ 天杨和江东

我们随着拥挤的人流走出校门。他问我："怎么样？"我说："还行。你呢？"他笑笑摇摇头，"完形填空根本就是 ABCD 胡写一气，没时间了。"我说："没什么，反正模拟考，不算数的。"他说："就是，要是这是高考，我他妈非掐死肖强不可。"我们沿着惯常的路往河边走，一句话没说，远远地看见堤岸的影子，两个人几乎同时开了口："绕路吧。"然后心照不宣地相视一笑，他就在这时候紧紧地抓住我的手。

我们走了很久，终于从一条僻静的小街拐上了平时常走的大道，终于绕过堤岸了。我把头一偏，视线就避开了堤岸尽头处，那个叫作"雁丘"的公共汽车站。我握着她的手，她的手真小。我说天杨咱们现在去哪儿？她说哪儿都好就是不想回家。我们俩于是走到我们平时常去的那家蛋糕店。老板热情地招呼我们说："快要高考了，很忙吧？"喝了 N 杯柠檬茶，直喝到不能再续杯为止。她突然对我笑笑，我想起我们俩第一次约会的时候就是来这间店喝柠檬茶，那时她也是这样笑笑，刚开始的时候她跟我说话还会脸红。我也是。

他问我:"笑什么?"我说:"知道她生病是 3 月份的事儿,到 4 月 16 日。这一个月真够长的。"

他也笑笑,说:"就是。"

"咱们也要高考了。"我说。

"别担心。"他说,"这两个月也会很长。"

我笑了,"这话让灭绝师太听见了,非气死不可。"

"怎么了?这是我心理素质好的表现,她该高兴才对,否则都像阳小姐那样——好吗?"

"阳小姐"是我们邻班一个女生的绰号,她叫"阳小洁"。她前些日子吃了三十多片安眠药,留下遗书说都是高考的错。不过没死,只是现在还没回来上学。我没接他的话,我现在一点也不想跟"死"这件事沾边儿的东西。

店里坐着另外一对儿,穿的是实验中学的校服。他俩在吵架,声音越来越高。我们只好佯装没听见。老板倒是气定神闲地该干什么就干什么,像是对类似场面已司空见惯。那个女孩说:"全是借口!你不过是因为那个×××——"男孩说:"等你明年该高考的时候你就知道我说没说谎了!我现在压力特别大,根本什么都顾不上,眼看就要报志愿了——""我不管!"那个女孩的声音骤然又高了一个八度。男孩站起来走了,把门摔得山响。江东的手掌盖到了我的手背上,我悄悄地冲他一笑。

"手这么凉。"他说,"今天降温,你穿太少了。"说着他就要去拉他的外衣的拉链,"穿我的。"

"别,江东。"我压低了声音,瞟了一眼仍旧一个人在那里呆坐的女孩,她眼圈红红的,使劲咬着可乐瓶里的吸管,"别在这儿,她看见心里会难过的。"

她说:"她看见心里会难过的。"我说:"你怎么这么好?"她笑笑,"因为我不认识她。因为这点儿小事是个顺水人情。因为——"我打断她,"你还真不浪漫。""本来。"她仰起脸,"这种,只能算是'小善良',不算什么。真正的'大善良',太难做到了。"然后她像大人那样叹口气。我知道她想起什么了。

后来我们走出那间店,来到我们平时常去的公园的湖边。4月是草坪绿得最不做作的季节。她枕着我的腿,起风了。"天气预报说,明天沙尘暴就要来了。"她说。我突然紧紧地抱起她,她的身体很软很暖和。

"天杨。"我说,"天杨。"

"这下好了。"她的气息吹在我耳边,"这下再也没有人来跟我抢你了是吧?"

"是。"我答应着,"没有了,再也没有了,现在就剩下咱们两个人,咱们谁也不怕了。"

"我怕。"

"怕什么?没什么可怕的。"

"江东你爱我吗?"

"爱,爱得……有时候我自己都害怕。"

"我也一样,江东。"她深呼吸了一下,"所以我怕,可能有一天，咱俩都会死在这上头。"

"别说死。"

"我不是指那种'死'，算了，江东你跟我说说话行吗？我是说，咱们说点别的。"

"对，我也想说点别的。"

于是我们那天说了很多"别的"。气氛慢慢变得平静，我们说了很多，渐渐地对彼此说了些从没跟人说过的话，我是说，有些事我们从没想过要把它们付诸语言。比如，我说起了我初中毕业那年，去过一次巴黎。

那年父亲说这趟旅行是为了奖励我考上北明。那时候——即便是现在，对一个十五岁的女孩来说，也是一个大奖。一个星期，我住在父亲的斗室里，算上卫生间十五平方米的小屋，只有一张单人床，被我占了，剩下的空间打个地铺都是勉勉强强的。在那个狭小的空间里，我忘了一出门就是那个传说中的巴黎。抵达的那天晚上，水土的关系，我发了高烧，昏昏沉沉地睁开眼睛，满室局促的灯光。父亲轻轻地抚摸我的脸，我在他的瞳仁里看见有点胆怯的自己。男人的手指，温厚有力，是我从来没有体会过的味道。次日黄昏，热度退了，父亲说："带你去塞纳河坐船。"我们坐着哐啷哐啷的地铁，在一片黑暗中前进。我打量着幽暗的站台上污秽而鲜艳的涂鸦，需要自己开门的憨厚的地铁，人们的脸因为速度而模糊，不知道自己已经变成了一个庞大的孤独的一部分。我轻轻握住了父亲的手，突然听见了音乐。卖艺的老人拉着手风琴，在一片钢铁、速度和性感的气息中，这音乐旁若无人。地铁口的风很大，沿着台阶走上来，看见雕像。父亲说："这就是大名鼎鼎的左岸。"然后我就知道，我爱上这个地方了。

我忘不了那个坐在协和广场的黄昏。大气的福克索斯方尖碑像棵胡杨一样挺立在夕阳下面。我看着它，知道现在该是塞纳河边的摊主们慢慢收拾起20世纪60年代碧姬·巴铎的海报的时候。那时候我突然想：罗丹的思想者凝视着绽放在1968年5月的萨特，他们，这些伟大的灵魂，都为饥饿的人类夜不能寐。可是他们见过沙尘暴吗？一阵风吹来，父亲的大手覆在我的膝盖上，他说："巴黎就是这样。7月份，风也凉凉的。"

我穿着一条在巴黎买的淡绿色的连衣裙。父亲说："好看。"那些天我们的话很少。我要换衣服的时候他就进到那间只站得下一个人的浴室，像玩捉迷藏一样问一句："好了没有？"我说："好了。"门开了，父亲看着我，每天他都会说："好看。"

然后我们一起，穿过这个城市的每一个角落。拉丁区一间说是一八八几年就开张了的咖啡馆的老板问他："先生，这个可爱的小姐是您的情人吗？"他笑着说："是的。"明媚如水的阳光下，塞纳河风情万种，父亲操着熟稔的法语，他们一起望着莫名其妙的我大笑。那时候，没人知道我来自一个荒凉的地方。

回国的前夜，我在深夜里醒了。听见父亲均匀的呼吸声，我拧亮了床头灯，悄悄爬下来。那屋子真小，我得小心翼翼地踮着脚尖，才能跨过他的胳膊和腿，坐在他脸前的一小块空地上。背后是小冰箱"嗡嗡"的声音，这种公寓所谓厨房就是一个像件家具一样砌进墙里的电磁灶，一做饭，就算打开窗户也是烟熏火燎的。

我抱着膝盖坐在那儿，灯影里父亲沉睡的脸轮廓分明。我的指尖轻轻划过他高高的眉骨，他的脸颊，奶奶常说我和他是一个模子刻出来的。有件事我这些天一直很想告诉他，可是我不好意思。六岁那年，他回来过年。晚上我硬是要他念书给我听，那是我第一次真正听到他的声音。他说："《小王子》？好吧。我随便挑一页，你闭上眼睛。"他的声音就这样猝不及防地传来：

小王子说：她的身体将我包围，照亮了我的生命。我不应该离她而去。我早该猜到，在她不高明的把戏背后隐藏着最深的温柔；花朵的心思总叫人猜不透。我太年轻了，不明白该如何爱她。

他的声音很厚，很重，有海浪的声音在里面喧响，又温柔得像一缕阳光。那是我找了好久的，专门用来念《小王子》的声音。我闭上眼睛，努力不让湿润的睫毛颤抖。那声音驯养了我。他以为我睡着了。他就停了下来，在我的面颊上，轻轻一吻。

现在他睡在我的面前。他的脸庞，他的呼吸，在我的指尖下面。他突然睁开眼睛，有些错愕地望着我。我微笑，"爸。"我很少这样叫他，"我睡不着。"

两个月后，我遇上了江东。新生入学，我们一群人聚在一起做自我介绍。我听见一个声音说："我叫江东。"那声音和六岁那年的一模一样，可以用来读《小王子》，可以让我的身体里开满繁花似锦的、温柔的欲望。后来，我就义无反顾地陷下去了。

她说："我从来没有跟任何人讲过这件事。我从来就不知道这件事我有一天也会讲出来。"然后她羞涩地望着我，像猫一样，脸蹭着我的胳膊。

我也给她讲了一件我从来没有跟人说过，也从没想过有一天会和人说的事儿。

我第一次做爱是初二那年暑假。

那个女孩是我的英语家教，是个大学生。她总是很肉麻地叫我"弟弟"。她很嗲地这么叫我的时候我看得出来，她的神态，她的表情，她的语气，都是在极力模仿那些漂亮女孩的娇气和挑逗。可是她很丑，就连那时候对"女人"这东西根本没开窍的我都觉得她很丑。但我不忍心揶揄她是丑八怪作怪，哪怕是在心里。因为我看得出来她这种模仿后面的努力和挣扎，我看得出来她自己也知道这努力和挣扎是徒劳的。

大学毕业的时候她本来应该顺理成章地留在这个她从小长大的地方，可是为了她的男朋友，她硬是跟家里闹翻，在他的家乡——一个更靠北，也更封闭的城市找了工作。她拿着聘书去找她男朋友的时候以为这会是一个最大的惊喜，结果那个鸟蛋男人说："你这是何苦？其实我从来没有爱过你。"

那天她哭了，眼泪一直流、一直流。她的哭相很难看，可我还是把手放在她肩膀上。我是真的替她难过。我结结巴巴地说："要不，我找我以前的哥们儿，去揍他一顿吧……"她一把抱紧了我，她哭着说："弟弟，弟弟。"

后来，我们做了。

再后来，我和妈妈在国贸商厦里看见她。她推了一辆婴儿车，胖了些，好看了些。妈妈热情地跟她打招呼："哎呀是小范老师。"她笑着，拍拍我的肩膀，"长这么高了。"那时候我突然感到一种前所未有的孤独。

我讲完了。天杨笑着，"真没看出来你是一肚子坏水。"然后她抱住我的脖子，我们接吻，凶猛地接吻，直到嘴唇出血。现在我们是亲人了。唇齿相依。唇亡齿寒。我们就剩下了对方。我们只能相亲相爱，别无选择。

"天杨。"我告诉她，"我现在很幸福。"我是这么卑微，但是我很幸福。

风吹过来。夕阳鲜红。天色渐晚。

◆ 周雷

十点半，总算是把这个小浑蛋弄上了床。

"现在给我睡觉。"我使用的是威胁的语气。

"不睡。"他倒是干脆利落。

"不睡揍你。"

"给我讲故事。"

"只讲一个，再不睡就真的揍你。"

"成交。"

"听好了。"我说，"你的弱智小熊维尼的故事——瑞比的耳朵。兔子瑞比一边拔卷心菜,一边自言自语:兔子是常常需要安静地思考的,也不是为了什么特别的原因,只不过是思考而已……"

"难听死了。"这小浑蛋打断了我,"我姐姐讲得才好听呢。"

"本来就是这么弱智的故事怎么讲也好听不到哪儿去!"我恶狠狠地说,"而且你爷爷现在躺在医院里快死了,你姐姐现在也快累死了,你为了听个故事就要去麻烦他们你还真没同情心。"

"我没说要去找她。"他瞪着眼睛,"我就是说这个故事不好听。要不这样吧。"他笑着,"我给你讲个故事吧,我给你讲个我最喜欢的故事怎么样?"

"好吧。"

"这个故事的名字叫——"不不拖长了声音,"分猎物。狼、狐狸还有狮子大王去山上打猎,打了好多动物,然后狮子大王跟狼说:'狼,你给我们大家分一下猎物。'狼就把所有猎物分成一样多的三份。说:'大王,分好了。'狮子扑上去把狼咬死了,说:'你还想跟我拿得一样多呀!'然后狮子跟狐狸说:'狐狸,现在你来分。'狐狸从所有猎物里拿出一只青蛙,说:'大王,这只青蛙是一份,剩下的是另外一份,大王您挑吧。'狮子满意地问狐狸:'是谁教你这么分的?'狐狸说:'是狼刚才教我的。'"

小孩子家难免讲得颠三倒四,可是大致情节绝对是这样没错。我目瞪口呆,这小子。瞧瞧这个故事吧:强权、阴谋、狡诈、黑色幽默,全齐了。好吧,让小熊维尼去死,我将来要是能养这么个儿子可就太来情绪了。"这样吧,不不。"我顿时换了一套"自己人"的口吻,"我从现在起正视你的智商,给你讲个真正有意思的故事——"我想,要不给他讲讲《无间道》?

"你给我讲讲我姐姐吧。"小家伙的眼睛有点羞涩。

"你姐姐?"

"嗯。你不是她的男朋友吗?"

"这个——严格地讲,我现在还不是。"

"我觉得你已经是了。"

"那就借你吉言。"

"借什么?"小国际友人又开始犯糊涂,"我姐姐,她以前是什么样的?有没有现在漂亮?"

"没有。不过她很可爱。她十七岁的时候——"

"她现在几岁?"

"二十五。那时候她有一个男朋友,真正的男朋友。"

"那现在怎么变成你了?那个男朋友呢?"

"他们分开了。就像你爸爸妈妈一样,不也是分开了吗?"

"我爸爸妈妈是离婚。"

"结了婚的人分开叫离婚,没结婚的人分开——就只能叫分开。"

"他们为什么分开呀?"

"这个,谁也说不清。你爸爸妈妈能说清他们俩为什么分开吗?不好说。"

"我妈妈说,她不爱我爸爸了。那我姐姐一定是不喜欢那个人了是吧?"

"不对。你姐姐喜欢他,爱他。一直都在爱他。"

"那现在呢?"他的眼睛漆黑、漆黑地望着我。

这问题还真尖锐。现在呢?我也想知道。

"你姐姐和那个人,以前,很好来着。"我费劲儿地解释,"其实我也不大清楚。那个人好像看上了另外一个女孩。那个女孩非常、非常漂亮。"

"比我姐姐漂亮?"

"比你姐姐漂亮!"

"那就没办法了。"这小东西充满同情地叹口气。

"最麻烦的是,那个人,他虽然看上了那个女孩,但他一样很爱你姐姐。"

"那我姐姐应该和那个女孩做好朋友,这就对了。"

"不,这不对。至少我觉得这不对,可你姐姐真的这么做了。因为那个女孩她生病了,是不能治的病,后来她死了。"

"死了?她几岁?"

"十八岁。"

"噢,那已经很大了。"

"可是十八岁无论如何不是该死的年龄。正常人都是老了以后才会死。"

"就是说,要是我爷爷今天晚上死了,那就很正常?"

"……可以这么说。"

"要是我明天死了,就不正常。"

"对,真聪明。"

"那我什么时候死呀?"

"这我可不知道。不出意外的话,还早着呢。"

"噢。"他满意了,"继续讲我姐姐吧。"

"好。你姐姐,她是世界上最好的女孩儿。那个女孩子生病的时候她去做她的好朋友,直到她死。要知道这是很多大人都做不到的事儿——不只是做不到,他们根本就不会想着要这么做。"

"我姐姐她老是那么凶。"

"但是她是个了不起的女人。过去是,现在还是。"

"那后来呢?这个女孩死了以后呢?不就剩下我姐姐和那个人了?这不是正好吗?"

"不能这么说。"

"那后来到底是怎么样了?"

我也想知道后来到底是怎么样了,可是天杨从来没有跟我提起过。我相信,如果连我都不知道的话那就没有任何人能知道。我想和那件事有关。但那件事,怎么说也不能拿出来讲给小孩子听,再早熟的小孩子也不行。

"后来,我就不知道了。只有你姐姐自己才知道。不过你千万别去问她。"

"我知道。"小家伙笑了,"否则你就要遭殃了。你怕她。"

"你爱一个人的时候,你就会怕她。这没什么丢脸的。不过你要记住一点:你可以怕她,但是你不能忘了,你怕是因为你爱她。你爱她是因为你看得起她。她没有权力利用这一点让你顺从她。如果你发现她在利用这个,你就要毫不犹豫地离开她,懂我的意思吗?"

"不懂。"

"谅你也不懂。"

"我有个好主意,周雷!"这家伙从来都是这样称呼我,"你不是也不知道他们俩后来怎么样吗?又不能去问姐姐。咱们就给'那个人'打个电话吧。现在就打。你说怎么样?咱们问问他,这不就可以知道了?"

"这这这,万万使不得。而且,那个人现在在加拿大,很远,我不知道他的电话号码。"

"我姐姐一定知道。"

"不会,你姐姐跟他早就没联络了。"

"她可以不给他打电话,但是她一定有他的电话号码,肯定。"这家伙激动得在被窝里翻个身,眼睛闪闪发亮。

我后来就睡着了,不不也是。在讲完这个乱七八糟的故事之后。黎明,我醒来。发现自己以一个非常奇怪的姿势和衣窝在这小家伙身边,还发现天杨的手指轻轻滑过我的脸。我突然睁开眼睛让她吓了一跳。

"你爷爷还好?"

"好。"她说。

"你还挺乐观。"

"本来,没什么大不了的。你还睡吗?我要去买早点,我奶奶也是刚刚才睡下。"

"我跟你一块儿去。"

"我去换衣服。"

她走出去,不不突然睁开眼睛,凑了过来。

"周雷。"他声音发颤,"她刚才亲你了你知道吗?我偷偷看见的。你睡着了,她就亲你了。"

"她亲哪儿了?"这才是重点。

"当然是嘴——"他眼睛发亮。我想我也是。

◆ 天杨

龙威找到了合适的骨髓。这些天病房里热闹得像是菜市场,又是北京、上海来的专家会诊,又是电视台的来录像。于是叶主任、陈大夫们一会儿一脸媚笑地向专家们讨教手术方案,一会儿又一脸谄笑地面对电视镜头。更可怕的是,即使没有专家也没有记者的时候他们也似乎习惯了将这种谄笑或媚笑粘在脸上,捏捏龙威的肩膀,"要是手术成功了,咱们医院还得感谢你呢。"

据袁亮亮说这话的潜台词是:小子争气点儿,别他妈丢人现眼地死在手术台上。用一向乐观的龙威自己的话说,就是:现在我是咱们科的形象代言人。

周雷现在来找我的时候总是西装革履的,一副滑稽的良民相。不过科里其他人——包括叶主任跟我的看法都不太一致,他们说:小伙子越来越帅了。

好不容易等来的星期天,下午杨佩请我们几个去钱柜唱歌,算是告别。没请周雷，因为她说这是纯粹的女人聚会，一面说一面对大堂里几个衣着光鲜暗香浮动的男人大胆地抛了个媚眼。

台湾超人气组合：S.H.E，三个最红的小姑娘。我已经不大了解现在的流行音乐了。杨佩和小郑在热情奔放或者歇斯底里地合唱她们的歌。其他几个女孩子也跟着她们起哄，包厢里的气氛很 high。我盯着屏幕，这歌词倒是写得挺有意思。

"你是电，你是光，你是唯一的神话；你主宰，我崇拜，没有更好的办法。"我好像看得见一个第一次让男人冲昏了头的小姑娘狂乱的眼神。杨佩转过脸，拿着我的手机挥来挥去，当荧光棒使。我这才看清楚上面绿光一闪一闪，是来电的标记。

"喂。"走到走廊上，寂静一瞬间给了我当头一棒。

"喂。天杨。"电话的线路好像效果不大好。

是不是真的？

"天杨，听得出来我是谁吗？"

当然听得出来。别说是七年没见，就是七十年，我也听得出来你是谁。

"你好，江东。"

"天杨，你好吗？"

"好。"大脑一片空白。

"刚才我先打到你家去。还好你家的号码没变。是一个小孩儿给我你的手机号的。"

我慢慢地跟他寒暄，说的全是些废话。本来想问问他为什么要打电话给我，一想还是算了，这种问题颇有点调情的性质在里面。坦白说我不大记得我自己说过什么，只记得他说他下个月休年假会回国来，剩下的，好像还说起了他曾在多伦多的大马路上戏剧性地碰到了吴莉——我们的班长吴莉现在变成空姐吴莉了。江东说她还是一如既往地"强悍"。他语气不紧不慢，毫无暧昧，好像他是每个礼拜都会这么给我打一个电话。道别时他说："没什么。就是想问个好。"没什么是吧。那是你没什么。

我回过神来的时候，已经出现在卫生间里。我把冷水擦在脸上，抬起头，镜子里那张宋天杨的脸熟悉得让我不敢认。

我已经二十五岁，还年轻，非常年轻。除了年轻之外似乎没什么可炫耀的。我的人生一直都很平淡。七年来，爱过其他人，堕过胎，上过大学，上过班，似乎做了很多事情。总之早就不再是那个高中女生宋天杨。我已经忘了你了。尽管在你的声音蛮不讲理地从天而降之时我依旧不能"没什么"。

我背靠着墙壁。墙壁很凉。这时杨佩走了进来，笑嘻嘻地把脸凑过来，"怎么，痛经呀？"

黄昏降临在我从小长大的这个城市。夕阳西下，光影浮动而已，没什么景致。就像很多发展得不够彻底的地方一样，摩天大楼的隔壁就有可能是几间低矮破旧的廉价酒馆。麦当劳的背后伸出一个老式的锅炉房的大烟囱。行走在这繁华与荒凉的奇异组合之间的人们也是如此，嘴唇上穿着银环的同性恋和像是从20世纪80年代的电影里走下来的中年妇女擦肩而过，脸上同时浮起一模一样的鄙夷。省政府对面的星巴克里几个刚刚下班的公务员旁若无人地喧哗，把薯条往"科罗娜"里蘸，让旁边几个Office

Lady 花容失色，然后爆出一阵浅笑。街头走过几个北明中学的女孩子，即使没有那身校服我也看得出来她们是北明的学生，因为她们身上有种跟这个城市不搭调的东西。

曾经，据那些上了年纪的老师说，20世纪七八十年代的北明的学生可不像我们一样。他们成绩优秀之外勤奋朴素，待人有礼，男女同学之间团结友爱、互相帮助但绝不越界，浑身散发着老人家们认为年轻人应该散发的气息。到了我们已经不是那么回事。举个最简单的例子，那时候每月在全班女孩子里流传，老师们屡禁不绝的《ELLE》《HOW》《FASHION》《瑞丽》，都是些成绩非常好的同学，老师们的宝贝儿带来的。女生们围成一圈赞叹巴黎、伦敦、东京的最新时尚的时候，或者说，惊叹那些豪华的铜版纸本身传达出的庸常生活之外的气息的时候，她们也跟着赞叹，但脸上有种微妙的矜持。对于她们，这些最有可能离开这里的女孩子，那不是惊叹一下就算了的梦想，而是稍微伸出手臂就够得到的人生——至少她们自己这样认为。老师们对此没有也不可能有什么办法，因为他们对这个时代没有感情。

有一回，好脾气的数学老师没收了一本过期的《ELLE》，看了一眼定价，只说了一句："昨天我们开会，碰到一个××中学的老师，你们知道的，那是钢铁厂的子弟中学，很多人的父母都下岗了，那个老师跟我说：'为了准备高考，你们在考虑给学生选什么样的辅导材料最好，可是我们必须考虑那些辅导材料我们的学生能不能买得起。'"现在想起这句话，算是听出了个中辛酸，可是那时候谁听得进去这个啊。那种连辅导材料都买不起的生活跟我们、跟花岗岩的北明有什么关系？就算我们当中有来自那种生活的，进了北明的门槛也就注定要跟那种日子永别了。

十七岁的我们，就是这么不知天高地厚。在那段不知天高地厚的日子里，仰望着这座城市污染指数排全国第三名的天空，忘了自己其实是这个脏得令人难堪的天空的一部分。好像这个天空不配理解我们的梦想、我们的悲伤，当然还有我们的爱情。看看我们谈情说爱的地方吧，比如北明中学的音乐教室，那是这个城市最正点的音乐教室了，连大学的琴房都远没有这个气派。三角钢琴悠然地立着，柚木地板空荡荡地幽香着，没人上课的时候，再难听的嗓音也会被这里的共鸣修改得说出圆润动人的情话。除了北明的学生，这个城市十七岁的孩子谁能这样谈恋爱？

就是在这个音乐教室里，江东攥紧我的手腕，一路把我拖到敞亮的落地窗前面。在柚木的幽香中他使尽全身力气冲我大声地喊："要是你再逼我，咱俩就一块儿从这儿跳下去谁都别活！你看我敢不敢！"

我吓傻了，完完全全地吓傻了，他的表情让我觉得他可以说到做到。钢琴上的贝多芬胸像悲悯地望着我们，这个没有礼貌的聋子。我的眼光怯生生地扫到了老贝的身上：你或者你的音乐能救救我们吗？我们就要死了，我们的爱情也是。江东就在这时候突然紧紧搂住了我，我都不能呼吸了。他说："天杨，天杨对不起。我该死，天杨。"谢了，老贝。一种转瞬即逝的优越感像流星一样不和谐地划过了我痛彻心肺的夜空。我和江东之间或者快要完蛋了，但那老贝带来的优越感又是怎么回事？"文明"这东西，有时候可以像硫酸一样腐蚀人的心。

手机振动了，是周雷的短信：我想见你。

◆ 周雷

天杨还不知道我会做饭，而且是非常会。今天晚上家里就只有我一个人，好机会，让她见识见识什么叫21世纪的新好男人。这时代，高级餐厅里的烛光晚餐已经out了，男人下厨才是时尚的精髓所在。

门铃一响，真不愧是我的天杨。她永远知道我想看她穿什么。——可能这话应该这样说：她穿什么都是我想看的。

"真了不起。"她伸长了脖子看着餐桌，还是十四岁时候的表情。

"你吃东西的样子让人觉得你特别幸福。"我说。

"以前江东也这么说过。"

我不会接茬儿。我可不喜欢她在这个时候说起那个杂种。但聪明的男人知道什么时候该大度，或者假装大度。

杯盘狼藉的时候她心满意足地卧在沙发上寻找电视遥控器，一副没把自己当外人的架势，"周雷，你就好人做到底去洗碗吧，待会儿还要送我回家呢。"

我从后面抱住了她。

"我今天晚上不会送你回家，当然也不可能让你一个人回家。

你自己看着办。"

"想非礼我?"

"是又怎么样?"

我的嘴唇划过她的肩膀、锁骨,还有脖颈。发明吊带装的这个人是多么聪明啊。然后我吻她。她并没有拒绝,不紧不慢地把自己的舌头送了过来,但是没有一点贪婪。天杨,你自己算算,我们浪费了多少时间?

我终于松开她。电影里是该两个人深情凝望的时候了。她幽深地看着我,"周雷。下个月,江东要回来了。"

在大脑一片空白的停顿中,我听见自己的声音对自己说:这真让人不能忍受。

"你开什么玩笑?"我居然这样说,"你是不是觉得你自己特伟大?你就算是一辈子想着他也他妈没人来给你颁奖。你现在对我说这种话又是什么意思?你把我当成什么了?你要是真有本事,你就追到加拿大去把他从他老婆手里抢回来!——你又不是做不出来。你不过是拿着他当幌子,不过是利用他把我推得远远的。天杨。"突然间我非常伤心,"你没权利这么做。如果你再这样对我,我会走得远远的再也不让你见到我!到那个时候你会后悔,我警告你天杨。"

她静静地看着我。我的愤怒,我的不得体,我的羞耻被她清澈地一览无余。然后她轻轻地微笑了,"我不过是说,我们的一个老同学要回来,你至于这么激动吗?"

妈的,这女人。你永远拿她没辙。在她面前我永远像个超级傻×。我盯着她，重重地喘着粗气。她的胳膊柔柔地伸过来，抱住我的脖子，在我耳边说："我出门的时候就知道，我今天晚上是回不去了。咱们认识这么多年，哪儿能连这点默契都没有？"

神哪，救救我吧。

◆ 天杨

他来临的时候，窗外划过了一道闪电，我在这种天人合一的震颤中闭上了眼睛。

关上灯的时候他轻轻叹了口气，平日里所有的嬉皮笑脸都飞走了。我在暴风雨中昏昏欲睡，我听见他在我耳边说："我早就等着今天。"

黎明。睁开眼睛的时候他已经起来了，穿戴整齐地坐在床头。

"一会儿吃完早饭你就走吧。天杨。"

我笑："什么语气？当我是三陪小姐？"

他轻轻拨开我脸上的头发，"我的意思是，天杨，既然已经走到这一步——我知道有第一次就有第二次……"

"这些话你可以留着说给小女孩们听。"我打断他，"你以为我会哭着喊着要你负责？太小看我了吧？"

"就是因为不敢小看你，所以我们才不能这么继续下去。"

"果然。"我点头，"男人们早上从床上爬起来的时候说的话都差不多。"

"天杨你让我很失望。"

"你也一样。"

他紧紧地盯着我,"我只是想听你说你爱我。否则我不会再见你,不会再去找你,我可以和任何人只'做'不'爱',除了你,天杨你明白吗?"

他突然低下头,贪婪而战栗地亲吻我裸露在被子外面的肩膀。

这真是一个糟糕的日子。从一大早就是。打车去医院的时候差点跟前面的车追了尾,一上班我们全体都被看上去心情不好的护士长骂,中午又死了一个病人……总之就是狼狈不堪。站在卫生间肮脏的镜子前面深呼吸的时候,我对忘了化妆的自己媚笑一下,"美女,从什么时候起,你也变得这么没种?这么害怕人家拿你当人看?"

一声尖厉的咒骂划破了病房里午后的寂静,然后是什么东西掉在地上的巨响,接着是一阵粗重的骚乱。我跑到病房里才看见,龙威和袁亮亮扭打在一起,滚到地上,袁亮亮骑到龙威身上,细瘦的手指掐着他的脖子,眼睛里全是杀气。

把他们拉开以后,他们像两只小动物一样野蛮地对望着,喘着粗气。病房里的一个家长说:"你们俩平时不是最好的朋友吗?"这时候龙威冲着袁亮亮的脸大吼了一句:"妈的我也不想!你听清了吗我也不想这样!"袁亮亮掉头跑了出去。龙威一个人呆坐了一会儿,看着窗外的阳光,然后哭了。

我在花园里找到了袁亮亮。他坐在葡萄架下面,那些叶子把他日益惨白的脸变成了一抹茶绿色。

"亮亮。"我叫他。

"美女,坐。"他指指身边的石凳。

我们谁都没说话,就这么坐着,最终我开了口。

"亮亮,你知道。"我停顿了一下,"你和他不一样,对你来说,骨髓移植就不是最好的治疗办法。"

"我知道。"他说,"其实再怎么说,也不是他的错。他可以治好了,至少是有希望了,我应该为他高兴。"

"不对,换了我是你的话我也会去揍他,为他高兴,是我们这些健康人该做的事情,没有人有权力要求你去为他高兴。"

"真的?"

"当然。"

"有时候吧。"他的眼睛不知道是在看着什么地方,"我就觉得我的身体和我是两个人。我经常跟它吵架:怎么你他妈就这么不争气。我天天骂它,把知道的脏话都用完了。可是,我拿它没办法。除了它我其实谁也没有,你懂吗?"

"我上高中的时候有个好朋友,她也是——这个病。"

"所以你才来这儿工作的?"他问我。

"不。"我笑,"当然不是,巧合而已。我是想说,我的那个朋友,她跟我说过类似的话。"

他笑笑,"那我倒真想跟她聊聊。她叫什么名字?"

"方可寒,可爱的可,寒冷的寒,他们老家的方言里,'可寒'就是耐寒的意思。"

"挺漂亮的名字。"

"人也漂亮,你在现实生活中很难碰上她那么漂亮的女孩儿。"我戏谑地望着他。

"那更好。"

"那时候我为了她去图书馆查书,我想知道这种病到底是怎么回事儿。后来有一天,我听人家说,20世纪初,咱们这儿,这个城市回来两个'庚款'留学生,带回来几个矿物标本。其中就有'铀'矿石。你知道,'铀'是放射性的东西,很危险。后来连年战乱,好多人都忘了博物馆里还有'铀'这东西。再后来,20世纪50年代,人们想起来的时候,那间博物馆早就是乱七八糟了。有人说,那些'铀'被国民党带到了台湾;有人说,被人偷出去卖了;有人说,一定还在这个城市里——这是最可怕的猜想,但是很多人找了,都没找到,也就忘了。可是后来,1994年,全国的统计数据说,我们这座城市,血液病的发病率比全国的平均水平要高很多,那个时候才又有人提起很多年前的'铀'来,可惜这已经变成了跟八卦新闻差不多的猜想了,没人能证明到底是不是跟它们有关系。"

"跟探险小说一样。"他笑。

"没错。那个时候我就想,真是不得了,人总得为自己做过的事情付代价。不管以什么方式。"

"可是为什么不是别人就是我呢?我也想能像你一样,轻轻松松地说一句'人总得为自己做的事情付代价'。为什么我就得当一个'代价'呢?"

"你怎么知道我很轻松?"我转过脸,看着他,"我们谁也体会不了你受的苦,可是正因为体会不了才不可能轻松。我不是那种使用同情心像使用一次性塑料袋一样的人。方可寒以前跟我说过：什么'同情'，什么'设身处地'，什么'沟通'，这些词儿都是很重的——根本不该被用得这么滥。而且，刚才那句话其实不是我说的。是方可寒说的。我给她讲这个故事的时候她就跟我说：看来人总得为自己做过的事情付代价。还有一句我没告诉你，她说：总要有人来还，不能大家都只想着逃避。那时候我真惊讶她会这样想。可是现在我觉得，其实我们每个人都在还，时间、方式、程度不同而已。当然我们谁也不愿意跟你互换位置——可是这并不表示我们都可以置身事外——那些自认为自己置身事外的人不够聪明，你大可不必跟他们认真，他们不配伤害你。"

"真奇怪。"他眼睛亮闪闪的，"也不知道怎么回事。你说的话，拆开听好像很难懂，可是连起来听，我就知道你是在说什么了。"

"其实我也不知道那个'什么'到底是什么。我不能给它定义，我没那个本事，我只是描述它而已。"

"那你告诉我一件事。"

"说。"

"你的朋友，那个方可寒，她是已经死了对不对？别骗我，我早就猜出来了。"

他苍白的微笑里，灾难的涟漪约略地一闪，蜻蜓点水。碧绿的藤蔓之外，艳阳高照。夏日的空气传过来一阵清新的泥土香，还有这香气中隐隐骚动的欲念。

昨天夜里下了场大雨，所以今天不太热。黄昏就在一片凉爽之中降临。悠长的走廊里此时突然给人一种安静下来的错觉。错觉而已，黄昏是个奇妙的时刻，把平庸的生活变成舞台剧的场景。很多事情就在这暧昧不明的庄严里发生。

"阿姨。"那个小男孩站在楼梯的拐角，一双看上去很敏感的大眼睛。

"你叫我？"我疑惑地打量他，穿的是实验小学的夏季校服，白色的短袖衫下面两条小胳膊细细的。

"阿姨，请问，张雯纹住这儿吗？"

"你是——"那孩子脸上居然泛起一阵红，黑黑的眼睛轻轻一闪，就像是深深地流淌了一下，那里面有种食草动物的，即使戒备过也遮不住的善意。

"我是她们班的同学，她已经好些日子没有来学校了，我们还以为她要转学。昨天我听见老师们在办公室里说她其实是病了，就住这儿。"

"那你们老师没跟你们说——"

"说什么？"

"没什么。"我看着他小鹿一样的眼睛，笑了，"你是不是叫罗小皓？"

他愣了一下，恍然大悟，"她跟你提过我？"

她跟你提过我。她，她是谁。罗小皓，跟你比我毕竟是个大人，你藏不住的。

"你今天来得不巧。"我对他说，"专家们正在给她会诊呢。你还是先回去吧，不然你妈妈要着急了，我会转告张雯纹你来过了。"

"你——你能让她给我们家打个电话吗？"他脸红了。

"当然。"

"谢谢你了阿姨。还有就是——"他递给我一张折叠式的樱桃小丸子的卡片，"你能帮我把这个给她吗？"

"没问题。"

"阿姨你——"夕阳下，罗小皓透明地凝视着我，鼻尖上凝着小小的汗粒。

"放心，我不会打开看里面的。"我说。

他显然有些不好意思："那——阿姨再见。"

再见，罗小皓。我还以为你从来没有在这个世界上存在过。

他小小的背影消失于楼梯的尽头，周围的嘈杂声一瞬间灌进我的耳膜。黄昏，我早就觉得这是个诡异的时刻。我还是打开了那张卡片——对不起了罗小皓。我看见一个孩子稚嫩的笔体：雯纹，我想你。

我想起他敏感的，小鹿一样的眼睛。张雯纹身上的任性和大胆该是他梦寐以求的吧。我想象着他们在一起的场景，两个孩子，两个性格可以说是两极的孩子，在这陌生的人世间发现彼此，然后怯怯地拉住了小手。

公元前我们太小，公元后我们又太老。没有人可以见得到，那一次真正美丽的微笑。那么海子，我最爱的你，当你从容不迫地躺在铁轨上倾听遥远的汽笛声的那一刻，是公元前，还是公元后呢？那一次真正美丽的微笑，你见着了吗？我只知道，从我第一次看到你的诗的时候，我就喜欢上了火车这东西，因为它撞死了你。

等我回过神来的时候我已经是一脸的泪了,等我回过神来的时候我已经拦住一辆出租车了,等我回过神来的时候我已经站在周雷家的楼下了,等我回过神来的时候我已经在手机上按下他家的号码了。那么好吧,你没有退路了,你别再给自己留退路了,接通了,响了一声,两声,三声——你不许给自己找借口,他会接电话,他一定——"喂?"

"周雷。我在你家楼下。我得告诉你一件事。"对了,就这样,说吧,快点,不要让我瞧不起你,"周雷,我爱你。"

他出现在我面前的时候居然站在那里一动不动。拜托,这么关键的时候你就不能配合一下吗?他眼睛里居然闪过一丝羞涩,昨天晚上他也是这样,整张脸被欲望点亮的时候,表情像只小豹子,可是眼神里,居然是这种羞涩,看得让人心里发疼。

他紧紧地抱住了我。我们接吻。

我要再爱一次。我说什么也得再爱一次。像我十年前爱江东那样再爱一次。你抱紧我,抱紧我吧,在公元以后,在我还没有太老之前。就算我还是会粉身碎骨,就算我还是会一败涂地,就算我们终究依然会彼此厌倦,就算我们的肉身凡胎永远成就不了一个传奇,就算所有的壮丽都会最终变得丢人现眼。——我不管,我全都不管。我已经等了整整七年。我不是为了奉献,不是为了牺牲,我是为了我自己,为了我自己的绽放。再不爱一次的话我就真的老了,我就真的再浴火也不能涅槃了。但愿你我是棋逢对手势均力敌,但愿我们可以厮杀得足够热闹,但愿我们可以在这场血肉横飞的厮杀中达成最刻骨的理解和原谅,但愿我们可以在硝烟散尽之后抚摸着彼此身上拜对方所赐的累累伤痕相依为命,像张雯纹和罗小皓那样相依为命。但愿,周雷,我也需要有一样东西来提醒自己,我不是靠活着的惯性活着的。现在开始,你来提醒我吧,来吧。

ASHES
TO
ASHES
CHAPTER 08

罗密欧就是梁山伯
祝英台就是朱丽叶

◆ 江东

我曾经在温哥华东区国王路上的一家越南餐馆里见到过一个神似天杨的女人。那是冬天,我们加完班,和几个华裔的同事顺路拐进去吃河粉。他们一坐下就开始畅快地讲广东话,我是一句也听不懂。那女人坐在一个和我们的桌子恰成对角线的位置上,桌上空空的,在喝日本清酒。我看到她的脸的时候,胸口像是被撞了一下,五官并不像,可是组合在一起却是活生生的天杨的表情,尤其是凝望着窗外夜色时那种漫不经心的忧伤。

她很年轻,头发黑得生机勃勃。买过单后她裹紧红色的呢大衣站起来,路过我们的餐桌时放慢了脚步。她看着我,说:"先生是北方人?"居然是字正腔圆,听不出一点方言痕迹的普通话。不等我回答,她就走出去了。留下一缕暗香。很奇怪,她的大衣一看就很廉价,可是她的香水却是CD的"毒药"。同事们哄笑。

Peter 在我后背上狠狠捣了一拳，"她中意你啦。"

离开的时候下起了雪，挺大的。他们又去喝酒，我一个人开车回家。在路口看见她，她站在路边冲我挥手，我停在她旁边，摇下了车窗，"要搭车吗？"

她呵气成霜，因为冷的关系，满脸凛冽的妩媚，"先生，一个人吗？有没有空？"我这才想起来同事们说过的话，国王路沿线的餐馆都很便宜，一到晚上，就有好多的乞丐或者妓女。她双目幽深，表情很执拗。我说："我太太在等我回家。"她愣了一下，似乎没料到我会这么说。笑笑，"那就不耽误你的时间了。"一股白气从她嘴里喷出来，她的红大衣在路灯下一闪，像聊斋，惨然的媚态。

准确地讲，她又像天杨，又像方可寒。

然后我就想起了她们。她们十七岁的脸像烟花一样绽放在温哥华清冽的夜空下面。下雪了，圣诞节快到了。已经有人在家门上挂上了花环。在肖强的店里，我们一起看《霸王别姬》。看到程蝶衣戒毒的那一段，方可寒腰间的小呼机响了，她笑吟吟地站起来，"各位，我先走一步，改天你们告诉我结局。"天杨没有发现我的眼神追随着她的背影，她和肖强都如饥似渴地盯着张国荣。

"小尼姑年方二八，青春年华，被师傅削去了头发，我本是男儿郎，又不是——"

"错了，咱们再来。"

程蝶衣死了。肖强哭了。张国荣也死了。天杨心满意足地叹着气说:"这就对了。"

安妮一直在家里等我。看到我,她微笑了一下。安妮是个温暖的女子,身体纤弱,并不美丽,爱笑,而且冰雪聪明。我爱她。国内那些鸟人编排我,说我是为了移民才嫁给她,纯粹是忌妒。那天夜里我们做了,我小心翼翼地抚弄着她光滑的后背,有点歉疚。因为我从未对她提起过天杨。我甚至跟她提起过方可寒,但是没说过天杨,我跟任何女人都没提起过天杨。没结婚的时候,有次安妮问我,初恋是什么时候。我说小学三年级。她开心地大笑。我并没有撒谎,但我也没有说实话。

安妮一点一滴地抚摸着我,"Tony,我爱你。"她的普通话像所有香蕉人一样成问题。我妈最不能接受的就是她叫我"Tony",后来她睡着了。我搂着她,看着黑暗的天花板,在那个夜晚开始审视我的人生。

我出生在1978年,2001年大学毕业,开始上班,遇上当时在北京学中文的安妮。结婚,考雅思,移民,那时候——2002年年底,是通过安妮的一个朋友的关系,在一间香港人开的、只有五个员工的小会计事务所打杂,超时工作拿不到加班费,帮老板娘接孩子放学也在我的职责之内——正是因为这个才学了开车,可当时只有做下去,需要存一点钱才能继续去读研究生。二十四年,就做过这些事情。

那么天杨,你现在在哪儿?

至于我,你曾经拼了命地去爱的我,正在一个你不知道的角落里苟活着。没错,还年轻,人生才刚刚开始,也就是说,刚刚开始苟活。也许我们现在的生活都对不住我们曾经迸发过的决绝，但这是事实。天杨我想你，那个晚上我突然如此想你，我想也许你现在的脸上也有了苟活过的痕迹。我们这些苟活的人，喜新厌旧是我们的 DNA 密码，你同意吗？让接受过的所有教育、所有文明、所有与崇高有关的一切在大脑里重组，使它们服务于我们最原始最动物的欲望，你同意吧？回忆起那段化腐朽为神奇的日子会觉得那太不像自己了，你同意吧？所以天杨，看在我们曾经相爱的份儿上，如果有一天突然在大街上碰见我，请你转过头去，装作没看见。我只要看看你的侧影就好，那种婴儿一样漫不经心的忧伤。

刚刚到加拿大的时候，我就是这么神经质。

去年年底我终于跳了槽，在一间也是当地华人开的贸易公司的财务处。虽然顶头上司酷似张宇良这点儿令人不甚满意。但是总算是可以只做财务报表不做男佣。按我和安妮的计划，后年我就可以重新去念书，然后去试试鬼佬们的公司。总之，苟活得还不错。

听过去的同学说，天杨现在做白衣天使做得有滋有味。我想象得出来她那副自得其乐的表情。天杨比我幸运，她可以活在自己的世界里。我不行。我想这是我和她之间最本质的区别。可是我直到现在才看清楚这个。

春天的一个周末，我在电视里看到了《霸王别姬》。国语对白，英文字幕。我从头到尾看完了它。太熟悉了，熟得我都替陈凯歌感动。好多台词我甚至可以替张国荣说出来。程蝶衣自刎的时候段小楼终于说:"妃子——"他总算是入戏了。这个时候我就想起天杨、肖强,还有方可寒。

现在我明白了什么叫"这就对了",天杨,你、我、肖强,我们都在这世上苟活着。这世界上我们这样的人怕是越多越好,因为我们的数量越多,这世界就越和平。我们存在的意义是作为一个整体才能显现出来。我们组成一个永恒的黑夜,维持世界平衡地运转。但是总有一些人,总有一些人要以"我们"这个黑夜为背景怒放,就像烟花,比如程蝶衣,比如张国荣,比如方可寒。所以方可寒,这世界需要我们,而我们需要你。

然后我发现,那天是天杨的生日。

夏日来临,加拿大一点儿不热。在我鬼使神差地打过去一个电话的一周后,我收到天杨的 E-mail:

江东,你好吗?我很好。对自己的工作还算喜欢。只不过经常上夜班,日夜颠倒对皮肤不好,需要常常去美容院做脸。呵呵。

告诉你一件事:我现在和周雷在一起,我们准备明年结婚,吓了一跳吧?

今年夏天一如既往地热。不过常常下雨。你8月份回来的时候应该会比较舒服。

前些天我碰见肖强,他的店已经关了。他现在是 Taxi Driver。感觉上就像《危险关系》里的丰川悦司一样酷——你看过这个日剧吗?

欢迎你回家。

天杨

欢迎我回家。她就是这样，永远不费吹灰之力就在我心里最软最深的地方捏一把。加拿大是个地广人稀的地方，公路永远漫长宽广。那天傍晚我兜到城边上，在似乎是只有我的公路上飙。残阳如血，疯狂地砸向面无表情的地平线。就像曾经，我们。我觉得我已经把自己掏空了，可是在天杨看来，她就像那颗太阳一样，不顾一切地砸下来，却还是什么回声也听不见，所以我们鱼死网破两败俱伤。她是个浪漫的人，不是那种大多数人用钱来买卖的浪漫，也不是那种少数人用来沾沾自喜地和大众划清界限的浪漫，浪漫对于她，是件像种残疾一样必须隐藏的东西——因为那太容易成为这个世界摧毁她的理由。

可是周雷那个白痴他明白这个吗？他懂得因为这个来心疼你吗，天杨？

高速公路是我在这个世界上最喜欢的地方，它和所谓的"大自然"不同，还没有被"诗情画意"强奸过。长长地、风情地延展，在风中只有路牌寂寞地指示着一个看似无人关心的方向。我和迎面来的车们擦肩而过，从此不再相逢。高速公路，是城市这个热带雨林里最有人情味儿的密西西比河。——打住，我对自己说，你知道你在做什么？你正在用诗情画意强奸高速公路，原来你比其他人好不到哪儿去，不过是个有处女情结的封建余孽，该拖出去斩了。

那么来吧，加速，不要装蛋，冲着那残阳撞过去，风在耳边呼啸，性高潮也不过如此。什么"三十功名尘与土，八千里路云和月"；什么"古来圣贤皆寂寞，唯有饮者留其名"；不过是一个字而已：爽。再加速，好了，到此为止，否则警察该追来了，像是飞翔，人说到底是动物，肉体的极限和精神的完满可以合二为一，我什么也不想，什么也不愿意想，身体因为速度而脱缰，灵魂也是。

◆ 天杨

距离高考仅有八十三天。

就算是下课时间，教室里也安静得瘆人。一半人静悄悄地踩着下课铃飘出去，另一半人继续趴在桌上作埋头苦读状。相比之下，像我和江东这样抓紧十分钟腻一会儿的，已经是有碍观瞻了。

第一次模拟考的成绩公布，我和江东平心静气地等待着被灭绝师太召见。三年来，每次考试之后就是老师们棒打鸳鸯的最好时机。"轮也该轮到你们了。"这是吴莉的话。

"宋天杨。"有天中午吴莉揉着太阳穴对我说，"要是我告诉你，我这两天突然喜欢上了一个人，你说我该怎么办？"

疯了。都疯了。周雷说得对，全怪这狗日的高考。

教室里还是一如既往地让人气闷。天越来越热，沙尘暴又开始了。窗前那些柳树的绿，已经被狂风搞得一塌糊涂，却还是嫩得就像玛丽莲·梦露的嘴唇，下贱得让人肃然起敬。

"宋天杨，窗户外面有什么好看的？"数学老师说，他下面那句话引得全场爆笑，"已经是这么关键的时候了，上课还走神，是窗户外面好看还是我好看啊？"

他自觉失言的时候已经太晚了，一片哄堂大笑中大家都听见张宇良的声音，"您好看，您好看，谁说您不好看我跟他翻脸。"他站在讲台上窘了一会儿，突然间灵机一动，"好了安静，我不过是看你们这些天太辛苦，逗你们笑一笑。"大家当然笑得更厉害。

在倒计时牌下面，谁都硬气不起来。那些假装潇洒假装堕落的其实是色厉内荏外强中干，倒是那些心甘情愿被奴役的人活得比较酣畅，自虐般地用功时鬼知道他是为了考大学还是为了在这段充满硝烟的日子里良心平安。八十三天，那些日子像支等待检阅的部队，踏着齐得没有丝毫人气儿的步子由远而近，每个人都不同程度地瑟瑟发抖，有人在凌晨两点的咖啡香里故作豪迈，"我自横刀向天笑，去留肝胆两昆仑"；有人明明已经眼圈发青却还要拿着模拟成绩单刻舟求剑地发狠；有人躲在厕所里偷偷哭一会儿就心满意足地觉得自己已经为了高考受了天大的委屈所以考成什么样都行，林子大了，什么鸟都有。

没有人还记得方可寒，就连我和江东也是装作不再记得。我们居然听到传闻说方可寒现在闯到深圳一间最红的夜总会去坐台，赚的都是美金港币。未来的女大学生们第一次用充满羡慕的语气谈起她："人家命好，不用高考也照样赚大钱。"翻译一下就是：怎么我们自己就拉不下那个脸去卖呢。

跟周围这个气氛比，我和江东也许真的是另类。

我们很用功，但我们什么也不想，连高考都不想。气定神闲到了这种程度是境界，不是人人都来得的。他们看着我们的背影酸溜溜地说："爱情的力量是伟大的。"就连周雷都忌妒地讽刺过我："你做这副小女人相给谁看？"可是没有人知道，我们的这种安宁是付出多大代价才换来的。现在人人都被那块倒计时牌整昏了头，每天都在做着一个不需要付出就能得到回报的春秋大梦。

我们现在常常待在那家蛋糕店里。生意惨淡，老板说他马上就会把它盘出去。对我们倒是件好事，那里足够安静，我们要一壶柠檬茶就能坐上三四个小时，那里的情侣桌刚好放得下我们俩的一堆书本。老板每次都鼓励我们，"再加把劲儿，考上大学以后你们就自由了，到时候你们俩就可以随便谈恋爱，谁也管不着。"江东就笑，"老板，什么事儿一旦合理合法就没意思了。"

在岁月一样的安静中，我吃力地和我的立体几何谈判。耳边传来他的书页翻动的声音，于是就知道他在那里。于是伸出手，就够得到他的手指。于是他轻轻地握住它们，咬一口，于是我嘲笑他比琼瑶的男主角还酸。夜幕降临，店里的顾客还是疏疏落落的，我们去买两个蛋糕，两杯咖啡——不是我说，这老板虽然善良，可这咖啡——难怪他生意不好，有时候老板一高兴就送我们一个水果拼盘，他说反正水果总放着也会烂。外面一条街，全是灯光。灯光在我们的眼睛里斑斓着，外面汹涌着的都是闲杂人等。夜晚正是我们的同龄人们想到未来会觉得迷惘的时刻，我不迷惘，我的未来就在我对面，除了他我对谁都没兴趣，我们中间是一个缤纷绚烂的果盘，他做出一副坏坏的样子咬我的手指，还以为自己是《欲望号街车》里的马龙·白兰度，不知道嘴角上沾了一抹露怯的奶油。

有天晚上店里终于来了两个顾客，是对母女，确切地说，是我们英语老师和她女儿。英语老师站在玻璃后面的街道上目瞪口呆，我们俩只好回望过去，像嵌在玻璃里面的两个门神。老师终于下定决心走了进来，她女儿雀跃着去挑蛋糕，我发愣的时候江东一个箭步迎上去，"崔老师，您来得真巧。这儿有个阅读理解特别难，我都看了一下午了，您能给我讲讲吗？"

当然能。于是观众们看到的是一幅背景音乐为《秋日私语》的园丁育苗图，灯光很小资——尽管那时候还不流行这个词儿，老师声音也柔和，简直像在拍 MTV。我在旁边跟柜台里的老板眼神交流一下，笑靥如花——哪儿有人自己说自己笑靥如花的？除了十八岁的，初恋了快要三年的宋天杨。

你是电，你是光，你是唯一的神话。

有时候我喜欢死盯着他看，一点一点地看他的脸，看得旁若无人，淋漓尽致，绝不手软，直看到我再也认不出他来。他说我那时候的眼神让他觉得我是在随时准备殉情。我说不是殉情，殉你而已。"真恐怖。"他笑笑。然后低下头，在那本《高考最后冲刺》上写 ABCD。

"江东，别写了。"我自己也知道这要求不大合理。

"马上就完了。"

"那你别不理我呀。"

"乖，真的马上就完了。要是你闷的话，随身听借你用，是后街男孩，你最喜欢的。"

"我现在不喜欢他们了。"

"你不听我听。"说着他就戴上了耳机。

"不行!"我一把把耳机从他耳朵里扯出来。

"怎么了?"他有些不高兴,"跟小孩儿似的。"

我低下头对着他的手臂狠狠地咬,这次我可真是使尽了所有的力气,我都感觉到他的身子在微微地颤抖了。可是我不能不这样,我不知道该怎么跟他解释,我就是不愿意他在我面前戴上耳机,因为那样一来他的耳朵里就全是音乐了,全是些闲杂人等的声音,那样一来我跟他说话他也听不见,我就会觉得他不要我了。我是无论如何也不允许这类事情,连一点儿征兆都不行。可是如果我这么照实说他保证会觉得我是个变态。但是我总得表达啊,就算我找不到一个合适的方式或者说根本就没有合适的方式我也还是要表达否则我会疯。

起初他还忍着,然后终于憋不住叫出了声:"妈的你——天杨你放开,你听见没有你给我放开,靠,我他妈骨头都要断了——"

我放开,他一脸的愤怒。卷起袖子,我看见我留下的美丽小印章,圆圆的,中间发紫,边缘是整齐的锯齿形,有血一点一点地从里面渗出来,怪晶莹的。

"你他妈真是疯了。"他恶狠狠地说。

"江东,对不起。"我托起他的手臂,轻轻舔着从那个牙印里渗出来的血。舔干净了,新的就又渗出来了,他的手散发着好闻的、他的气息。不过他的血没有,和所有的血一样腥甜。我一点一点，小心翼翼地舔，"疼吗？"我小声地问。"你觉得呢？"他没好气。我真想把他整个人也这么托在手心里，舔着舔着，血不再往外渗了，眼泪就流了下来，跟他的血一起流进我嘴里。

"我不是有意的。"我看着他，觉得自己表现得像个智障。丢人吧你，我心里骂自己，方可寒死的时候你都不哭现在倒来冒充林黛玉，是脑子真的进水了。

他用手在我脸上抹了一把。他说："怎么了？我不是没说什么吗？"

他捧起我的脸，笑了，"其实不疼。逗你玩的。"

"那你怎么跟你妈说呢？你总不能说路上招惹了条小狗吧？"我问。

"这个理由不错。"他笑，"我就跟我妈说这条小狗是母的，还梳了两条小辫儿。"

"你侮辱我人格。"我挂着一脸的泪，笑了。他就在这时候抱紧了我，他现在常常这样，突然间紧紧地抱住我，一言不发。紧得我都喘不上气。这么抱一会儿，然后像没事人一样放开我该干什么干什么，好像那近乎眩晕的几秒钟是个并不存在于现实世界的异次元空间，只是让他稍微短路一下而已，却不给他关于这段短路的任何记忆。

那几秒钟就叫幸福。如果他真的记不得的话我也会记得，我记一辈子。

◆ 肖强

高考日益逼近，他们俩现在很少来我这儿了。偶尔来，也没时间再看碟，听听歌而已。日子看似安逸，我说看似，并不是为了咒谁——他们俩都是我的弟弟妹妹，我心疼他们还来不及。只是我闻得出来风暴的气息，潮湿、紧张，气压还有点低。某种义无反顾的决绝会在他们的眼睛里一闪而过，比如江东经常会在突然间旁若无人地抱紧天杨，灵魂出窍似的，紧得让人还以为天杨是他不小心掉出来的内脏。几秒钟之后就像什么都没发生过一样该干什么干什么，好像他身体里刚刚发生过一场大地震，那旁若无人的几秒不过是小余震而已，犯不着放在心上。我原先还以为江东是个这辈子都不会玉石俱焚的人，这句话我收回，因为他到底是被天杨拖下水了。我真不知道话能不能这么说，以及这究竟是好事儿还是坏事儿。

阳光刺眼的某个5月的午后，天杨来了，脸色惨白，像以前跟江东吵架之后一样，一句话不说，直闯到里间去。在一片暗影中，紧紧抱着膝盖，可怜见儿的。

"坐到外面去吧，行吗？"我把语气放轻松，"你看，这里间太小，等会儿江东追来的时候你俩要吵要打都没有足够的发挥余地。"

"你敢让他进来！"她居然没被我逗笑，还仇人似的看着我。

"这小孩子家怎么跟大人说话呢？"我心里虽然一惊，但还是满脸奸笑，"不骗你，这两天因为香港回归，什么都查得严，万一人家就这个时候闯进来查盗版光碟色情淫秽出版物的话我可救不了你——"

我终于住了嘴,实际上是天杨把我打断的。她的表情突然间变得惨烈起来,对着门口大喊了一声:"滚!滚出去——"好嗓子,我无奈地想,四弦一声如裂帛。

江东当然没有听话地滚出去,而是像往常一样矫健地冲进来。我识趣地躲到柜台后面招呼顾客,对那个一脸好奇的初中小女生说:"没什么好看的,我天天看,都看腻了。"小妹妹说:"那下次你能叫我来跟你一块儿看吗?我把 BP 机号留给你。"我说:"行,不过我得收门票。"

江东的手臂圈着天杨,她当然要挣扎,可这次不像往常,这次的挣扎是货真价实的。江东也不像以往一样堆出一脸凶神恶煞,"天杨,天杨你听我说,你听我把话说完行吗?"——哀怨得都不像江东了,比较对得起观众。

"我不听!没什么好说的!"

"天杨,这件事情我做不了主,我说真的天杨,是我爸爸妈妈帮我填的志愿表,我把该说的都跟他们说了,不信你就去问问咱们班同学,报志愿这种事儿谁不是听家里的?"

"我就是没听过!我是野孩子!我没爸没妈没人管!"

"天杨我不是这个意思!而且就算我们填两份一模一样的志愿表交上去,也不一定两个人都能考上啊!"

"你真他妈让我恶心——"天杨叫得声音都裂了,像只小动物一样挣脱了他,背靠在墙壁上,发丝散了一脸,"我告诉你,考上考不上是一回事儿,填不填是另外一回事儿。你别以为你把两件事儿混在一起就遮掩得过去!说好了我们两个人要一起去上海的,说好了的!可是你就是自私就是没用。"

"你说话小心一点儿!再胡说八道我对你不客气!'自私''没用'这种词儿也是可以随便乱使的?高考这么大的事儿——"

"对,高考这么大的事儿。"天杨盯着他,眼泪流了出来,"你终于说出来了。跟'高考'比我算什么?原来你和所有的人都一样!"

"和所有的人一样有什么不对吗?你自己也和所有的人都一样!你只不过是自以为自己了不起而已。能做的我都做了我没别的办法,你又不是小孩你怎么就不明白好多事儿不是你我左右得了的!"

"是你自己不想努力不愿意左右才会找出来这种低级借口!"

"好!"他嘴唇发颤,"是不是我为了你杀人放火抢银行你就高兴了?我看你是看电影看得太多把脑子看坏了!还有一个多月就要高考了,你又不是不知道上海随便一所学校在我们这里录取线都不低,一个多月的时间你就是打死我我也考不上复旦或者华东政法,你说我第一志愿填什么好!我自己要对我自己负责不能头脑发热就拿着前途开玩笑!要怪你就怪我们这三年净顾着谈恋爱没有好好学习吧!"

"江东!"我不得不呵斥他,这已经越说越不像话了,如果继续由着这厮信口开河的话后果保证不堪设想。果然,已经晚了。

天杨顿时安静了下来,安静地看着他,像目击证人辨认嫌疑犯那样认真却不带丝毫情感地看着他。

"你把刚刚说的那句话再说一遍。"她说,语气平静,不吼也不叫了。

"……"

"你刚才说什么?最后一句,你再重复一遍。"

"天杨。"江东不安地叫了一声。

"快点儿,再说一遍。"她抹了一把眼泪,小脸儿上一副破釜沉舟的神情。

"天杨。"江东走过去抱紧了她,"对不起,我是胡说的,你千万别往心里去,天杨。"他亲吻着她的脸,她的头发。她躲闪着,闹着别扭,然后她哭了,终于搂住了江东的腰。

"你说话不算话。"她像个委屈的孩子,"连你都说话不算话我还能再去相信谁?"

"是我不好,全是我的错。"仔细想想我从没听江东用这种语气说过话,"天杨我跟你保证,就算我们不在一个城市里也不是问题。咱们有寒假暑假,平时放假的时候我去看你,没假的时候我逃课也要去看你。咱们每天打电话,我一个礼拜写一封信给你,行了吗?"

"不行。"她终于仰起脸,眼睛通红。

"还不行?"江东的神色也舒缓了下来,"那……我知道了,还有最重要的一条:我绝对不跟比你漂亮的女生说话,可以了吧？"

"我怎么相信你啊？"她笑了，"凡事有第一次就会有第二次呢。"

这本来该是个风平浪静的时候，电影里经常演这样的场景。但是江东就在这个顺理成章的该风平浪静的时刻沉下了脸，他把天杨硬硬地往外一推，他说："谁都可以跟我说这种话，只有你不行。"

相信没有人对重复描述类似的场景感兴趣，我自己也没有。总之就是，后来的日子里，这种场面开始不厌其烦地上演，天杨先冲进来，然后江东也冲进来，然后就是如果真的收门票也不会赚钱的戏码。后来他们自己也懒得再吵了，天杨进来之后只是安静地坐着，江东进来之后我们三个人都不说话，我放上一张三个人都爱听的 CD 继续忙我的。悠长的音乐像个走廊一样在我们面前徘徊，沉默一阵之后，天杨或者江东会抬起头，对对方说："走吧。"争吵、原谅和和解的过程全都省略了。

有一天天杨走了进来，一个人静静地坐着。那天江东很意外地没有追来。店里很静。我问她："想听谁的歌？"她说："谁的都行。"我于是放上了张信哲。

张信哲的人妖嗓子蛇一样地缠绕着空气。"我们再也，回不去了，对不对——"这时候她仰起脸，冲我笑了一下。我在她那个笑容里看到某种我不能忍受的东西。

"天杨，你去照照镜子。"我说。

她看着我，还是那种小动物一样的眼神。

"你知不知道你自己刚才是什么表情?天杨,在我心里你一直是个小姑娘。不是说你傻,说你幼稚,不是这个意思。我是想说,以前就算你哭你闹你发脾气你耍赖——你还记得你在我这儿砸门吗?——我都觉得你又干净、又彻底、又坦率。从你第一次来买《阿飞正传》的时候,我就想你和别人不一样,你是那种就算经历过很多事情也不会变得肮脏琐碎的人。因为你身上有种力量,你有时候可以不向周围的人妥协而是不知不觉地反过来影响他们。可是你看看你刚才对我笑的样子,就像一个怨妇。你不是那种女人,你永远变不成那种女人,天杨你不能丢掉你身上最宝贵的东西——不管是为了谁,为了什么事情。"

她早就把眼光移到了别处。她低着头,好像在研究地板上的格子。两滴水珠掉落到了地上,我装作没有看见。

◆ 江东和天杨

我说不上来为什么,有时候我会突然间感到一阵莫名其妙的恐怖。我是说自从方可寒死了以后。它来临的时候我就只有抱紧天杨,能抱多紧就抱多紧,除了她我谁也没有。在那种神经质的拥抱中,我听见她的身体在贪婪地压榨着吮吸着我的灵魂——我的灵魂变成了液体。你不把我耗干是不肯罢休的吧,我在心里对她说。可是她的眼睛,漆黑地清洁地凝视着我。光洁的脸庞,柔软的发丝,细得让人提心吊胆的腰,我蛮横的,无辜的小强盗。

我可以容忍你侵占我掠夺我，我可以眼睁睁地看着自己生命的精华日复一日地贫瘠下去——真没看出来这么纤弱的你，我稍微一用力就挣脱不出我的手掌心的你原来是片永远填不满的海，我是那只名叫精卫的呆鸟儿。我已经不知疲倦不知羞耻不知死活地尽我所能了，所以我受不了你对我说：

"这种事情，有第一次就有第二次。"任何事情都可以成为你轻浮地浅薄地指责我怀疑我的理由，除了方可寒。

可是说完她自己就后悔了。她就像个闯了祸的孩子一样大惊失色然后扯着我的衣服说："对不起，我不是有意的，江东，你别生我的气——"我们是相依为命的人，我知道你不会是有意的。你自己也知道就算你是有意的我也不可能因此而不再爱你。可是我的温柔，我的宽容，我的忍让不是纯净水，用完了打个电话就有人给拎来满满一桶新的。

后来我们俩就像两只困兽一样，时不时地恶言相向，争吵、挣扎，折腾累了再紧紧拥抱在一起，深陷在对方的眼神中，用越来越恶毒、越来越霸道的情话积蓄彼此身上的力量以备下一场战争。也许这跟高考让我们神经过敏有关，在那些像刀子一样剜到人心里去的疼痛和甜蜜中，倒计时牌的威逼才可以被忘得干干净净。

吵架吵到激烈时她声嘶力竭地吼着说："江东我爱你！"然后我只好丢盔弃甲，再抱紧她，任由她在我的手臂上，胳膊上留下深深的牙印。发泄完了她含着眼泪说："只要你一抱我，我就觉得什么都可以算了。我怎么这么倒霉，每次都得沦陷。"那表情简直比窦娥还冤。

也有和平。比方说那间被我们当成图书馆用的蛋糕店。我们就像两个遵纪守法的好公民,在那里同舟共济举案齐眉。看书的时候我轻轻抓住她的小手,知道她还在那儿,她细声细气地给我讲那些琐碎的英语语法,两条麻花辫像有生命似的温顺地垂在脑前。那时候我就知道,虽然有时候她把我气得头晕,但我们毕竟,依然,相濡以沫。

5月初,最后一场沙尘暴刮过。天空呈现一种少有的、简单的蓝色。

他拉着我的手,我们走过喧闹的街道,星期天的早市还没散,我们就在一股蔬菜的清香里向熟悉的方向走去。我的脸上还残留着自来水冲刷后的清凉。他揽住我的肩膀,把脸往我的脖子旁凑,说:"是花香吧?"弄得我很痒。

其实那是青草香。是KENZO的夏季新款。父亲快递来的十八岁生日礼物。父亲说这个香味很配我的校服。

昨天傍晚我很正式地对江东说:"我的生日,你就把你送给我当礼物吧。我已经是大人了。"然后我们痴缠着接吻,他褪去我所有的衣服时,脸居然红了。在一个关键的时刻他以一个悠长的吻收场,他说:"我想到了一个更好的礼物。"

那间蛋糕店大门紧锁。我刚想说"是我们来早了"的时候看到了墙壁上粉刷的"停业"二字。还能看见没摆好的座椅和没卖完的蛋糕呢。江东说:"我觉得这'停业'两个字是老板专门写给咱俩的。"我想也是,那时候我还没有意识到,我们的最后一个安全的堡垒没有了。

中午的时候他带我去他们家,门铃一响的时候我还不知道他葫芦里卖的什么药。然后他对门里面那个女人说:"妈,这就是天杨。"

我忘了我自己当时是什么心情。总之我表现得很糟糕。我没有太多去别人家做客的经验。我不知道自己该说什么,也不知道自己说错话了没有。我只记得他妈妈其实是个温柔的女人,做菜做得也蛮好吃。她对我说:"我们家江东英语不好,你多帮帮他。你们俩在一块儿,多聊聊学习。"我迟疑地在餐桌下面,用我的左手寻找他的膝盖,碰到了,他就躲开了。他一直对他妈妈微笑着,他说:"妈,你头发上怎么有片菜叶子?""在哪儿?"这个已经超过四十岁但皮肤依然白皙的女人问。他修长的、骨感的、平时用来摸我抱我的手指灵巧地在她的发丛中一闪,拈下来一小抹绿色,用食指托着,"看见了?"他妈妈一笑,我很熟悉她看江东的那种眼神,因为我看着他的时候也会这样,那是种骨子里的痴迷。

终于到了说"阿姨再见"的时候。防盗门的声音让我联想起监牢。他送我下楼,站在阳光刺目的楼道里我哭了。他惊慌地问我:"天杨你怎么啦?"我听出来他这句问话里厌倦的气息。

"你为什么要带我来见你妈妈?"

"我只是想让你高兴。"

"你应该事先跟我说。"

"我想给你一个惊喜,因为你的生日。"

"你凭什么以为我见你妈妈就是惊喜?有什么了不起的?"

"天杨你不要不知好歹。你知道有几家大人会像我妈妈一样对你?别人家听说自己孩子高三的时候交女朋友不把他生吞活剥了才怪!我让你见我妈妈是因为我已经告诉她将来我要娶你!"

"什么叫'我要娶你'?你还好意思说。是不是你说一句你要娶我,我就得感恩戴德地给你跪下?"

"我他妈没见过你这样的!我只是想用这种方式告诉你我尊重你!这难道不比跟你上床郑重其事?你什么都不知道,你根本不知道我是怎么跟我妈妈讲你的,我告诉她你是个多好的女孩儿——"

"多好?你跟没跟你妈妈说,我好到去伺候一个你背着我跟她上床的女人?你连这个都说了?"

他像是反应了几秒钟,才明白我在说什么。我已经看见过无数次,他的脸因为我的一句话在一瞬间变得惨白。他转过身要走的时候我抱住了他。

"放开。"我感觉到他的身体,他的声音都在微微颤抖。

"不。"

"你别逼我动手。"

"江东我实话告诉你吧。"我突然间因为我想说真话而筋疲力尽,"我看到你跟你妈妈那么好的时候我吃醋你满意了吧?你是不是觉得我有病?我自己也觉得,可是我没办法看着你妈妈看你的表情,我心里很难过,我本来不想告诉你的。"

他回过头，捧起我的脸。他不可思议地看着我，抚着我的头发，笑了一下，"你真厉害。我现在已经像满清政府一样天天割地赔款丧权辱国了，你还要逼着我签《辛丑条约》。"

然后他还是抱紧了我，让我的眼泪流到他皮肤里。我听见他叹了口气，他说："我能拿你怎么办？"

模拟考是老师们发泄紧张情绪的绝好机会。其具体表现就是每次考完我们全班同学集体挨骂。各科老师轮番上台轰炸，好像我们是建筑物。

下课后的教室连嘈杂都是懒洋洋的，说无精打采也行。张宇良就在这时候走到我课桌前。"哥们儿，出去说话。"

看他的表情我已经猜得八九不离十了。果然走到相对僻静的楼梯口，他说："方便借我点儿钱吗？"

"多新鲜。你还用得着借钱？"

"我家老头子这个月在外地，下个月我保证还你。"

"我已经把这个月的零花钱用得差不多了。"

"帮帮忙。"他突然靠近我，用他一贯的猥琐表情，气息吹在我脸上让我起了一层鸡皮疙瘩，"我他妈这两天都快疯了。"

"你？你这样次次考试不出状元榜眼探花的人都快疯了，那我们全跳楼去算了。"

"我不是说那个。我女朋友……不小心'中了'。"

"操。"我的眼前浮现起邻班那个物理课代表白白净净的小脸，"你简直是禽兽不如。"

"我他妈怎么知道?我戴了套的!你说现在的商品质量怎么这么不可靠。你也别幸灾乐祸,你和宋天杨也得小心。"他像是缅怀什么似的叹口气,"唉——要是方可寒还在哪儿会有这种事儿?也怪了,自从她被开除之后我呼过她好多次,怎么都不回啊……"

我什么都没来得及想就一拳打到他下巴上去了。周围传来的惊呼声在我耳边炸开。然后就有人上来把我们拉开,我听见张宇良故作无辜状的叫骂声。我其实没想打他,我其实只是想跟他说方可寒永远不会再回他的传呼了。只不过那一瞬间我突然发现原来没人在意这个。

我在人群中看见天杨清亮的眼睛。

她悄悄走到我身边坐下。她温暖的手掌盖住了我的拳头,轻轻地揉搓。刚刚那一拳我打到张宇良的骨头上去了。几个关节泛上来隐隐的钝痛。果然天杨笑笑,"手疼吗?"

我也笑。世界上怕是不会再有第二个人在我打完人之后问我手疼不疼。

她说:"你为什么打他?"

我犹豫了一下,说了实话。

她叹口气,"没什么奇怪的。不会有人像咱俩一样想她,也许还有肖强。剩下的人,用你的话说,全是些闲杂人等。"

"你也想她吗?"

"当然。"她的眼神清澈见底,"我心里老是跟她说话。有些事儿,我不能跟你讲,我就问问她。肖强更夸张,可能你都不知道，他一直留着方可寒的那个呼机，去替她交费，他说每次那个呼机开始响，他就觉得方可寒一定还会回来。"

"不知道的人准还以为是演《人鬼情未了》。"

"就是。你别跟那些无关紧要的人一般见识。你有我，有肖强，就行了。要是有一天你发现所有的人都不是闲杂人等的话，那才可怕呢。"

有很多时候我都害怕，尤其是在我们吵架吵得什么话都好意思说的时候。我知道我自己根本就不可能不爱她，可我在那些恶言恶语里明显地感觉到，我的爱在一点一点变少。无限地趋近于零，最要命的是，它永远不会真正变成零。永远有一个小小的亮点在那里，你可以不管它，当它不存在，可是天杨这个小妖精，她总是在这种时候突然显现出来她所向无敌的温暖和光芒，强大而妖娆，然后就是星星之火可以燎原，然后一切就又重新开始。

我坐在夜晚的风中，闻着初夏的味道。多美的季节，如果没有高考的话会更美。满校园的花都开了，一阵清香吹进晚自习的教室。语文老师深吸一口气说："其实你们也挺幸运。其他不上晚自习的年级，每天来上课，可是每天都赶不上咱们学校这个最漂亮的时候。"这是那段日子里，我从老师嘴里听过的最舒服的话。

十分钟后吴莉就把这句话写进她的作文里。是四十五分钟的限时作文，模拟高考作文题。半命题："我发现——"四十五分钟一到，老师就要吴莉站起来把自己写的读一遍。吴莉的作文是我们班最好的。

我至今记得吴莉的结尾:"你可以每天来上课但是每天都错过这个学校最美丽的时刻,但是当你可以享受这种美丽的时候你可能已经因为压力而无心欣赏。如果可以选择,我宁愿选择后者。因为我发现生活是公平的;因为我发现任何一种美丽都需要历经艰辛才能获得;因为我发现美丽之所以成为美丽就是因为'痛苦'是她的土壤;因为我发现,当我获得这个发现的时候这世界变得温情而充满寓意。可是还有一件事情是我很想发现的:如何能让你发现我,在我最美丽的时刻?"

寂静。两秒钟后掌声四起。她的脸上一阵潮红,目光闪亮。语文老师说:"把最后一句话删掉,这就会是一篇完美的高考作文。"我想她宁愿删掉整篇文章也不愿删掉这最后一句。那天她从作业堆里抬起头说:"宋天杨,要是我告诉你,我这两天突然喜欢上一个人,你说我怎么办?"她有秘密。有秘密的吴莉让我感动,她平时站在讲台上喊"大家安静"的时候就像个风风火火的王熙凤,全是因为那个还没有发现她的人,她变得柔情似水。爱情,在最开始的时候,总是美丽的。

我这算是什么语气?我嘲笑自己。好像我已经是个没有水分的中年妇女。没错的,美丽需要痛苦来滋养。但是要知道这里的痛苦是指那种干净的痛苦,干净的炽烈,干净的纯度,只有这样的痛苦才孕育得出来所谓的"美丽",否则,只有尴尬。可是我不能告诉吴莉这个,不然她会恨我。

第二天的体育课。我在离下课还有十分钟的时候回到教室。其实这时候的体育课早就变成很多人的自习课了。每次体育老师看着越来越稀疏的队伍总会叹口气。教室里黑压压地坐了大约二三十号人,有的在刻苦,有的在聊天,我推门的时候正好听见一阵哄笑从窗口的位置传出。

江东坐在我的位子上,我已经快要走到他的身后,他却没有看见我。倒是不客气地从我的课桌上拿起苹果来咬了一大口,然后像想起什么似的对吴莉说:"莉莉,你昨天晚上那篇作文,能不能借我参观参观?写得真棒。""当然行。"吴莉从课桌里取出来给他。"谢了。一会儿我就还你。""可以不还。"在我轻手轻脚地走到江东身后准备吓他一跳的时候突然听到吴莉的这句话。她安静地,甚至是轻描淡写地重复了一遍:"可以不还。因为,本来我就是写给你的。"

虽然我看不见江东的表情,但我知道他和我一样目瞪口呆。我觉得有人重重地在我脑袋上打了一下——对了那叫当头一棒,你瞧我连成语都忘了。我感觉到自己在颤抖,像范晓萱MTV里的那个雪人,只能眼睁睁看着自己融化,坐以待毙。妈的怎么谁都要来跟我抢江东,又不是天底下的男孩都死光了。我听见我自己尖叫了一声,然后整个教室都安静了下来。所有的目光都印在我们三个身上。

"莉莉。"我大声地喊,"我一直都把你当成好朋友!"

江东就在这时回过头,他轻轻地,几乎是低声下气地说:"天杨,别这样。"

"宋天杨。"吴莉镇静地看着我,迎着我的目光,好像没风度的人是我,"我这么做不对,我得向你道歉。我并没有想存心破坏你们。但是,我看上谁以后,表白也是我的自由。"

是啊她说得没错。她有权利表白。有权利跟那个让她一夜之间变得温润如玉,让她一夜之间悟出来美丽需要痛苦做土壤,让她一夜之间发现世界可以温情而充满寓意的人表白。多美啊,爱情。大家都该祝福她。唯一的遗憾是她要表白的那个人是我的男朋友。不,不仅是男朋友那么简单。江东是我的亲人,是我愿意用所有的温柔,用所有的勇气,甚至用所有的恶毒来捍卫的生命的一部分。你不会懂,吴莉,你只知道像小孩子要糖果一样要权利,对我来说江东根本不是一种权利而是一种本能,你不可能懂。

"你也配。"我知道我脸上露出一种让人反胃的微笑,"我倒要看看你有没有那个本事从我手里把他抢走。吴莉,好多事儿不是你有决心你就做得到的。"

"天杨!"沉默了很久的他就在这个时候扼住了我的手腕,"咱们出去说话。"

我就在众目睽睽之下被他半拖半拉了出去。他一直把我拖到了窄小的后楼道。还差几分钟才打下课铃,整个楼道静得让人觉得荒凉。

"你他妈怎么这么——"他的声音全都压在喉咙里,听得让我胆寒。

"我有什么不对吗?"

"当着那么多的人,你不要脸你也得给我留点儿面子吧。你知不知道你刚才就像个泼妇?!"

"少找这种借口!我妨碍了你和她调情你不高兴了是吧?我

告诉你我可没有那么好的涵养来一次又一次地容忍这种事儿。"

"你别指桑骂槐，我就是跟你说今天的事儿！"

"今天的事儿怎么了？谁来惹我谁来跟我抢你我就是要她好看！"

"你是女孩子人家也是女孩子，你恨不能当着半个班的人给人家难堪！你还好意思强词夺理有什么事儿不能等人少的时候再说吗？"

"你心疼了对吧？我还没看出来你这么怜香惜玉！怪不得。怪不得你是大众情人呢。你——"

"对。我就是！我就是故意去勾引她的，你能把我怎么样？我就是早就后悔沾上你了，你能把我怎么样？你别忘了高一的时候也是你自己送上门来要跟我在一起的！是你自己没把人看准就急急忙忙地投怀送抱，你怨得了谁？你要是明白了后悔了还来得及，咱们好聚好散，你犯不着当着这么多人恶心我也恶心你自己，你总得给你自己留点自尊吧？"

"我早就没自尊了江东，我早就没了！我的自尊全都给了你了！"我重重地喘息着，"不只是给你，还要给你的那个婊子！"

"别拿这个压我，宋天杨。你以为你搬出方可寒来我就得觉得我对不起你，那你就错了。你还有没有点儿新鲜的？那个时候谁逼你去对她好了？有人逼你吗？你大可以不理她，大可以骂她咒她死，哪怕是她病危的时候你也可以冲到医院去吐她一脸唾沫！是你自己跑去找她的。是你自己要去假充有胸襟有气度，你真是为了她吗？你是为了你自己，你是作秀，你是知道她一定会死你才会那么做。你是为了表现你自己有多善良来让我无地自容,你是为了表现你有多伟大来满足你自己的虚荣心,然后你就是为了在今天,为了在她死了之后动不动以这个来要挟我提醒我你受过多大的委屈!别这么看着我,我说错你了吗?你成功了你做到了,可是我告诉你我看透你了……"

"江东。"我静静地打断他,我一字一顿地说,"你真该跟着那个婊子一起死。听明白了吗?"

那一下午我躲闪着他的眼睛,我前所未有地集中精神听课,还回答了一个张宇良都说错了的问题搞得灭绝师太很惊喜,为了趁热打铁我下课后跑到讲台上去向师太提了个蛮有水准的问题。我故意用各种颜色的笔抄笔记让我的课本上一片花红柳绿,我在那场可怕的争吵后夸张地变成一个用功得有些做作的学生。吴莉坐到了一个今天没来上课的女生的位子上,因此我大模大样地让我的胳膊越过那条两张桌子之间的缝隙。闷热嘈杂的教室里我宽敞得过分的座位就像是一个孤岛,我虚伪地用我勤奋的背影昭告天下:我最在乎的事情只能是高考。

黄昏到来,我鬼使神差地和几个平时几乎从没说过话的女生去吃麦当劳。然后再和她们一起在步行街上晃荡,她们谈论着年级里那几个比较"风云"的男生谁长得更帅,谁的女朋友最配不上谁,谈到开心处互相开着"你看上他了"之类的玩笑。那时候我突然想:如果我没有遇上江东,那我现在的生活就是这样了吧。唐槐寂静地在步行街的尽头矗立着,唐槐什么都知道。夕阳来了,那么多人哀叹它的悲凉就像那么多人赞美日出的蓬勃。可是日出的时候人们大都还在梦里，而夕阳却是人人天天都能看到的。这就像一出票房超好的悲剧和一出无人问津的喜剧一样，到底哪一个更惨？

我故意踩着晚自习的铃声走上楼梯，我们高三的教室在四楼，下面三层的人都走光了。空落落的走廊里只有我的脚步声，不，还有其他人的。藏青色的大理石地板映出他的倒影。他说："我找了你两个小时。我以为你丢了。"

他脸色很难看。我看着他的眼睛的时候他抱紧了我。他说："天杨，对不起，下午的话我都是胡说的。你别不理我。你骂我吧。天杨我不能再没有你。"

我冷冷地挣脱了他，我说："什么叫'我不能再没有你'？你已经'没有'谁了？少拿我和那个婊子相提并论。"

晚自习之后我就来到了篮球馆。坐在橙色看台的最高处，听着篮球一个又一个寂寞地砸下来，伴随着几个席地而坐的女孩子的欢呼。现在我已经很少打篮球了。自从上高三之后我就离开了篮球队。那时候天杨每天都坐在这儿看我。我投进去一个的时候她不会欢呼，但是她整张脸都会发亮。她穿着夏季校服，开放在橙黄的底色上，安静的小姑娘。那时我像所有的傻 × 男生一样自我膨胀地想：我要保护她。谁保护谁呀。

然后我开始嘲笑自己：才十八岁怎么就开始回忆了？就跟那些看上去一个个都像有性功能障碍的文艺青年一样。我最恨的就是他们这样的人。一片树叶掉头上就以为是天塌了，这也罢了，

283

最恶心的是他们就要为了这莫须有的"天塌了"糟蹋汉语词汇——他们还以为这些词汇和他们一样轻浮。

为了显示和这些人的区别,有些词我从来不会使用。比如:伤心。从小到大,写作文也好,说话也好,哪怕是思想,我也从来不用这个词。那年我和妈妈两个人一起拎着一个大旅行袋搬进我们的筒子楼里——妈妈到最后也想着那个男人,把家里所有的东西都留给了他。晚上我要看动画片的时候才想起来,我们现在已经没有电视了,我坐在屋里听着邻居家传来的声音:"一休小师父。"然后我就偷偷地哭了,那时候我告诉自己:我是太想看小叶子了。那年我们第一天住到江老师家,我死活不肯叫江老师"爸爸",妈妈急了就对着我的屁股重重地给了两下,我站在墙角忍着眼泪,对自己说:这是屈辱。方可寒死的时候我在一片彻骨的寒冷里想:是命运。我顽固地不去碰"伤心"这个词,因为那是我在这个世界面前保持的最后一点尊严。但是今天,我不能不用了。

闭上眼睛,篮球的声音显得敦厚了许多。在那些女孩子空旷的欢呼声中,天杨的声音毫不费力地穿透了周围凝滞的空气。我妈说她的声音很好听,这个好听的声音柔软光润地对我说:"你真该跟着那个婊子一起死。听明白了吗?""什么叫'你不能再没有我'?你少拿我和那个婊子相提并论。"然后我知道,我被打败了。我一直都觉得,我比我周围的同龄人要成熟,至少我比他们,这些北明中学目空一切的家伙懂得生活这东西的残酷。我在这自以为是的成熟里全副武装,跟她,是我第一次放弃自我保护。可是现在,她白皙纤细的小手,轻轻松松就捏碎了我坚信不移的东西。

我忘不了她在春日的下午抱紧我,对我说:"因为你,我才爱上这个世界。所以我得为这个世界做点什么。虽然做不了太大的事儿,但真心去爱一个伤害过我的人,比如方可寒,还是办得到。"她整个人都在发光。就像是高山顶上的那些积雪。那时候我就知道,生活还是让我幸运地遇上了一些至真的善意和理想。然后我发誓,就算我永远到达不了她能到达的地方,永远理解不了她的信仰,我也要竭尽全力地去珍惜这个上天赐给我的她。我知道见过了这种非人间的奇迹的我从此之后会变得和大多数人不同。因为我内心有一种来自一个更高更神秘的地方的力量。我不愿意相信那是假的,其实让我难过的就是这个:我知道她不是假装,不是在演戏,只不过那只能像露珠一样转瞬即逝。不是她的错。是我们不配。

还有一件事是更让我难过的,就是尽管如此,我依然爱她。

看门的老大爷带着他的一大串钥匙来了。篮球的声音停止。响起一阵粗重的脚步声。我知道关门的时间到了。我从看台上站起来,心里想:明天我得去跟吴莉道个歉,为天杨今天的表现。顺便告诉吴莉,她想要的东西,是不可能的,因为——我笑笑,很简单,一个人只能死一次。我为我自己的幽默感到自豪。

我在操场边上的路灯下看到了她。整个操场黑得像个坟场。只有几盏路灯白惨惨地亮着。以前英语老师跟我们说:过去北明的学生多么用功,宿舍熄灯后都要跑到那几盏路灯下面背单词。

现在的学生都跑到路灯下面谈恋爱。大家哄笑。

人潮散尽,她还站在那里。光晕照亮了她四周的一小块土地,她的藏蓝色背带裙上暗影斑驳。我毫不犹豫地硬起心肠从她身边走过,装作没有看见她。

"江东。"她叫我。

我告诉自己不要理她,继续往前走。

"江东。"她又叫了一次,声音还是明净的,但是近乎哀求。远处,另外一个方向传来其他人的笑闹声和自行车的声音。

我终于停下来,转过头。我想如果现在她扑上来抱紧我的话我会毫不犹豫地把她推开。但是她似乎也知道这个。她只是看着我,她在任何情况下都可以无遮无拦地看着你。脸庞很皎洁,是我最痛恨的无辜相。

我不声不响地走回到路灯下面。在光晕里席地而坐。她乖乖地在我旁边坐下。我靠着灯柱,看见天上一弯苟延残喘的上弦月。她不说话,只是迟疑到有些笨拙地把手放在我的膝盖上。放了很久。

是我先开口的,我说:"你跟她不也是朋友吗?你们后来那么好,你怎么能,左一句婊子右一句婊子的?"

她的眼泪滴到我的牛仔裤上,她说:"我在心里跟她道过歉了,真的,我知道,她不会怪我。"

在我全力以赴装腔作势地做了一个月的勤奋到做作的乖学生之后,模拟考用分数善良地回报了我的倾情演绎。吴莉也不简单,这次居然超过了张宇良,周雷笑嘻嘻地说:"我真想请教一下吴莉同学,情场失意的时候要怎么做才能化悲痛为力量。"结果声音太大被吴莉听到——最后他的下场就像日本漫画里的类似状况一样惨。

"六一"儿童节,距离高考还有三十六天。

满街都是彩色的气球。我们班的学习委员兴高采烈地冲进来宣布:"跟你们说个好消息。实验中学的那个第一名,昨天因为急性心肌炎住院了!他明年才会参加高考呢,这消息绝对可靠。"

"太棒了——"空荡荡的教室里回响起十几个女孩子悦耳的欢呼声。恰巧在这时从我们班门口经过的老师们目睹此情此景应该会心生怜爱吧,我想。我是在那段时间明白了卡夫卡的《变形记》到底在说什么。

江东拉着我的手,我们穿过荒凉的堤岸。方可寒死后这是我们第一次来这儿。还没变。一样荒凉。看上去早就死了的楼群飘出来做菜的香气,和腐臭的河水味儿混在一起。岸边的杂草一到夏天更加茂盛了。

不知不觉间,就走到了"雁丘"。我们刚刚在一起的时候是1994年年底,那时候这附近有家录像厅。当时我们还不认识肖强,所以好多个周末的下午我们都是在录像厅里消磨的。

"咱们再去以前的那家录像厅看看,好不好?"我提议,其实也就是随便说说而已。我知道江东从来就不喜欢这么轻飘飘的"怀旧"。没想到他竟然同意了。

记忆里那家录像厅位于一个窄巷里,具体是哪一条——反正那时候我每次都是跟江东去,自己从来不用留心看路。我只记得那时候我总是没头没脑地问他:"我现在算是你女朋友吗?"他说那当然。我反复咀嚼这三个字,"女朋友",我觉得我自己还不过是个小孩儿呢,才十五岁,刚刚不过"六一"儿童节而已,一夜之间就变成人家的"女朋友"了,像个大人一样,新鲜感和自豪难以言表。

12月的傍晚,我们看完了吴奇隆和杨采妮演的《梁祝》。然后我恍恍惚惚地跟着他穿过那条陋巷,走到与堤岸平行的马路上。车灯照耀着我们冬日里一贫如洗的城市。我突然问他:"江东,跟人家比,咱们算爱情吗?"他说:"跟谁比?"我说:"跟吴奇隆和——不对,是跟梁山伯和祝英台。"他大笑着敲了一下我的头,说有时候我真怀疑你是否智障。那时候我惶恐地环顾四周,灰暗的街道,裹着蠢笨冬装的行人,因为空气污染有些泛红的婊子似的月亮,还有远远飘来的河水的腥气,和一个卖烤红薯的矮小的老太太,哪一点能成就我想要的、色彩鲜明得惨烈的传奇?杨采妮一身嫁衣,狂奔在蓝天黄土之间,一边跑一边脱衣服,露出穿在里面的丧服,然后跪下,妩媚地笑着,"山伯,我来了。"我在寒风中抱紧了江东,抱的方式那时还有点笨拙,因为我总是紧张。我是这么喜欢他,这个嘲笑我智障的男孩,已经这么喜欢了还没有一个感天动地的机会吗?

那时候我不知道,就在离我们三百米的地方,就是雁丘,一个真正的传奇的遗迹。

我们七拐八绕地来到了那个录像厅,准确地讲,是录像厅曾经的地方。那儿已经变成了一家小饭馆。一群孩子在我们身边尖叫着追跑。其实我早就想到会是这样，因为 VCD 机和盗版光碟的关系，很多的录像厅都被淘汰了。

"走吧。"江东笑笑，"别误了晚自习。"

我们顺路走上了与堤岸平行的马路。黄昏中的车水马龙总给人没落的错觉。

我在这车水马龙里哭了。他看着我，不问我"天杨你怎么了"。

他说："你后悔了，是不是？"

我说："没有。"

他说："我知道，有一点儿，别不承认。"

我说："那除非是你也后悔了，你才能这么肯定。"

他笑了，"你看你说'你也'，证明我是对的。"

"你又涮我。"我也笑了。

他说："要是你后悔了，你可以跟我说。"

"我觉得是你不再喜欢我了。"我仰起脸，看着他。

"我是不再喜欢你了，没错。早就不再喜欢你了。可是我爱你，这是没法改变的事儿。不是我想不爱就能不爱的。"

"我听不懂。"

"我只能说这么多，往下的，我不好表达。"

"可能我也是，早就不再喜欢你了，但是我爱你，没办法。"

"你看你还是明白我说的话。咱们毕竟在一起这么久。"

"听你的语气。"我平静地说，"是想分手吗？"

"不是。"他不看我，似乎是在眺望马路对面中国银行的霓虹灯广告牌。

"真不是?"

"真不是。"他又笑笑,"你觉得咱俩现在,还分得开吗?"

"也对。"

"对面有卖冰激凌的,你要不要?"

我说要。于是他就去买了两个。隔着马路,微笑着冲我嚷:"你是要巧克力的,还是要纯牛奶的?"

于是我也隔着马路喊回去:"巧克力——"

一个出来遛狗的老爷爷微笑地望着我们,我猜他心里一定在想:"多年轻的两个孩子。"

我吃冰激凌的时候他说:"你吃东西的样子让人觉得你特别幸福。让我简直都想把我手里这个冰激凌也给你。"

一阵深深的失望像海浪一样涌上来。我想起来很久以前——不太久,半年而已——还沉睡在我心里的那只小狼。我想起来我发现他和方可寒在一起的时候在冬天的傍晚跑了半个小时,那时我听见我的小狼在长嚎,身体里刮过一阵狂风。如果可以选择,我宁愿回到那个时候,虽然我在撕心裂肺的疼痛里拼掉了所有的、用十七年时间积攒起来的热情,但那时的我是幸福的。因为我碰触到了一种更深刻更壮丽的力量。我在那种力量里变成了一个女人——尽管我的身体依然洁净羞涩,不像现在,居然开始厌倦这个我明明还那么爱的人,居然需要利用厌倦来印证这种爱。

我把吃剩的半盒冰激凌重重地丢进垃圾筒里,挑衅地看着他。他在微笑,居然是这么平心静气地微笑,好像他是个宽容的父亲,在欣赏自己闹脾气的小女儿。

"江东。我昨天晚上做了个梦。"我说。

"梦见什么了?"他依旧笑容可掬。

"梦见——"我决定说真话,"我梦见我把你杀了。我在你的饮料里下毒。在梦里我不知道为什么我会开车,我把你装到后备厢里直开到海边,从悬崖上把你丢到海里去。你真重,我费了好大的劲儿。海浪的声音很大,大得都把我吵醒了。"

"就这些?"他温柔地微笑着,似乎马上就要夸奖我的想象力了。

"就这些。"

那温柔的笑容一直挂在他脸上。他就带着这像夕阳一样的微笑清脆地给了我一个耳光。眼泪从他的眼角渗出来。大颗大颗的。

"江东,我是后悔了。"我说,"我现在宁愿跟吴莉换一下位置。我宁愿我是用了三年的时间来暗恋你或者是单相思。我宁愿高一那年我给你那张贺卡的时候你不要理我不要跟我说'顶楼见'。因为那样的话我就会永远把你当成我的梦想,那样的话我今天就还会相信《梁祝》那种故事,那样的话我一定什么都愿意为你做,我甚至可以像《双城记》里的那个傻瓜一样为了你喜欢的人去死。但是现在什么都完了,江东,我的爱情已经脏了,或者说是爱情这东西把我弄脏了。我知道没有人是一尘不染地真正变成这世界的一部分的。可我可以去爱一样脏东西,但我没想过用脏了的爱去爱它。江东我现在就是在用已经脏了的爱在爱你。我打赌吴莉的爱要比我的干净很多。虽然打死我我也不愿意这样。江东,我没办法，我已经尽力了。"

　　说完这一大串话，我才感觉到我的半边脸颊火辣辣的疼痛。他伸出手，轻轻抚摸着我滚烫的半边脸，说："滚。你滚吧。"

ASHES
TO
ASHES
CHAPTER 09

霸王別姬

◆ 肖强

6月是个好季节。沉寂的街角的树木散发出一种清甜。据我观察，每到6月，北明中学的情侣数目就会增多，散落在附近的这几条街。星期天虽然他们是不用穿校服的，但我依然能从满大街招摇过市的恋人里分辨出哪对儿身上有北明的痕迹。

天杨在这个阳光清澈像是兑过水的早上来到店门口，那时我才刚刚开门。

"好不容易有个星期天，还不睡睡懒觉？"我问她。

她勉强地笑笑，说："我是要去补习班。走到门口才想起来我们补习班已经停课了。"

"就是。也没几天了。紧张吗？"

"还行。"她眼神里掠过一点儿羞涩，"肖强，你能不能帮我打个电话给江东？"

"又怎么了?"我笑。

"我们已经一个礼拜没说话了。他不理我。"

"操。"我拨通了电话,闲扯了几句诸如"你放心念书今天那场球我替你看了"之类的闲话,然后漫不经心地说:"等一下,天杨想跟你说话。"好像这是另一句闲话。

天杨小心翼翼地拿过电话听筒,脸红了,放到耳边,然后对我笑笑,"他挂了。"

我拍拍她的肩膀,"什么也别想了天杨,等高考完了再说。不然,今儿在我这儿看个碟?轻松轻松。多少日子没在我这儿看片儿了。"

《破浪》,拉斯·冯·特里尔导演。那时候这个装腔作势的北欧人在中国还没有《黑暗中的舞者》之后的名气。两个多小时,一开始我如坐针毡,后来索性换个心态,悠闲地欣赏这导演和他那个从剧情判断应该是豆蔻年华但一给特写镜头就一脸褶子的女主角究竟能做作到什么程度。最后那个没有钟的教堂响起的钟声是我用膝盖就猜到的结局。

"这导演怎么——"片尾字幕升起的时候我评论,"乱花纳税人的钱。"

我转过头去看天杨,发现她奇怪地微笑着,"就是。怎么这帮人,都这么没种呢?"灰白的宁静像病毒一样侵蚀她脸上的每一寸肌肤,"谁都只会讲这种故事。到最后没戏了就把'死'搬出来,好像一'死'就什么都神圣了。骗人。'死'又怎么样?有什么了不起的。谁活到最后不会死啊?全是骗人的。"

我把语无伦次的她搂到了怀里。"好孩子，天杨，没什么大不了的。过两天，我去跟他说，行吗？"她的眼睛，漆黑地、柔软地凝视着我，里面几乎要飘出来花朵或者树木的清香。于是我吻了她。

她很惊慌，但她并没有躲闪。我在跟她偷情，就是这么简单。我一点都不慌乱，虽然事发突然，但其实我早就有这种预感了。从她第一次走到柜台前说："老板，有没有《阿飞正传》？"从她看着张国荣俊秀的脸自言自语："这就对了。"从她把一盒磁带四分五裂地砸到门上——我就知道会有今天，只是时间早晚而已。

我把她抱起来，走向我可爱的，阴暗的里间。

无数的情色镜头隐藏在我的没有窗户的里间里，多恶心的都有。天长日久，这间不到八平方米的小屋的每一个空气分子都沾染上原始、淫荡的气息。近朱者赤，近墨者黑，没有谁比空气更明白这个。我三下两下就剥了她的衣服，我忘了我第一次凝视她的身体的时候是什么感觉了，或者说我根本就顾不上好好看看她的身体。那时我第一次看见方可寒的身体我都不知道该怎么办才好。那是个奇迹，所以她活不长。我不知道江东第一次看见她的身体的时候是不是和我一样眼晕，我们从没交流过这个。我们男人都是一路货，天杨，只有在方可寒那样的女人面前才能彻彻底底地平等。不管我们是多不同的两个人，不管我们是不是注定了没有一样的命运，在女人的身体面前，全他妈扯淡。所以我在干你，宋天杨，开在我心尖上的小雏菊。我干的不仅仅是你，我在干江东的女朋友。我干的是我哥们儿的女朋友。有什么了不起的,如果我也能和你一样是北明这个鸟蛋学校的学生、和你一样是个准大学生我倒要看看天杨是跟你走还是跟我走。老子砍人的时候你小子还在厕所里偷偷学抽烟呢。江东我他妈忘不了你头一次来我店里那副贱相。你翻着我的碟片,望着我的《阿飞正传》、我的《重庆森林》、我的《东邪西毒》微笑,"真没看出来。"你这句"真没看出来"老子记一辈子。你的意思是我不配喜欢王家卫对不对?你是说我就配流着口水喝着啤酒对着录像厅里的叶子媚那个波霸想入非非对不对?老子告诉你王家卫的每一部电影都是给我拍的,跟我比你们这些名校生才叫附庸风雅。真没看出来。你看不出来的事儿还多着呢。你能看出来我终有一天会把你的女人压在身子底下了吗?傻×你他妈看出来了吗?

我精疲力竭地伏在天杨的胸口。她居然在轻轻地摸我的头发。这孩子,她总是让你没法不心疼她。我抬起脸,勇敢地看着她。从上到下,然后我就看见了一个五雷轰顶的事实。

"你和江东——"我声音沙哑,"从来——没有过?"

她摇摇头:"没有。"

操。我靠。FUCK。我狠狠地望着她,最终什么都没说。

"我知道你想说什么,肖强。你是不是想说我这叫陷你于不义,然后你又觉得如果你说了这句话就太不男人了?"

"操。天杨,老这么聪明的话谁还敢娶你?"

我开着玩笑,掩饰着我心头的寒意。门外传来一个明亮的声音:"老板——在不在啊?"我答应着,穿衣服的时候手抖得系不住皮带。把罪恶的小里间关在身后，把天杨，洁白无瑕的天杨关在一室阳光的身后。我故意热情得有些虚伪地回答顾客的问题，就算他不买也还是笑脸相送地道再见，目送着他的背影时我长吁了一口气，现在总算有这个陌生人认为我是个好人。

我回来的时候她已经穿戴整齐，在正午的阴影里对我开颜一笑。我望着她的笑容心惊胆战地想：原来她变成女人之后是这么妩媚。我有些装腔作势地在她额头上一吻，"疼吗？"她清澈地、一览无余地看着我，她说："肖强，人为什么一定要做这件事情？"

这时候门口响起一阵熟悉的脚步声。我条件反射地告诉自己一定要镇静，要不动声色。我刚刚想完那个"色"字的时候听见江东的声音："肖强。"

"才几天不见。"我的演技堪称四平八稳，"好像瘦了点儿。"

他眼神有点恍惚地微笑，"这两天太热。"

"注意身体。说话就要过鬼门关了。"

他笑笑。天杨就在这时候静悄悄地站到柜台旁边。看到他望着天杨的眼神的时候我胃里突然一阵紧紧的绞痛：我干了什么？我对我的哥们儿干了什么？我对我的弟弟妹妹干了什么？

他似乎是犹豫了一会儿，才说："天杨，我不知道你还在这儿。"

"要是知道你就不来了吗？"天杨安静地问。

"不是，我——"

他话没说完天杨就从柜台后面冲了出去，简直是以光速。她几乎是重重地把自己摔到江东怀里，我再定睛一看的时候他们已经是一副生离死别的模样了。

"天杨,我想你。"江东说。

她的小拳头重重地打在他身上,打了一下又一下,眼泪流了一脸,"谁让你那天打我的?你自己试试疼不疼?谁让你不理我的?现在好了吧?好了吧?我让你再不理我!我让你再不接我的电话!我让你——江东。"

他抱紧她,还好他应该是没有仔细听她说的话。她的发丝扫着他的脸,他用一只手托着天杨的小脑袋,另一只手放在她瘦得简直是易碎的脊背上,还是我一贯的修辞比较贴切——他抱她的样子就像天杨是他不小心掉出来的内脏。

他抬起头,无意间看见了我的脸。太突然,我想我一定是没来得及转换我脸上的表情。他是个聪明人,不聪明的话也当不了我哥们儿。四目相对的一刻我知道太晚了。我想要伪装的时候已经看见了他眼睛里有一道闪电。于是我只好慌张地往我的眼神里盛满粗制滥造的寒意。迎着他的目光,毫不——准确地讲是不能退缩。心里绝望地自问:我,是个善良的人吗?

◆ 天杨

那些日子我经常问自己一个问题,心平气和地问或者心惊肉跳地问:我是个善良的人吗?我一直都认为我自己是的。但是我解释不了我为什么要对江东做这件可怕的事情。我觉得这件事是可怕的，尽管当时我还没有想明白它到底可怕在哪里。肖强抱住我的时候我很清醒，我不想给自己找借口，我很清醒，我知道我在做什么。

问完了第一个问题，还有第二个，就是：我会因此而失去江东吗？我知道略有常识的人都会斩钉截铁地对我说："当然会，你这个小婊子。"可是我相信如果类似的事情发生在他们身上，他们没有一个不希望能侥幸地得到原谅。我告诉自己也许他会原谅我，理由——你看你原谅过他和……我讨厌这个无耻的念头，我说宋天杨你怎么能这么无耻。

在那之后和高考之前的一个月里，我出奇地安静。我没再去找过肖强，我也没有和江东吵过一次架。有时候他很惊讶地拍拍我的头，"怎么这两天这么乖？都不跟我闹了？"我的眼睛就在那一瞬间充满了眼泪，我拿脸蹭他的衣袖，很小声地、几乎是底气不足地说："江东，我爱你。"

我爱你。这句话我已经说过无数次。可是我说得越多，就越不明白它的含义。

我爱你，所以我可以为了你和整个世界作对，和我自己作对，也和你作对。因为我知道以爱的名义我可以做任何事。像邦妮和克莱德那样为了对方杀人如麻，像《破浪》里的贝丝那样为了她老公去和所有男人上床，像《巴黎最后的探戈》里的马龙·白兰度为了对亡妻刻骨铭心的想念去伤害一个原本无辜的女孩，像《三十七度二》里的男人用枕头把女主角闷死。以爱的名义，你可以为所欲为，因为爱让你相信你所做的事情都是对的，至少都是可以原谅的,至少都是美丽的。但是没有人教过我,当我打着"爱"的旗号做了一件我自己认为是错是丑陋是不可宽恕的事情的时候,我该如何面对我自己,和这个打不垮也杀不死的、早就变成另外一种暴力的爱。

我只能在睡不着的夜晚独自忍受着羞耻的折磨。在这些羞耻中强迫自己集中精神做完那些"高考最后冲刺",看着曙色染白天空后跑到浴室冲冷水淋浴——这样可以使我看上去神清气爽朝气蓬勃,于是就没人看得出我的煎熬,所以也就没人可以帮我分担,这也是我的自我惩罚的内容之一。我对着镜子仔细地编好我的麻花辫,然后对自己开颜一笑:"早,小婊子,你今天看上去真漂亮。"

江东还是像往常一样喜欢突如其来地抱紧我。而现在的我,居然可以在他滚烫的拥抱里清醒地凝视他的表情。肖强进入我的身体的一瞬间,冰冻了我深处的某种能量。我不会再咬江东了,我现在就连握他的手都是轻轻的,因为我再也舍不得弄疼他。不止我,要是现在谁当着我的面对他哪怕说一句重话我都能跳起来要了那个人的命。现在好了,我恶毒地对自己说,现在你终于可以安静了,现在你终于停止没事找事了。你知道你这叫什么?你这叫贱。

我这么想的时候就会突然打个寒战,江东则是不会疏忽任何一个这样的瞬间。这种时候他总是温暖地搂住我,什么也不问。我在他始终充满信赖的温暖中把眼泪咽回去。我在心里自言自语:你没有资格哭,没有资格表示软弱。哭也没用,小婊子。别以为你已经背着他哭过无数次，别以为你已经这样骂过自己无数次你的罪就可以洗清，还早呢。还是闭上眼睛享受这温暖吧。这种名字叫"江东"的温暖早就像你的血液一样支持着这个叫"宋天杨"的女孩，不，女人的生命运行。但也许眼下的这次就是最后的一次——如果他明天知道了我做过的事情。

6月中旬，我隐隐地担心过的月经如期而至，像往常一样慵懒地从我的体内流出。就像什么都没有发生过。离高考还剩下不到二十天，最后一次模拟考的成绩也公布了。我和江东都还不算失手。别人在这几天都会充满同情地看着我们这些高三学生，想象我们在这最后二十天里地狱般的日子。其实事实远非如此。最后那些天，班里的氛围呈现出一种奇迹般的松散，甚至是闲适。老师也不大管那些自习课上明目张胆地聊天的人了，平时那几个最乖的女生也在午饭后看几眼言情小说，男生们又开始踢球，就连吴莉和几个班干部都在策划逃掉星期六下午的自习辅导去看《甜蜜蜜》。

放学之后，晚自习之前，我和江东依然常常坐在一起。不说话，就那么坐着。坐在大理石台阶上，有点凉。初夏是这个城市最舒服的季节，既不太热，又不太潮湿。我们看我们的操场、跑道，看校园旁边的那些树，看专门从南方买来，但显然有些水土不服的栀子花。一起拆一个初二小美眉红着脸递给江东的情书。

我第一次发现，我是爱北明的。尽管我常常很讨厌这里的等级森严。

夕阳来了。这是出票房很好的悲剧。某个黄昏，江东就在这出票房很好的悲剧里平静地问我："天杨。你能不能答应我一件事？"我说："当然。"然后他说："要是有一天，你……你有了别人，你要告诉我。"

"说什么呀。"我心里一沉。

"天杨，我看得出来，肖强他——他是喜欢你的。如果你——我其实想象得到。你和他，有很多共同的地方。我不是怀疑你，只不过，我也说不好，不管怎么样，你一定要跟我说。"

我想我当时的大脑里一定没有了思想只剩下了本能。正是这本能暴露了我所有的怯懦。我知道我应该承认，承认我做过的事，承认我没有资格请求他的原谅。承认我愿意对他的所有惩罚甘之如饴，这是我唯一的机会。可是我愣愣地看着他，我毫不犹豫地、艰难地说："我和他，什么都——没有。"我想是我脸上的神色吓坏了他。他一把抱紧我，不管不顾地说："你说没有就没有，天杨。对不起，我绝对不是不相信你，绝对不是，天杨——"

事后我常常想，我真正变成一个女人，其实不是在和肖强做爱的那一天，是那个6月的美丽的黄昏。我说不清楚。那一瞬间暴露出来的怯懦让我无地自容。我安慰自己：怯懦，是我的权利。"勇敢"是这个世界对男人的要求，谁叫我是女人，可是这安慰一点说服力都没有。在无眠的夜里，这安慰、这折磨和一种莫名其妙的饥饿排山倒海般袭来。我爬起来，摸着黑到厨房去。打开冰箱，无边无际的黑暗中突然浮现出的那一块方方正正的光和那种宁静的寒冷像道神谕一样，抚慰了我的屈辱和孤独。

7月1日，香港回归，学校开始放复习假。我和江东每天都在一起看书。有时候他来我家,有时候我去他家。7月6日,高考前夕,正好是我去他家,走的时候他突然想起来有几张从肖强那儿借的光盘该还了,于是我鬼使神差地说:"我回家的时候顺路替你还好了。"

结果当然不是顺路还几张光盘那么简单。当我看见肖强的时候我就知道我逃不掉了。其实我从一开始就知道。他站在门口,拦住我的去路。他凶猛地看着我,很野很欲望地说:"天杨,这几天我真想你。"

然后他把我抱起来,轻车熟路地走向里间。我努力地挣扎着,哭喊着,我说要是你再敢碰我我就死给你看。他于是温柔起来,手指战栗地扫过我的泪脸,他说:"死吧。我陪你一块儿死。"然后他吻我,拉开我连衣裙的拉链。

"老板——"听到那个声音的时候我才想起来,肖强忘了关里间的门。于是他急急忙忙放开我,我就正正地撞上了一双眼睛。

是张宇良。他愣了一下,然后有风度地笑笑,"老板,我没有打扰你们吧?"

三小时后,我走进那间咖啡厅。张宇良早已经在那里了。他叫来服务小姐点了两杯卡布奇诺,一如既往地文质彬彬。

"宋天杨。"他把一块方糖优雅地拈在手上,"你必须和我睡觉。"

他脸上的表情依旧温和,和他刚刚出口的话一点儿不搭调。

"你看,宋天杨。"他仍旧不紧不慢,"如果你拒绝我,今天的事,我会马上告诉江东。如果你答应,我保证对我今天看见的事儿守口如瓶。马上咱们就要高考了,今天之后咱们各走各的路。但是——"他微笑,"你怎么还不骂我无耻?"

"因为骂你会降低我的身份。"我想起来电视剧里的台词。

"小丫头,你和音像店小老板鬼混到一起去,你的身份也比我高不了多少。你想想吧,宋天杨,你这样的女孩我见多了,你爱江东,我没说错吧?要是我现在一个电话打过去,天杨你——"

"'天杨'不是你叫的。"

"好。宋天杨同学你好好想想,今天几号?7月6日。明天就要高考。如果我现在告诉江东我看见的事儿,你想不想猜猜他的反应?"他停顿了一下,"我替你猜。我这人最大的优点就是想象力丰富。他会跟我说他不相信我的话,他会跟我说他只相信你,他会在电话里跟我翻脸。不过放下电话以后,我想他明天是考不成了——这有点夸张,但是他会发挥成什么样我是真的很想知道。也许我不能太悲观——有些人一受刺激反倒超常发挥,可是江东不行,你同意吧?同学三年,这点儿我看得出来,江东不是一个经得住事儿的人,虽然他表面上会装得若无其事。天杨,宋天杨同学,这可是高考啊,你舍得吗?"

我看着他的脸,有种在演电影的错觉。多好的台词啊。逻辑清楚推理严密,符合模范生的人物性格。他说得句句在理,我知道。就算江东已经有点怀疑,但是如果他是从张宇良嘴里得到证实那可就有戏看了——7月6日,老天爷真会挑日子。

面前的卡布奇诺的小泡沫一点一点破灭。那一瞬间我明白了一件事：我为什么明知危险还要一个人来找肖强。因为我一直在等着今天。在那些睡不着的夜里我自己都没意识到我在祈祷，我在乞求这样一个赎罪的机会。我想起方可寒的话：人总得为自己做过的事付代价。如果我已经不能用忠贞来证明我对江东的爱，那么我至少可以为了他把自己弄脏吧。我比较喜欢这样的情节。

张宇良拿出了他的手机。1997年我们那座城市里带手机的高中生还很少。他开始拨号。从他的手指移动的方向我就判断得出他正在拨江东的号码。他拨得很慢。不愧是张宇良。会拿第一名也会打心理战折磨人。拨到第六位的时候他对我亮出了他的手机屏幕，"还差一个数，宋天杨。"

我说："我答应你。"

他说："算你聪明。"

不就是上床吗？没什么。最多半个小时而已。我在满室的旅馆标准间的气味里闭上了眼睛。他站在红得污秽的地毯上，整张脸被欲望点亮的时候一点都不像平时那么文雅。他迎上来，熟练地脱掉了我的衣服。

那半个小时里，我只是很想我爸爸。

后来他心满意足地伏在床上。用和肖强一模一样的神情吻了吻我的额头，我的脖颈，还有胸口。他像欣赏一件瓷器样地抚摸我的脸，"等高考完了，我再打电话给你。"

好了，时机成熟。我从枕头底下摸出那把藏刀——我接到他的电话的时候就知道派得上用场。明晃晃的刀锋，像个倔强的小男孩。趁他现在身体和精神还都很松懈，趁他几乎是睡意蒙眬地问我"你手上拿的是什么",我翻身起来骑到他身上,将那把刀轻轻地抵在他的喉咙,"别乱动。"我说,"这刀很快。"

其实只要他使一点劲儿我就败下阵来了,我毕竟是女生。但是我算准了他会是这副没种的软相。一动不敢动,牙齿都在打架。

"宋天杨,你你你这是违法的。"

我微笑,"张宇良,你知道我为什么要这样吗?"我用那刀背轻轻拍拍他的脸,他闭上了眼睛,"因为你最后那句话。你说等高考完了你再打电话给我。你刚才可是说了今天之后大家各走各的路的。我来这儿陪你睡觉,是我答应你的,是咱们讲好的条件。可是张宇良你毁约,所以是你逼我。"

他在发抖,他刚想说话,就被我打断了,"放心吧,我没想杀你。我就是想跟你聊聊,如果不用这种方式的话你是听不进去我的话的。我知道你舍不得死。还有谁能比你张宇良更怕死呢?你还得上名牌大学,还得拿奖学金,还得去过名牌人生呢。学校还有一大帮人等着你的照片上光荣榜。而且要是你死了,不知道要有多少小妹妹要把眼泪流干了。可是张宇良,我告诉你,如果你因为这些就以为自己可以为所欲为的话就错了。请你记住,就像你觉得我的尊严很扯淡一样,对我来说你的尊严也很扯淡。我的话说完了,祝你明天考好,我知道你是那种一受刺激还会超常发挥的人。"

我收起我的宝贝藏刀,穿好衣服,我甚至从容不迫地走到浴室去把我的两条麻花辫编好。这个没种的男人像是吓傻了,我出门的时候他还一动不动地躺在那里。

7月6日深夜下起了暴雨,我在一声炸雷里酣然入梦。一个多月来,我第一次睡得这么踏实。

在这深厚、钝重得令人窒息的睡眠里,我梦见了方可寒。周围很安静。我坐在篮球馆的看台上,看得见木地板上散落的篮球。她慢慢地用一把木制的小梳子给我梳头。编好我左边的麻花辫,再编右边的。她的手很暖,根本不像人们平时说的那些鬼魂。

"好了。"她系好缎带之后捧起我的脸,"让我看看你。"

她靠在栏杆上,费力地托着自己的腰。我这才看清她宽松的长裙下面那个硕大的肚子。

"方可寒?"在梦里我的惊呼声空旷得吓人。

她羞涩地微笑:"我现在的样子很难看吧?"

"谁是爸爸?"

她的眼神停留在从天窗洒下来的阳光上。她说:"神。"

"是男孩儿,还是女孩儿?"

她深深地看着我的眼睛:"我希望是个女孩儿。因为我想给她起名叫'天杨'。"

我抱紧了她,把脸埋在她的胸口,居然还闻到那种廉价香水的气息。但因为孕育的关系,她身上还弥漫着一股奶香味儿。两种气息混合过后就变成了一种催人泪下的芬芳。

我的眼泪真的淌下来了,淌进她高耸的乳房间那道阴影般的沟壑里。我说:"你全都知道了,对不对?"

"当然。"她叹息着,抚摸着我的后背,"天杨。你真傻。"

◆ 江东

我知道她在撒谎。那天,在肖强的店里抱紧她的时候,我撞上了肖强的眼睛。那时候我就明白了。但是我告诉自己那只是猜测而已。

是她自己印证了我的猜测。自从那天之后,她就一下子变得安静了。顺从得让人诧异。其实在方可寒死之前,她一直都是安静的。但那时候是种自得其乐的安静,甚至散发出青草和泥土混合的香气。现在,她的安静是受过重创的安静。就好比一条河全都流干了,只剩下河床上干枯狂躁的裂纹,想不安静都没办法了。

在这样的安静里,她看我,看别人,看风景的眼神都有了变化,是种凄楚而甜美的表情。说真的,过去我从不觉得她漂亮,只觉得她很可爱很有味道,但现在她是妩媚的。正是这突如其来的妩媚让我明白了她的蜕变。

可我还是心疼她,毫无原则地心疼。那种并非因我而起,却为我而绽放的妩媚让我重新迷恋上了她,像个十三岁的小男孩一样迷恋着她。当她和我一起坐在冰凉的大理石台阶上的时候,她出神地看着远处的天空——原先她总是以一种孩子样的贪婪看着我。然后回过头,对我轻轻一笑。她自己都不知道那笑容是在乞求。我于是紧紧握住她的小手,用这种方式告诉她我依然是她的亲人。

我愿意相信她,愿意装作什么都不知道。并不是我伟大,因为我没有勇气和力气再折腾。7月很快就要到了,我害怕高考,我不能想象自己在这个时候失去她。自从入了5月之后,我妈开始变本加厉地每天半夜给我端汤送水,让我觉得要是我考不好就得一头撞死,那时候我就真想念天杨。我除了她其实谁也没有。

7月7日,考语文。要进考场的时候我把她拉到我怀里,当着所有老师同学的面在她额头上轻轻一吻,对她说:"加油。"身后唐主任刚想发作的时候,居然是灭绝师太打了圆场,"他们能考好就行,考好就行。"

三天,很快就过去了。

7月9日,大家都到学校去等答案,一直等到傍晚。我就在那个人人心浮气躁的傍晚来到肖强的店里。他像是刚刚进货回来。满屋子都是崭新的卡带和CD盒的塑料气息。他看见我,先是愣了一下。我问他:"有空吗?陪我喝瓶啤酒。"

冰镇的青岛啤酒,是夏天里最性感的东西。我们一句话没说,只是不停地碰杯,再不停地干。喝到最后他拍拍我的肩膀,说:"哥们儿——"我把碧绿的啤酒瓶摔到他柜台上,凝固的绿色像爆炸一样飞溅开来,带着啤酒白色的泡沫,我正视着他愕然的眼睛,"肖强,喝完这瓶以后,你就不是我哥们儿了。我就当我从来没认识过你。"

然后我转身离开,夕阳在街道的拐角奋不顾身地流着血。

接下来的几天我睡得昏天黑地,经常一睁开眼睛不知道窗外究竟是黎明还是傍晚。天杨有时候会来家里找我,空荡荡的屋子只有我们俩。我搂着她,我们现在话说得越来越少了,有时居然就一起这么睡过去了。有一次我醒来,看见她的眼睛悄悄地看着我的脸,我在她的表情里寻找到了她过去那种蛮不讲理的痴迷。

"你睡着的样子,比醒了以后好看。"她在我耳边说。

她的呼吸吹在我的胸膛上,很暖和。她又说:"结婚,是不是就是这么回事?我每天都能看着你睡着的样子。"

"你就这么想结婚?"我问。

"嗯。天天有人跟我一块儿睡觉该多好呀,做多吓人的噩梦也没事儿。"

"结婚烦着呢,比天天一块儿睡觉恶心得多的事儿都有的是。"

"要是将来,我真的是跟你结婚的话,你得答应我一件事儿。"

"说。"

"你不能在我前面睡着。你得等我睡着了才可以睡。"

"难度系数够高的。"我望着她嫩嫩的脸,笑了。

最近她似乎是从最初的打击里恢复了一些,脸上又有了过去光明皎洁的神态。和她一起冲淋浴的时候这点就更明显。那些水珠和她洁白纤细的身体晶莹到一块儿去了。我拿着喷头对着她从头到脚地冲,她在水雾里闭上了眼睛,欣喜地说:"就像浇花一样。"我在那一瞬间从她身上闻到了另外一个男人的气息。

阴影的气息,啤酒香烟的气息,打口带的气息,肖强的气息。疼痛和屈辱是在那个时候觉醒的。迟钝而沉重。在淋浴喷头下面我轻轻拥抱她,她洁白晶莹,像朵百合花。我舍不得恨一朵我正在浇的花,所以我只能恨肖强。只能一遍又一遍地回味 7 月 9 日我把啤酒瓶摔碎在他柜台上的瞬间,然后后悔自己怎么没把那个啤酒瓶砸到他脑袋上。

那天晚上我妈神色凝重地走到我房里来。我纳闷地想，离高考成绩公布还早得很，要不然就是我和天杨在我的床上酣睡的镜头被她撞着了。结果她说了一句非常荒谬的话，她说："你爷爷要死了。"我费了很大劲儿才弄清楚这句话的含义。简言之，我爷爷——就是那个和我妈妈离婚的男人的老爸已经病危。那个男人在这个7月的晚上给我妈打了电话，我妈这才知道原来这男人十几年都没告诉我在乡下的爷爷奶奶他已经离婚。现在，这个当初拿我妈妈当沙袋打的男人在哀求她：老人只想再看孙子最后一眼。

妈妈说："我现在还在犹豫。"我说你不用犹豫了我知道你最后还是会答应他。

于是我们就有了接下来的三天的旅行。

我们终究没能见到爷爷。或者说，爷爷终究没能见到我。到达那个小县城灰蒙蒙的长途车站时，那个来接我们的男人，就是我——爸说，我爷爷在三小时前死了。然后他有些迟疑地看着我，他没变，就是老了点儿。他笑笑，不自然地跟我妈妈说："要是在大街上碰上，我可认不出了。"我反应过来他这句话是在说我。

之后我们就又开始上路。一辆面包车，拉着活人和死人一起去到我家乡的村庄。三天时间，见识了乡村的葬礼。人们大哭大号然后大吃大喝，居然还搭台子唱戏。那戏也是高亢凄厉但是鲜艳彻底的调子。原来死人是用来提供一个狂欢的机会给活人的。也正因为这个活人们才会纪念他们。这时候我想起了方可寒。我觉得这样的葬礼其实非常适合她。不过没有人给她办葬礼。她家里的人已经冷酷到了黑色幽默的程度。那时候肖强才跟我们说，其实方可寒住院的时候从来没有真正治疗过，她姑姑说了，因为没钱。没钱到连骨灰盒都是肖强去买的。

想起这个我突然很难过。

我穿过了人群，悄悄从戏台后面溜了出来。一路上像首长一样不得不回应所有认识的不认识的亲戚的笑脸。这些天一些总是喜欢跟在我身后的小孩子一见我回头就像群小麻雀一样四散跑开。我就这么一个人来到了夏夜的田野。

老实说，这所有的一切都让我陌生。黄土高原，窑洞，农作物的清香，牛和马和猪，远处传来的不是黄河也是黄河支流的声音，和这些不说普通话的人们。我之前只在张艺谋的电影里看过。不过我喜欢这里的寂静。寂静得像是一个开满鲜花的坟场。尤其是晚上。一只猪大智若愚地看着我，我觉得它似乎是笑了一下。我第一次发现我应该对这只终究会被我们吃掉的猪表示友好。

我拣了一个空旷的地方坐下。空气很清新。清新得让我怀疑联合国专家今年为什么要来这里调查环境污染问题。——但是没错的，地理老师还说我们一定得记住这件事，高考说不定会考。我想起来了，专家们调查的重点是水土流失，用文艺一点儿的话说，就是这个伤痕累累的高原。

地理书上讲过四大高原。青藏，云贵，内蒙古，它们美丽而荒凉。只有我们这儿，荒凉而已，沾不上美丽的边儿。至少我这么认为，水土流失严重得就像是这片高原已经被五马分尸。到处都是很长很深的沟壑，听说，两个人常常是可以隔着沟壑喊话，但是要走到一起，走上一天也未必碰得了面。听听这里的地方戏和民歌吧，连情话都得不知羞耻地喊出来，让它们被风沙打磨过，才能谈一场恋爱，很牛郎织女，不过天河是土做的。

　　但是在那个夏夜的晚上，也许跟那只智慧的猪有关，我突然想到一件事：是这个高原，这条河流，这些田野，这些动物支撑起我们生活的城市的。那个被我们北明中学所有人轻视抱怨的城市原本来自一个这样深邃的夏夜的田野，来自一种如此广阔的荒凉。相形之下，轻浮的人，只能是我们。我们只知道居高临下地同情一下希望工程照片里失学小姑娘的大眼睛，然后心底暗自庆幸：还好那不是我。我们就是股市上的那些泡沫——不对，泡沫之间也有区别，有小人鱼公主变成的泡沫，也有张国荣唱的"天空海阔，要做最坚强的泡沫"，也有洗洁精和洗涤剂的泡沫，我们当然是最后一种。

　　我在凉爽中抬起头，我看见了满天星斗。

　　我以前一直以为，"繁星满天"不过是语文课本里的"景物描写"。根本没想到它会像天杨一样催出我的眼泪。

　　那时候我特别想念天杨。我的身体里充满了前所未有的，洁净而清新的欲望。我想和天杨做爱，在这儿，在这片无边无垠的星空的寂静中。一直假装开放，假装前卫的我今天才理解"性"是一件如此美好的事情，与占有无关，与堕落无关，与隐讳无关，与罪孽无关，甚至与欲望无关。我想要天杨。就算我们俩改变不了已经成为泡沫的这个事实，那就让我们合为一体，高高兴兴地接受这寂静的谴责和抚慰。不管这寂静是如何判决的，在我心里，她永远是小人鱼公主变成的泡沫。

那时候我还不知道,等待着我的是另外一场幻灭。

回到家以后我又开始昏天黑地地睡。某个下午,天杨来了。

她脸色苍白神情宁静,穿了一条苹果绿的连衣裙。大领口,露着美丽的锁骨。她抱紧我,吻我。不再是那种带着水果气味的清新的吻,我当然知道那代表什么。我只是无奈地想:离开了那片星光,什么都变味了。

那天下午,我们终于做了,其实我们早就该做了。

那条苹果绿的连衣裙像层蝉蜕一样轻飘飘甩到空中。我第一次以俯视的角度端详她的脸庞。楼下传来了罗大佑的《童年》,开得震天响。我就在这不伦不类的背景音乐里一点一滴地抚摸她。

在她的震颤中,我来临。她抖得像只鸟,可是她非常宁静。

福利社里面什么都有,就是口袋里没有半毛钱,诸葛四郎和魔鬼党,到底谁抢到那支宝剑,隔壁班的那个女孩怎么还没经过我的窗前,嘴里的零食手里——

去你妈的隔壁班的女孩吧。我恶狠狠地,甚至是杀气腾腾地想。我们的皮肤在熔化。她睁大干净的眼睛对我断断续续地说:"像坐船一样。"

一寸光阴一寸金,老师说过寸金难买寸光阴,一天又一天,一年又一年,迷迷糊糊的童年——

她终于绽放。我抱紧她,床是软的,我们就像在原野上打滚的两只小狮子。我看见了她眼里的性感的恶意。

阳光下蜻蜓飞过来,那一片绿油油的稻田,水彩蜡笔和万花

筒，画不出天边那一道彩虹，什么时候才能像高年级的同学有张成熟与长大的脸——

现在我看不见她的脸，只有她像石膏像一样的上半身。平滑的小腹，柔软的腰，小巧的乳房，第一次凝视她身体时那种巨大的感动我至今还记得。只是她的脖颈，那时候，没有这么邪美地悸动着。那时刻终于来临，是种失控的速度，灵魂的体能极限。

就这么好奇，就这么幻想，这么孤单的童年。噢一天又一天，一年又一年，盼望长大的童年。

她舒展地倒在我身边。长大是件自然的事儿。

然后我发现，她满脸都是泪。于是我就知道，这是第一次，也是最后一次。

果然她说："江东。"她在脸上抹了一下，"我们，还是——算了吧。"

我鬼使神差地点了点头。

"有件事我不能瞒你。"她停顿了一下，"我和肖强，做过这件事情。"

我说："我知道。"

"谁跟你说的？"她的表情突然很可怕。

"没有人跟我说，我自己看出来的。我早就看出来了。"

"早就？"

"从——6月初的时候吧。"我艰难地回忆着。

"天哪。"她捧起我的脸，漆黑而绝望地看着我，"江东，我让你受了多少苦呀。"

"我只是希望你能自己来告诉我。"我们紧紧地拥抱，我的眼泪滚了出来，"我就是在等着今天。因为我也对你做过这种事情，我——"

"不。江东。"她摇头，"不是的，你和方可寒，那不一样。我跟肖强，不能跟你们比，我知道你爱过她。"

"我爱你。"我打断她，"天杨，你记住这个。"

"你也记住这个。"她的眼泪滴到我的手指上，"江东，我爱你。"

我是在下午三点，太阳最烈的时候送她下楼的。阳光一瞬间就蒸发了我们脸上的泪痕。在北明中学的花岗岩大门前她说："我们算是分手了对吧？明天我还能再给你打电话吗？"我说："当然能。"她自己笑笑，"算了吧。明天再打电话，说什么呢？"

"走吧。"我说，"让我看着你走。别回头，回头的话，你后果自负。"

"行。"她笑了。

她的苹果绿连衣裙就这样消失在烈日下的车水马龙里。我看了看手表，"三点二十七分。"是我们诀别的时刻。我还差三天满十九岁。

那之后，有好几年，我无论在什么地方看到"宋""天""杨"这三个字中的任何一个，心里都会尖锐地疼一下。遗憾的是，这三个字实在都太普通了，几乎是随处可见。

ASHES TO ASHES
尾声

夏夜的微笑

◆ 天杨

龙威的手术非常成功。按计划,他明年就可以回到学校去了。这两天他一直哀叹自己会比日后的同班同学大上两岁——这件事很难为情。不过他很快就想开了。他说这样他可以让班里的小美眉们见识一下成熟男人的魅力。袁亮亮的病情这段日子也控制得很好。有天他悄悄问我说:"你能不能,给我看一次那个方可寒的照片?"

我说行。不过我要他答应我不能跟任何人说。我不喜欢太多病人知道方可寒的事,那样有种自我炒作的嫌疑。

我在一个明亮的夏夜里翻箱倒柜。一张我们四个人的合影从一本很旧的笔记本里掉出来。我、江东、肖强、方可寒,我们并排坐在肖强店门口的台阶上。是夏天,身边有很葱茏的绿意。江东揽着我的肩膀,方可寒笑得又艳丽又放荡。她的大红色吊带装和肖强的黑色 T 恤简直是绝配。

不不乖乖地坐在我旁边的地板上搭积木。这时候像只小动物一样爬了过来。仔细看着那张照片。

"你看姐姐那个时候多瘦啊。"我笑着对他说。

他的小指头指着方可寒,"你没化妆,她化妆了。"

我说:"她也没有化妆。她本来就这么漂亮。"

我们这座城市的夏夜永远这么凉爽。打开窗子风就可以吹进来,每一次我都会在这样的夜风中原谅这座城市日益严重的污染。在这样的夜风中,我还必须帮不不盖好他的小被子,尽管现在是 8 月份。他的大眼睛看着我,这小家伙下礼拜就要跟父亲回法国去了。他说:"以后你还能不能给我念故事?"我说:"当然,你随时打电话给我,我在电话里念给你听。"然后他不好意思地笑了,他说:"我能不能叫你'妈妈'?"

他睡着了,沉重而平稳地呼吸着。我的手轻轻停留在他软软的头发和小脸上。他长得很像父亲。我现在还不能睡,我得等周雷的电话。周雷说他每天加完班后如果不跟我说说话一定会疯。其实他每天"说话"的内容无非是控诉他的工作狂老板。这老板曾经留学德国,待了十年后变得跟德国人一样会折腾人。

我已经见过周雷的父母。他妈妈除了对我比他大一岁这点有些心理障碍之外,其余的问题都不大。我的生活于是就被这个今年 2 月糊里糊涂闯到病房里的家伙改变了,而且是革命性地改变。

夜晚独特的清凉在室内蔓延,我就在这个丝毫不带侵略性质的蔓延里闭上眼睛。那是最舒服的时刻。我想起海涅的诗:死亡是凉爽的夜晚。骗人,要真是的话谁还会怕死呢。也许是因为照片的关系。我的眼前突然浮现出 1996 年夏天我们四个人一起喝啤酒的晚上。方可寒兴致来了就跟肖强拼酒,路灯的映照下,树叶像是透明的。肖强说:"这些叶子绿得像种液体。"江东笑了,"那叫'青翠欲滴',还'一种液体',说得那么暧昧,我看是你教育受得太少了。"我和方可寒于是大笑。

当我意识到这是个梦的时候,我就醒了。

我在半梦半醒之间倾听自己的笑声。然后我听见《局外人》的最后一段的声音。那是我心里想象的默尔索的嗓音,缓慢、凝练,还有点漫不经心:

"我筋疲力尽,扑倒在床上。我认为我是睡着了,因为醒来时我发现满天星光洒落在我脸上。田野上万籁作响,直传到我耳际。夜的气味,土地的气味,海水的气味,使我两鬓生凉。这夏夜奇妙的安静像潮水一样浸透了我的全身——"

我在这时候轻轻诵读出声,跟上了我心里的声音:

"这时,黑夜将尽,汽笛鸣叫起来了。它宣告着世人将开始新的行程。

他们要去的天地从此与我永远无关痛痒。很久以来,我第一次想起了——"

很久以来,我第一次想起了,没错,很久以来,我第一次想起了妈妈。这对我来说可是个陌生的词汇。妈妈。我的身体里荡漾着一种温暖而辉煌的悲伤。人生最珍贵的感情莫过于此。可是我比其他人幸运。因为他们在太早的时候就把这悲伤固定在一个具体的人的形象上，妈妈。因此随着时间的推移，这悲伤也就因着这固定而变得生机全无。可是我，我的这悲伤一直是新鲜的，我和它相依为命的过程中不停地寻求着属于我自己的充满星光与默示的夜晚。我为它不能经常降临而恼火。在这场追逐里我糊里糊涂地弄丢了我的童贞，我的初恋，还有我的江东。但值得庆幸的是我没有因为失去的东西而向任何人求助，向任何人撒娇，向任何人妥协，我忍受了我该忍受的代价，包括我曾经以为被弄脏的爱，包括我自认为伟大其实毫无意义的牺牲和奉献。我现在无法判断这值不值得，可是我不后悔。

眼泪涌上了我的眼眶。妈妈，我明年就要嫁人了，不过不是嫁给江东，妈妈你早就知道了吧。

◆ 肖强

1997年7月9日的傍晚，江东来和我喝酒。最后他把啤酒瓶摔碎在我的柜台上。晶莹的绿色粉身碎骨，带着啤酒白色的、凉凉的泡沫。他说："肖强，从现在起，我不是你的哥们儿。"

其实临走的时候，他还说了一句让我痛不欲生的话："我真是妄想。我怎么能指望一个拿着王家卫的《东邪西毒》当圣经的人会敢作敢当？"

为了这句话我顽固地恨着他。为了这句话我曾经对他的歉疚早就荡然无存。直到两年前，我在街头看见他。他上车之后愣了一下。他的眉宇间有了风尘气。不过不是那种令人生厌的、猥琐的风尘气。看着这样的他我也有些糊涂，我积压了这么久的恨意好像一下子无法对号入座。

就在这时候他说："哥们儿，有空吗？咱们喝酒去。"

于是我就原谅了他。在一刹那间原谅了他。我想我们毕竟有缘分，至少我们对"女人"有着一样的眼光，一样的品位，更重要的是，一样的憧憬和梦想。

◆ 周雷

一个好不容易不用加班的晚上。我和天杨非常恶俗地去电影院看《十面埋伏》。结果欣慰地发现，原来张艺谋现在比我们还恶俗。

凉爽的夜风里，我很喜欢她的高跟鞋敲击着步行街路面的声音。她点上一支烟，很娴熟地挽紧我的胳膊。那时候我就开始批判自己："你怎么能这么心满意足呢？一个人才二十四岁就这么满足还有前途可言吗？"

在这份可耻的心满意足里，我第一次怀着善意打量这个我出生并成长的城市。

夏天是最好的季节。空气里有一种奇迹般的澄明。

我们散着步，路过了北明中学。高考红榜又贴出来了，状元们的照片被人人观赏，大家评价得更多的是他们的长相。

堤岸上的旧房子都没有了，建成一个新的商品房小区。碰巧这间公司有一个我过去在房地产公司的同事，他可以很爽快地给我这里房子的底价。明年，我们也许就要把家安在这里了。

　　生活是简单的，简单而安静。我的故乡毕竟善良地接受了我。我就要像个真正的成年人那样在这里安家，立业，有自己的孩子。也许过不了多少年，我的表情也会变得跟街头这些来往的人一样。我第一次觉得这不是一件不可以接受的事。我想要个小女孩，一个像童年的天杨一样安静，一样聪明的小姑娘。最好漂亮一些但也别太漂亮。

　　电视新闻并不好看。可是跟天杨在一起的时候，我仍然喜欢把电视调到有新闻的频道。印象中这是一个家庭的夜晚最标致的景象。我简直像是个过家家的小孩儿。天杨就在这时候走过来，很不客气地枕着我的腿，"我不看新闻，给我转到电影频道。"我已经很恐怖地感觉到这将是我们家日后的——决策模式。

　　就在我寻找遥控器的时候，我看见我们的唐槐在屏幕上一闪。记者正在采访一个长得就很像专家的专家。我这才知道，我们的唐槐快要死了。它太老了，害了一种很难治的病，镜头下它依然苍翠，不怒而威，衬得围着它瞎忙活的那帮专家和记者很没品。

　　周末晚上我和天杨一起到了步行街，我得看看它。我是当着它的面第一次吻天杨的。八点钟，天刚擦黑。它依旧宁静地立在步行街的尽头，根本看不出它死期将至。令我惊讶的是，它的护栏外面居然围了一圈人，这些人看着专家们在护栏里面治疗它，看着他们给它拍照片，这些人看上去都像是吃过晚饭出来乘凉的。

一个年长的人对我们说:"就是因为那条新闻。这几天,每天都有来乘凉的人,顺路过来看看它。不是多么刻意的举动,看看而已。"

我在这个城市生活了二十几年,第一次知道原来它也有这么真诚和温柔的时候。这个我甚至不愿用女字边的"她"形容的城市。

那天晚上我特别煽情,煽情得丢人现眼。我很郑重地跟天杨说:"我告诉你一件事。"

我想告诉她我究竟为什么丢掉了成都的那份工作。当然不全是因为冯湘兰——准确地说,冯湘兰的事只是导火索而已。

那时候我们公司接了一个对我们来说不小的单子,给一个化妆品牌做发布会。那时候我刚刚升职,自然傻×似的干劲十足。但是临到前一天,我们这帮傻瓜才想起来忘记了确认酒店的场地。结果是,一票人人仰马翻地再去临时更换场地,收回来的钱只有预计的一半。老总自然大发雷霆,我们每个人的奖金都泡汤了。更重要的是,我当时几乎是想也没想就在开会的时候说:"我很抱歉我失职。虽然这件事我已经跟梁小姐交代过,我应该注意多提醒梁小姐几次——"梁小姐是我们公司一个文员,已经做了三年。结果她被炒了。我当然是在为我自己推卸责任,因为如果我不说那句话被炒的人就一定是我。当然这不是理由,只是我一想起又要重新去过那种在招聘会上像男妓一样人前欢笑的生活就浑身发冷。当时那纯粹是一种本能。

梁小姐拿着她的东西走出公司的时候,含着泪深深地看了我一眼。她走之后我才知道这个平时不多话的女孩原来靠着这份工作养家，我这才知道她的父母现在都没有工作而她家里还有个正在读初中的弟弟——我真恨自己为什么这个时候才知道这些。

后来我终于还是没有留在那里。没办法，我这人也许没什么出息——既不够善良又不够狠毒。我一直骗自己我辞职是因为冯湘兰，不过是为了自己把自己塑造成一个情种模样，而已。

天杨听完我的话，笑了。她温暖地抚摸我的眉毛，然后说："国庆大假的时候，咱们一起去趟成都吧。咱们想办法找到那个女孩。然后，跟她道歉，你敢吗？"

这个女人。为什么所有的事儿一到她那里就变得简单了。

我抱紧了她温润的身体，她的呼吸声从我心脏的部位传来。

"天杨。说不定哪天，我又会开始厌倦这个城市。也许过完夏天我就又开始讨厌这儿的空气了。"我不知道我为什么会把这两件风马牛不相及的事情扯在一起，"到了冬天我就又开始觉得这不过是个闭塞的小地方，到明年春天一刮沙尘暴的时候我就又得交辞职报告。天杨，我该——"

"如果真是那样。"她慢慢地说，"我跟你走。"

眼眶一阵潮湿，我抱紧了她。

你看看吧。我在心里对这座城市说。你只养得出来我这样的人，我这种半吊子的货色，不够好又不够坏，不够重情又不够绝情。这样的人多得车载斗量，但问题的关键是：在你怀里，孕育得出来一个例外吗？

也许天杨是例外，方可寒也是例外。可是你看看你是怎么对待她们的。你让天杨心碎，你让方可寒死。你还好意思说自己是个古城,说自己阅尽了人间风情。大学的时候我的一个同学考上东南大学,他自豪地说南京是个繁华落尽的古都。其实你才是繁华落尽呢,东周的君王在你这里封臣,李世民在你这里起兵,元好问在你这里记录过一个感天动地的传说,怎么没人用"繁华落尽"来形容你呢?因为你的繁华"落"得太彻底,都没人记得你"繁华"过了。你丢人不丢人?

你就是一个贫穷的母亲,蓬头垢面地养了一堆儿子,你很少给他们笑脸。在他们兴冲冲地告诉你今天在学校里被老师夸的时候你只是漠然到可憎地说:"打酱油去吧。"你永远不会温柔地鼓励我们,不会教我们怎样去爱别人。诸如交给自己孩子一枚硬币,让他去放在乞丐面前的杯子里的事情,从来都是那些穿着呢子大衣、妆容精致的妈妈做的。你的儿女们长大后要不然变得和你一样冷酷,要不然开始永久的逃离和放逐——就像我。

你简直不可饶恕。我恶狠狠地咬了咬牙。我已经背叛了你无数次,我以后还要再背叛你无数次,但是你知道吗?我他妈的,爱你。

◆ 江东

我又回到了这里。天气很好,不太热。夏天是记忆中这个城市最美丽的季节。

同学会定在一个我之前从未听说过的酒楼。包间里不过只有七八个同学而已,但已经很不容易了。无论如何,看看过去的同学居然变成了今天这样,让过去的同学看看自己居然变成了今天这样,总是件有意思的事儿。

吴莉第一个看见我,"嘿,江东。"我们之前见过面,她现在烫着很抢眼的鬈发。浓重的大波浪垂在肩头,走近她你还是感觉得到一股很强的小宇宙。她笑着对大家说,她现在依然是"将单身进行到底"。变化最大的,我看是周雷的"女同桌",记忆中她是个疯疯癫癫的丫头,现在却沉静了很多,居然还是某所名校的在读研究生,她用一种非常娴雅的姿态端起面前的菊花茶,微笑,"我考研,纯粹是爱情的力量。"被大家一通起哄。

不知道是谁大叫了一声:"男女主角隆重登场!"然后就听见周雷这么多年居然一点不变的声音:"大伙儿都来齐了吗?——"越过众人的眼光,她对我笑了。她比以前胖了些,但是身材依然给人一种纤细的感觉。

我早就说过,她把头发放下来会比较好看。

那顿饭吃得很吵。我发现我现在其实已经不大习惯嘈杂的饭局。周雷不停地敬人家酒,把气氛越搞越嘈杂。她微笑着,欣赏着周雷尽兴的模样。她依然安静。她现在或者变成了一个真正风平浪静的女人。我猜,她会是一个最好的妻子和母亲,虽然她不会做饭也讨厌打扫房间。但是我似乎看得到这样的一个画面:周雷在某天晚上,某个饭局,会有某场艳遇,偶尔而已。回到家他会心怀鬼胎地抱紧她,说"我爱你",而她,装作没有发现他的拥抱因为歉疚而增加的几分微妙的力度,温柔地回应他,用温暖的手掌替他盖住他背上那个他自己都没发现的口红印。我知道天杨就会是这样一个女人。

周雷终于敬到了我跟前,"江东,干了吧。"这家伙不仅声音没变,就连表情也没变。

"别捉弄我。"我笑了,"我知道你有量。"

"江东。"周雷的"女同桌"戏谑地说,"谁都可以不干,就是你不行!"

"没错江东!今儿你不干可是无论如何都说不过去!"他们一块儿起哄,好多的声音在我耳边炸开了。

"你听见群众的呼声没有?"周雷得意地笑了。

我干了的时候,在杯沿上撞上了她的眼睛。

杯盘狼藉的时候他们开始聊天。聊的无非是那时候的事儿,居然又有人提起了方可寒。"人家可寒姐。"一个男生说,"才不像你我呢,人家小小年纪就什么都看开了!""你是不是也想卖去?"吴莉坏笑着打趣他。"怎么了?"那男生说,"做人就要彻底一点儿!没本事像人家张宇良一样拿全额奖学金去美国,就像可寒姐一样放下架子捞钱才是正经——"

我这人天生对混浊空气过敏。待不了一会儿,就悄悄站起来找地方透气去了。

我们的包间在最顶层,走廊中通往天台的门居然开着。好运气,我的心情不由得愉快起来。

原来已经有人比我先到了。她靠在栏杆上,什么都不想的时候就是一脸婴儿般的忧伤。"江东。"看到我,她的眼睛亮了,"你来得正好,给我一根烟。都快把我憋死了,我今天偏偏忘了带烟来。"

我给她点烟的时候,打火机映亮了她的半边脸,她用十七岁的笑容向我微笑,"你和我抽的烟一样。"

她深深地、心满意足地吸了一口,仰起脸看着天空。她的脸依然光洁。

"你现在好吗?"她问我。

"好。"我说,有点紧张,"你呢?"

"不错。"她笑着,"你都看见了。周雷永远是这么没心没肺。"

我们其实没说几句话,她一直投入地享受着她的烟。我们最多谈论了几句天气,她谈这里的,我谈温哥华的。

她抛掉烟蒂的时候我们都听见吴莉的声音:"好呀宋天杨,你丢下未婚夫不管跑到这儿来和旧情人阳台私会,叫我当场拿获!"

"你讨厌!"她瞪大眼睛,脸居然红了,"别嚷嚷,我这就来!"

她对我笑笑,"下次再聊。"然后就朝吴莉离去的方向走了。

我看着她纤丽的背影,我说:"天杨。"

她站住了,没有回头。我看着她长长的黑发和桃红色的裙子。

一秒钟以前我还只是想说"恭喜",但是现在我突然发现,如果我说了"恭喜",或者"祝你幸福",或者再暧昧一点儿,说了"你今天的样子很漂亮"之类,她一定会回过头,对我说:"谢谢。"然后她就会转身离去。从此变成我的回忆。

方可寒已经死了这么多年,但她从来就没有变成我的"回忆"。

那么现在天杨眼看就要成为一个回忆了。我对自己说你安分一点跟她说"恭喜"吧。你没有权利搅乱所有故事原本平和安详的结局。就算你不为自己负责你也要为所有其他人负责。可是我真的只能回忆她了吗？在我开始苍老或者自我感觉苍老的时候，用老人家消化不良的胃口和活动的牙齿咀嚼她的激情和勇气？于是我说："天杨，跟我走吧。现在，你和我。"

话一出口我就冷汗直冒。虚脱般地，听见空气流动的声音。你完了，我对自己说。这句话是你人生的分水岭。从现在开始，你简直是比拉登还恐怖比小布什还无耻，而你的下场，则极有可能比萨达姆还惨。但是，但是就这样吧，别忘了，我身上流着赌徒的血。她依然给我一个宁静的背影。长长的黑发，桃红色的连衣裙。

她终于转过脸，含着泪，嫣然一笑。

2004 年 4 月—8 月 5 日
TOURS—太原家中

出版社／长江文艺出版社
出品／上海最世文化发展有限公司
官方网站／www.zuibook.com
平台支持／最小说 ZUI Factor

告别天堂【新版】
ZUI Book
CAST

作者／笛安

出品人／郭敬明
选题出品／金丽红 黎波
项目统筹／阿亮 痕痕
责任编辑／赵萌
助理编辑／孙鹤
特约编辑／卡卡
责任印制／张志杰

装帧设计／ZUI Factor www.zuifactor.com
设 计 师／胡小西
内页设计／鹿子

2014年9-10月上海最世文化发展有限公司畅销书排行榜 | TOP25 |

排名	书名	作者
1	幻城	郭敬明
2	依灯半言	王浣
3	黄——陪安东尼度过漫长岁月Ⅲ	安东尼
4	西决	笛安
5	捕萤集	蒲宫音
6	临界·爵迹Ⅰ	郭敬明
7	混沌行走Ⅰ：闹与静	派崔克·奈斯
8	混沌行走Ⅱ：问与答	派崔克·奈斯
9	混沌行走Ⅲ：兽与人	派崔克·奈斯
10	我所看到的风景	孙十七
11	我们就是世界	Pano
12	夏至未至	郭敬明
13	悲伤逆流成河（新版）	郭敬明
14	旧游如梦	Maichao
15	小时代3.0刺金时代（修订本）	郭敬明
16	橙——陪安东尼度过漫长岁月Ⅱ	安东尼
17	临界·爵迹Ⅱ	郭敬明
18	掠食城市Ⅰ·致命引擎	菲利普·瑞弗
19	掠食城市Ⅱ·罪孽赏金	菲利普·瑞弗
20	刺金时代·小时代电影全记录Ⅱ（平装）	郭敬明
21	这些 都是你给我的爱	安东尼 echo
22	东霓	笛安
23	南音（上）	笛安
24	小时代1.0折纸时代（修订本）	郭敬明
25	红——陪安东尼度过漫长岁月Ⅰ	安东尼

www.zuibook.com

图书在版编目（CIP）数据

告别天堂：新版 / 笛安著 .-- 武汉：长江文艺出版社，2014.11
ISBN 978-7-5354-7604-3

I.①告… II.①笛… III.①长篇小说 - 中国 - 当代 IV.① I247.5

中国版本图书馆 CIP 数据核字（2014）第 226458 号

告别天堂 [新版]
笛安 著

出 品 人 | 郭敬明	责任编辑 | 赵　萌	装帧设计 | ZUI Factor
选题出品 | 金丽红　黎　波	助理编辑 | 孙　鹤	设 计 师 | 胡小西
项目统筹 | 阿　亮　痕　痕	特约编辑 | 卡　卡	内页设计 | 鹿　子
媒体运营 | 李楚翘	责任印制 | 张志杰	

出版 | 长江出版传媒　长江文艺出版社
电话 | 027-87679310　　　　　　　　　　　传真 | 027-87679300
地址 | 湖北省武汉市雄楚大街 268 号湖北出版文化城 B 座 9-11 楼　邮编 | 430070
发行 | 北京长江新世纪文化传媒有限公司
电话 | 010-58678881　　　　　　　　　　　传真 | 010-58677346
地址 | 北京市朝阳区曙光西里甲 6 号时间国际大厦 A 座 1905 室　邮编 | 100028
印刷 | 三河市兴博印务有限公司
开本 | 880×1230 毫米　1/32　　　　　　　印张 | 10.625
版次 | 2014 年 11 月第 1 版　　　　　　　　印次 | 2015 年 2 月第 4 次印刷
字数 | 210 千字
定价 | 29.80 元

版权所有，盗版必究（举报电话：010-58678881）
（图书如出现印装质量问题，请与本社北京图书中心联系调换）
我们承诺保护环境和负责任地使用自然资源。我们将协同我们的纸张供应商，逐步停止使用来自原始森林的纸张印刷书籍。这本书是朝这个目标迈进的重要一步。这是一本环境友好型纸张印刷的图书。我们希望广大读者都参与到环境保护的行列中来，认购环境友好型纸张印刷的图书。